講談社文庫

シンクロニシティ

法医昆虫学捜査官

川瀬七緒

講談社

目次

シンクロニシティ

法医昆虫学捜査官

プロローグ

コチコチ、コチコチ。

古時計の秒針が空気を震わせる。日が暮れると鳴りはじめるこの音が、耳に障《さわ》って仕方がなかった。蒼白い月は、弱い光を天窓から床までかろうじて届けている。濃密な夜気の中には、青い草と湿った土、水棲生物や獣の臭いが複雑に混じり合っていた。

男は、すのこを敷いた土間の上に寝転がり、放射状にきらめく糸をぼんやりと眺めていた。天窓には、赤い腹をしたジョロウグモが大きな網を張っている。小さな羽虫が何匹もかかっているが、どうやら今日は大物を待つことに決めたらしい。

坦々と過ぎていく日常。昨日も一昨日《おととい》もその前も、毎日が代わり映えのしない場所だった。これが自分の求めていた「静」というものなのかどうか、それすらもわからなくなっている。

広々とした納屋の片側から、いつものように痛いほどの視線を感じている。それもひとつではない。四人の女たちが、じっと男を見つめているのだ。幼女もいれば、少女もいる。成熟した中年女も肩を並べ、みな息を潜めて闇に佇《たたず》んでいた。

男は寝転んだまま、目だけを闇へ向けた。淡い月明かりの中で、髪の短い少女と視線がぱったりぶつかった。血色の悪い肌は灰色に発光し、薄く開かれた唇から真珠のような歯列が覗いていた。

「なんだ？」男は声をかけた。低い音が納屋の壁に跳ね返り、外でうるさいほど鳴いているカエルが一瞬だけ口をつぐむ。けれども秒針は時を刻み続け、少女はじっと男に目を据えたまま何も言いはしなかった。

「どうしたんだ？」

再び問いかけたが、誰からの返答もない。男はのそりと起き上がり、五本目のビールを呑み干してから缶を握り潰した。短い髪の少女の真正面に立つ。

籐椅子《とういす》に腰かけている彼女は全裸で、薄くて固い未発達の乳房を恥ずかしそうに晒《さら》している。男は少女の頬に手を滑らせた。ひんやりと冷たくて、磁器のように滑らかだ。その間、彼女は澄んだ目を開いたまま、まばたきひとつしなかった。

「何か言いたいことでもあるのか？」

首筋に手を移し、くっきりと浮き出した鎖骨を指先で何度もたどる。

「おまえは、この時計の音がどっから聞こえてくるのか知ってるか？　ほら、聞こえるだろ？　この家にはアナログ時計なんてないのに、夜になると音が鳴りはじめる。もしかして、時計が壁に塗りこめられてるんじゃないかと思ってんだよ。それか怨霊のたぐいか。こんな古い家だし、何が出てもおかしくないしな」

無反応。もの言わない少女の細い首に、男は手をかけた。少しずつ力をこめると、このまま折ってしまいたい欲望が腹の底から湧き上がってくる。男は目を閉じて深呼吸をし、少女の首から手をほどいて外へ出た。

西からの風は重いほどの湿気を含み、伸びた夏草をなぶりながら、山の向こうへ駆け抜けていく。後ろ手に木戸を閉め、青臭い空気を胸いっぱいに吸い込んだ。月や星がこんなに明るいものなのかと、ここに来て初めて知った。それに、得体の知れない気配がこわいという感覚も初めてだ。いや、気配なんて生やさしいものではなく、この地はそこらじゅうが非現実であふれていた。今もすぐ裏手にある沼の上に、蒼白い発光体がぼうっと浮かんでいる。不安定に揺れているそれは、刻々と形を変えながら水面をかすめて上下していた。まともに見てはいけない。人魂《ひとだま》だ。

夜になると聞こえてくる時計の音、消えてはまた現れる人魂、そして言いようのない狂気をはらんだ空気。そんなものばかりに気を取られている自分は、とうとう気が触れたのかもしれない。そう考えてから、男は声を洩らしてくっくと笑った。とうとう気が触れただって？　自分はもとから狂っているというのに。

男は人魂を見ないようにして、小川をまたいで畦道《あぜみち》に下り立った。

今は、九時を少しまわったぐらいだろうか。時計がなくても困らない暮らしを始めてから、ようやく半年が経とうとしている。慣れる域にまで達してはいないが、ある種の諦《あきら》めなら受け入れられるようになっていた。都会のざわめきや、寂しさをまぎらわすためのくだらない娯楽が恋しい気持ちはなくなっている。

薄闇の中、さくさくと畦を踏む。群生しているガマを目印に、篠《しの》をロープ代わりに土手を這い上がって額の汗をぬぐった。透明な水の匂い。目の前には、黄緑色に光るいくつもの点が広がっていた。こっちは不吉の象徴ではない。時間が早すぎても光を放たず、遅くてもひっそりと眠りに入ってしまう。デリケートで臆病なホタルは、男のもつ感性と通じるものがあるのだった。

拙《つたな》い光を酔いのまわった体で堪能しているとき、視界の隅を白いものがかすめた。はっとして目を凝らすと、うすぼんやりとした人の形が闇の中に浮かび上がってくる。男は一瞬のうちに総毛立った。

小川を隔てた向こう側に、白装束の女が後ろ向きで立っていた。まっすぐの黒髪を風になびかせ、すっと棒立ちになっている。ごくりと喉を鳴らした刹那、女はゆっくりと振り返った。

真っ白い顔、切れ長の目、すっきりと筋の通った鼻に小振りな唇。男はすくみ上がったまま、女の人間離れした美しさに目をみはった。経帷子《きょうかたびら》に見えたのは、藍《あい》の桔梗《ききょう》が染めつけられた浴衣《ゆかた》だ。女は、笑っているようにも泣いているようにも見える面持ちで、感情の読み取れない声を出した。

「誰？」

ホタルが瞬く空間に、無機質な高音が響きわたる。男は身を固くした。このままでは魂を抜かれる。じりじりと後退しながら、男は合わせた目をそらさずに声を出した。

「おまえは人間か？」

女は微動だにしない。水面に反射した月光が、蒼白い顔をさらに蒼く染め上げていた。

「おまえは人間か？」

また同じ質問をした。女は顔にかかる髪を払いもせず、微かに小首を傾《かし》げた。

「何に見えるの？」

「どう見ても死人か妖怪だろ」

女は小さく微笑んだ。のめり込んでしまいそうなほどの吸引力が、ぞくりと背筋を寒くさせる。女は男から目を離さず、浮かべていた笑みを跡形もなく消し去った。

「わたしは、半分だけ生きてるの。死の淵を彷徨《さまよ》ってる、作り物のヒトガタ」

言葉を切り、再び妖しげな笑みを口許に宿した。

「お墓の下から這い出してきたの。夜がわたしの縄張りだから」

青臭い風が吹きつけると、背の高い夏草がざわざわと一斉に波を打つ。美しいものの怪《け》は、細くて白い腕を前に差し出した。

「ねえ、あなたの心臓をくれない？　そしたら、本物の人間になれるかも」

すっと口角を引き上げながら、おいでおいでと手招きをする。ガラス玉のような瞳にホタルの光をちりばめ、今にもふわりと浮かび上がりそうだった。これも現実なのだろうか。苦しまないで逝《い》けるのなら、いっそ心臓をくれてやるのもいいかもしれない。男はそう思い、目の前の女からいつまでも目が離せなかった。

第一章　彼女と虫のテリトリー

1

九月四日、午後三時二十分。

解剖医は壁の時計をちらりと見てから、ステンレスのバットに汚れた医療器具を置いた。これで、南葛西《みなみかさい》署管内で発見された身元不明遺体の司法解剖を終わる。がさがさの嗄《しやが》れ声が、顔を覆っている透明のフェイスシールドを白く曇らせた。

それを合図に、五人の立会人たちは一礼してからドアへと向かう。一分、いや一秒でもこの場に留まるのが堪え難く、駆け出したくなる衝動をみな必死に抑えていた。

岩楯祐也《いわだてゆうや》はそんな流れに逆らい、戸口でぴたりと立ち止まった。生身の被害者は、これで見納めになる。自制心を奮い立たせ、横たわる死者の像を目に焼きつけにかかった。

「犯罪被害者」のラベルをつけた頭の引き出しは、常に半開きになっている。下手に閉め切ってしまうと、また開ける作業に多大な気力をもっていかれるからだ。ならばいつでも見えるようにしておこうという岩楯独自の策なのだが、日常と切り離す術《すべ》だけはしっかりと身につけていた。この割り切りができずに、悪夢を抱えて自滅した者を何人も知っている。

手術用のマスクをいくら二重にしてみても、臭いの粒子を塞《せ》き止めることはできない。岩楯は浅い口呼吸を繰り返しながら、だらりと伸びた骸《むくろ》に目を据えた。喩《たと》えるなら、空気を入れすぎた風船人形というところだろうか。

体中の皮膚がツヤを帯び、針を刺せば弾けそうなほどぱんぱんに膨らんでいる。鎖骨から胸、下腹にかけての血管が透けて、大理石にそっくりの模様が浮き上がっていた。これは異常繁殖したバクテリアが細胞壁を壊し、血液を黒変させているせいなのだという。こんな奇妙な状態を見たのは初めてだった。

そしていつもの通り、嫌悪感を倍増させるのがこれだろう。岩楯は、解剖台からぽたぽたと落ちている、おびただしい「モノ」をじっと見つめた。タイル張りの床で飛び跳ねるウジどもは、ぴちぴちという聞きたくもない音を立てている。このまま釣り餌として売っぱらえるほど活《いき》がよいと、我ながら気色の悪いことを思う。

去り際にもう一度女の遺体を見据えてから、岩楯はスウィングドアをくぐった。歩調を速め、渡り廊下の先にある手洗い場に入る。歩きながらマスクとゴーグル、それに不織布《ふしょくふ》の帽子を荒々しくむしり取って、手首に巻いたダクトテープを剝《は》がしにかかった。

腐乱死体と対峙《たいじ》するときは、衣服の隙間という隙間をテープで塞いでおかないと、自宅にまでウジを持ち帰ることになるから厄介だ。鏡に映る自分は、危険物処理班並みの仰々《ぎょうぎょう》しい出で立ちだった。ラテックスの手袋は三重にはめられ、長靴はビニールのカバーで膝の上まですっぽりと覆われている。ぼさぼさの髪といい、目の下のクマといい、剃《そ》り残した顎鬚《あごひげ》といい、四十にしてまともな暮らしを営んでいるような面構えではない。真っ昼間でも、こんな男とすれ違うのは嫌だろう。

すでに術衣を脱いで身軽になっている立会人の四人は、ため息とののしり声を上げながら、バイオハザードのマークが書かれたポリ袋の口を閉めていた。

南葛西署署長にしてみれば、自分の管内で腐乱死体が挙がった不運を呪わずにはいられないだろう。しかも今回は、ちょっとやそっとのありさまではなかった。無意識の逃避衝動が働くほどのレベルで、気を抜くとたちまち胃袋がせり上がってくる。

岩楯は何度も唾《つば》を飲み込んで、硬い木の丸椅子に腰かけた。足首に巻いた黄色いダクトテープを剝ぎ取ると、丸々と肥えたウジ虫が何匹も貼りついているのが見えた。なぜこうも、ちょっとの隙間も見逃さない生き物なのだろうか。足カバーのシワや、脛《すね》を覆ったビニールの折り目にまで入り込んでいる。

乳白色の鬱陶しいやつらを見つけるたびに、岩楯は舌打ちして弾き飛ばす。ポリ袋の中へ、腐乱死体専用の装備を丸めて突っ込んだ。

横に長いステンレスのシンクでは、南葛西署署長と鑑識課長、そして刑事調査官が、逆性石鹼をつけて肘《ひじ》の上までごしごしと洗い上げていた。みな眉根を寄せた険しい面持ちで、一心不乱に手を動かしているさまが鬼気迫る。遺体には触れていないのだから、ほとんど意味のない行動だろう。けれども、浄化に駆り立てられる心情はわからないでもなかった。汚れというより、こびりついた負の粒子をこそげ落としたくてたまらない。

そんな気の立った男たちの背後に近づく人間がひとり。ひょろりと上背があり、細長い首の上に載る顔は、びっくりするほど小さい。

「署長」

南葛西署勤務の若手刑事が、緊張も何も感じ取れない平坦な声を出した。署長はブラシで爪の間を執拗にこすりながら、肩越しに後ろをちらりと見やった。

「今日のことなんですが、説明をお願いします」

「説明？　なんのだ？」

「すべてのことについてですが」

「まさかとは思うが、何も知らないでここへ来たのかね」

署長は再び水道に向き直り、ほとんど泡の立っていない手を洗い流した。

「質問する時間も与えられませんでした。課長に突然呼び出されて、今すぐ解剖に立ち会えと送り出されたんですから。問答無用では自分も困ります」

「いったい何に困るんだ」

白いTシャツにジーンズ姿の若手刑事は、批判めいた言葉もかまわず口に出せる性分らしい。署長は派手な音を立ててうがいをしてから、吸い取りの悪そうなタオルで口を丁寧にぬぐった。

「異例のことだが、きみは指名されたというわけだよ」

「指名……ですか」

「そうだ。今回のトランクルーム死体遺棄《いき》事件では、本庁一課の岩楯警部補と組んでもらうことになった」

若手刑事がわずかに首を傾げたところで、岩楯は立ち上がって長靴を脱いだ。

「署長、無理を言ってすみませんでした。どうしても彼と組みたかったもんで」

岩楯が革靴に履き替えながら言うと、小柄だが屈強な体つきをしている署長が、儀礼程度の笑みを浮かべた。

「決まった割り振りを替えてまで、駆け出しを指名する意味がわからんな。本当は別の捜査員と地取りに当たってほしかったんだが」

「ちょっとした閃《ひらめ》きがありまして。すみません、お手数をおかけしました」

「閃きか……。その手の勘《かん》が、はずれてないといいがね。途中でまた組み替えなんてことは避けたいものだ」

署長は、やけに後ろ向きな言い方をして身支度を整えはじめる。すると若手は、顔色ひとつ変えずに口を開いた。

「岩楯警部補と組むのはわかりました。でも、なぜ自分が解剖に立ち会う必要があったんです？」

「それも要望があったからだよ」

「誰からのですか？」

署長は、部下のたたみかけるような質問にうんざりしているようだった。説明を代われというように、唇を引き結んだまま岩楯に目配せをしてきた。

なるほどなと思う。これだけでも、ある程度のことは理解できるというものだ。捜査会議から今までの周りの反応を統合すると、自分が指名した若手の評判はあまりよろしくはないらしい。素行を訊いてもみな核心には触れようとせず、当たり障りなくやり過ごしていたのはそのせいだろう。

件《くだん》の男と目を合わせると、どこか不服そうな顔つきでこちらにやってきた。目鼻のパーツは見事なまでに整っているが、若干、右側に曲がっている口許のせいでほどよい隙ができている。憎らしいほど見た目がよく、同性でも、思わず二度見してしまうような容姿の持ち主だった。

岩楯は、作業着からワイシャツに着替えながら若手に言った。

「殺しが起きたら、何を置いても解剖には立ち会う。これが俺の恒例行事なんだよ。で、相棒になる者にも洩れなく付き合ってもらう。だから、不運にも指名されたおまえさんは、こんな地獄みたいな場所にいる、とこういうわけだ。この説明で納得してくれるかい？」

「そもそも、岩楯警部補はなぜ解剖に立ち会われるんです？　そこまでする必要はないと思いますが」

「必要があると思うからやってるんだよ」

さらに質問を続けようとしていたが、警告めいた署長の渋面を見てようやく口を閉じた。若手刑事は、わかりました、とだけ答えた。

「ついでだから自己紹介も頼むよ」

「南葛西警察署の捜査課勤務、月縞新《つきしまあらた》巡査、歳は二十七です」

「名は体《たい》を表すってのは本当らしい」

岩楯は月縞の端整な顔をじっと見据え、床で飛び跳ねている数匹のウジを蹴り飛ばした。それにしても、さっきからこの男が垂れ流している、気怠《けだる》い空気はなんなのだろうか。若さとか情熱、覇気といったものが一切感じられないし、凄惨な解剖に立ち会った直後とは思えないほど動揺の色がない。

「昨日、腐乱死体が遺棄された現場へいちばんに着いたと聞いたが」

「はい、そうです」

「機捜《きそう》の連中がくるまで、腐乱死体と一緒に倉庫にこもったんだって？」

はい、と答えた月縞の眉根がわずかに寄せられた。

「なんで中にこもったか教えてもらえるか」

「ホトケから目を離してはいけない。現場保存の鉄則だからです。警察学校でそう習いました」

「なるほど、模範的な行動というわけだな。じゃあ、倉庫の戸をぴっちりと閉めて、密室の中で腐り果てたホトケと二人っきりになった理由は？　窒息しそうなほどの臭いプラス、とんでもない数のハエだったはずだ。竜巻並みの」

月縞は、少しだけ感情の扉を開いて目をまっすぐに合わせてきた。

「だからです。ハエをできるだけ逃がしたくなかった。去年、日本で初めて法医昆虫学を起用した、板橋《いたばし》の放火殺人事件の報告書を読みました。ハエやウジ、それに死体にかかわる虫は、一匹たりとも無駄にしてはいけない。昆虫学者がこう書いていたからです」

よし、と岩楯は頷いた。満足できる答えが聞けて安心した。コンテナ型の倉庫を閉め切り、地獄絵図のような密室で二十分間、現場保存に徹した強者《つわもの》だ。岩楯にすれば、担当を替えてでも組んでみたい男だった。

「おまえさんが体を張って逃がさなかった虫どもは、今、とある女のとこでぬくぬくと幸せに暮らしてるよ。耐えたかいがあったな」

いたって愛想のいい笑みを向けたが、月縞はにこりともしないで感情を閉じている。今のところは、それもいいだろう。生意気でつっけんどんな人間は、言うほど嫌いではなかった。なんらかの意志をもっていればの話だが。

岩楯が適当に手と顔を洗っているところに、解剖補佐官が用意ができましたと告げにきた。五人の捜査員は別室へと移動した。

2

東芳《とうほう》大学法医学教室の二階には、長机がコの字に並べられた狭い会議室があった。ホワイトボードを背にして、恰幅のいい司法解剖医がパイプ椅子にだらしなくもたれている。風呂にでも入ったのかと思うほどこざっぱりと顔を上気させ、解剖の余韻をまったく引きずってはいなかった。

「さて、準備はいいだろうか」

解剖医の言葉と同時に助手がノートパソコンを五人の刑事たちに向けると、南葛西署署長が軽く一礼をした。

「お忙しいところ、無理を言ってすみませんでしたね」

「かまわんですよ。あのレベルの腐乱状態では、作業しながら説明したところで頭になんて入らんだろうから。かえって、こっちも集中できてよかった。ともかく、かいつまんで、重要と思われるポイントだけざっと説明します」

解剖医が助手に顎をしゃくると、操作されたパソコンのモニター一面に、今さっき終えたばかりの解剖画像が大写しになった。無影灯のせいで不必要に明るく、被害者を鮮明に照らし出している。ふいにあの臭いを感じて喉仏が疼《うず》いたが、多少なりともこの場に持ち込んでいるのは明らかだろう。岩楯は気の滅入るようなことを考えた。髪や毛穴の奥にまで入り込んだ腐敗臭は、最低でも二日はしつこくまとわりついてくる。

遺体は手脚を投げ出したような格好で、銀色の台の上に横たわっていた。あらためて見ても、ガスによる膨張のせいでひどいありさまだ。目、鼻、口などの開口部にはウジがたかり、鼠径部《そけいぶ》のおびただしさは、白い下着をつけているのかと思うほどだった。

解剖医がリターンキーを叩くと、いきなり顔のアップに切り替わって署長がたじろいだ。ひどすぎますね、と歳若い刑事調査官が目を背けている。

そんな一団とは逆に、岩楯は椅子をずらしてモニターににじり寄った。口と鼻から流れ出している真っ黒い血液は、顎を伝って頸のあたりまで続いている。解剖時にも気になっていたのだが、ひどく殴られているように見えた。すると岩楯の疑問を察した医師が、指示棒を伸ばして画像の口の部分をぐるりとなぞった。

「これは、あんたが思ってるような人為的外傷とは関係ない。溶血だ」

溶血か。岩楯は納得して頷いたが、調査官が疑問符を顔に浮かべた。

「溶血は腐敗における自然現象だ。内臓が腐敗ガスで膨らむから、横隔膜が押し上げられて肺が圧迫される。それで、血液が逆流して口とか鼻から出てくるんだな」

「この顔にある傷は？」

ちょうど頬骨の上にある裂傷を指し、岩楯は医師を見た。

「それは膨張で裂けたんだ。新しい傷だから、ここまで運ぶ途中でのことだと思う」

「じゃあ、顔にある傷とか痣《あざ》は、殴られてできたものではないと」

「痣は死斑で、細かい擦過傷《さっかしょう》は虫に喰われたもんだよ」

そう説明した解剖医は、節の目立つ指でキーを弾いた。今度は左肘から手にかけての画像に変わる。空気を入れたゴム手袋のように膨らんだ手に中指はない。根本からの欠損だった。さっきは拷問めいた暴行の線も疑っていたのだが、こうやって画像で見せられると、やけにあっさりした感じがする。

解剖医は椅子をきしませて前のめりになり、指示棒で中指の根本を指した。

「腐敗のせいで、死後に切り落とされたのかどうかはわからない。基節骨《きせっこつ》の切断面から見て、凶器はハサミのようなものじゃないかと思う。専門家に鑑定を依頼するが、まあ、これは間違いないだろう」

「いわゆるヤクザの指詰めとは違う感じだ」

鑑識課長が銀縁のメガネを押し上げ、画像を注視しながら意見を述べた。確かに、極道の仕事かと問われれば、首を傾げざるを得ない。暴力や凶暴性を、この遺体からはそれほど感じないからだ。被害者が全裸で遺棄されていたことを考えれば、殺人者は女の身元が割れることを警戒していたと思われる。しかし一方で、指紋と掌紋には目もくれていないのだから、切られた中指には、身元を示す確実な何かがあったというこことかもしれない。手術痕や肉体的な特徴、刺青《いれずみ》や指輪などが岩楯の頭の中を駆け抜けていった。

解剖医は指示棒を滑らせ、手首の場所をとんとんと叩いた。

「それにここ。わかりにくいが、これも外傷だ。皮膚がこすれた擦過傷みたいなものがあるだろう？」

岩楯をはじめ、五人は身を乗り出してモニターに顔を近づけた。そういえば外表検査のとき、解剖医は、手首と足首を滅菌された綿棒で何度もぬぐっていた。

「おそらく、手首と足首を縛られていたんだな。微物は科研にまわしたが、麻縄の繊維みたいなものが傷口にくっついてたよ」

「どのぐらいの期間、縛られてたのかの見当は？」と署長が、腕を組みながら低い声を出した。

「ここまで腐敗が進んでると、なんとも言いようがない。死亡推定をするのも不可能な域ですよ」

「硝子体《しょうしたい》は？」

鑑識課長の矢継ぎ早な質問に、隣でモニターに見入っていた月縞が、「初めて聞く名前だな……」とぽつりと言った。それを聞き逃さなかった解剖医はすかさずパソコンのキーを打ち、顔面の画像を呼び戻した。

「硝子体は、眼球の中にあるゲル状の透明な体液だ。眼球というのは、ほかの組織と完全に隔離された環境にある唯一の器官だから、腐敗の影響を受けづらい。カリウム、カルシウムの濃度を見て、死亡推定時刻を弾き出す材料になる」

「まあ、今回は諦めるしかない」

岩楯が間《あい》の手を入れ、空洞になった眼孔を指差した。眼球は完全に消滅している。

「死んでからの経過時間は、人の平均体温の三十七度から直腸温度を引いて、三をプラスすることでだいたいがわかる。だが、腐敗すると細菌が繁殖するから、体温が上がってこの公式では求められなくなるんだよ。だからこんな状態の遺体の場合は、八方塞がりになることが多いわけだ」

解剖医の丁寧な説明に、月縞は意外そうな顔で目礼をした。

別の医師と仕事をすることもしょっちゅうだが、愛想がなく事務的で、なぜかみな時間に追われた様子でさっさと話を切り上げたがる。ゆえに、いちいち下っ端の質問に答えたりはしない。「解剖報告書を見てください」とぴしゃりと返されるのが常だし、真っ向から無視されることもよくあった。それに引き替えこの医師は、誰であろうと質問を投げかけられることが大好きだった。そのうえ独り言もいちいち拾い上げるから、話が長くなる。岩楯が蓄えた人体や解剖に関する知識は、ほとんどここで仕入れたと言ってもよいぐらいで、率直な男と仕事をするのがおもしろくて仕方がなかった。

解剖医が、死後経過の話をまだ続けようとしているのを見て取り、鑑識課長は間髪入れずに話題を変えた。放っておけばこのまま際限なく続くことを、付き合いの長い彼は嫌というほど知っている。

「脇腹のあたりにも傷があったと思うが、あれはどういう傷だ？」

鑑識課長の横やりに、医師はいささか不服そうな顔をした。が、キーを叩いて傷の接写画像を選び出した。

「これも擦過傷だ。だが、手足の縛られたような痕《あと》とは違うな。何かで引っかいたような傷に見える」

「ずいぶんおかしな場所だな……」

腰骨の上あたりの皮膚が逆剝けている。すると解剖医は、おもむろに立ち上がって両手を後ろへまわした。

「こんな状態で後ろ手に縛られてたとしたら、脇腹のこの位置は、ちょうど手が届く範囲になる」

指先を動かして画像と同じ位置に触れて見せ、医師はどすんと椅子に腰を下ろした。

「推測だが、これは爪で掻き壊したのかもしれない。虫に刺されたんだろう。腐敗が激しいからあまり目立たないが、妙に腫れている箇所が三十数ヵ所以上はあった」

「言われてみれば、蚊に喰われたような感じにも見えますね。ところどころ丸く盛り上がってるような」

岩楯が画面を指差すと、鑑識課長が深いため息をついた。

「じゃあ、監禁場所に、蚊とかダニみたいなものがいたわけだよな。三十ヵ所以上も虫に喰われてるなんて、かなり特殊な環境だぞ」

「毒素も分解してるだろうから、虫を特定するのは難しいと思う。体についていたのは、ウジの死骸、土、細かいゴミのたぐいだな。これは科研にまわすとして、問題は身元の特定だよ」

解剖医の言葉に、鑑識課長が難しい顔で大きく頷いた。

全身を数十ヵ所も虫に刺されているのだから、生きているときすでに裸に剝かれて手足を拘束されていたことになる。岩楯は、吸血する虫がわんさといる劣悪な環境を思い巡らせた。耳障りな羽音が顔の周りをしつこく行き交い、床には別の虫がもぞもぞと這いまわる……。考えただけでもおぞましく、眉間のシワが深くなるのがわかった。どのぐらい生かしておいたのかはわからないが、民家が密集しているような場所での監禁はリスクが高いだろう。かといって人里離れた土地で殺害したのなら、なぜ葛西にあるトランクルームに遺棄したのかが謎だった。

「ホトケの体格はどんな感じですか？」

岩楯は、気を取り直して顔を上げた。すると補佐の男が、クリップボードに書かれた数字を読み上げた。

「身長が百六十一センチで、体重は四十一キロです」

「やけに軽いですね」

「内臓のぶんが流れてるから、体重が減ったんだよ。体液の損失なんかを考えると、まあざっと計算して、生前の体重は六十五から七十ってとこだろうな」

「太り気味の女か……」

「ああ、そうだ。歳のころは四十から六十の間ぐらい。骨盤と子宮口を見る限り、出産の経験はない。骨とか歯の状態を分析すれば、もう少し確実なことが言えるよ」

解剖医は、続けて頭部のX線写真を表示した。素人目から見ても、鈍器で頭を殴られたのは間違いようもなかった。放射状に入ったひびが後頭部全体に広がっている。

医師はX線写真の隣に頭部画像を並べ、指示棒で亀裂部分を叩いた。

「同じ場所に三回は殴打をくらってるな。いちばん傷が大きいこことここ……」

二枚の写真を繰り返し見比べているとき、おやっと思った。損傷の激しい陥没のすぐ脇に、角張ったもうひとつの傷がある。ほぼ真四角の痣になっていた。

「傷の種類が違いますね」

岩楯の指摘に、解剖医は何度も小さく頷いた。

「後頭部の真ん中にある傷は、間違いなく円形だ。大きさから見て、バットとかそんなものじゃないかと思う。で、この脇のところ」と遺体の髪が剃られている箇所を指した。「明らかに角のあるもので殴られてる。凶器は角材とか四角い何かだよ」

続けざまに別の傷を指さす。

「円形の裂傷だ。でもこれは、中心にある傷よりも小さい。直径が四センチもないな。しかも凶器の先端が当たってるから、中が空洞になっているのがわかる。いわゆる鉄パイプかもしれん」

「凶器は三つあるということですか？」

南葛西署署長の質問に、解剖医は、そうだ、と断言した。

岩楯はモニターに顔を近づけ、傷口を時間をかけて見ていった。バットらしき陥没が致命傷だろうが、それより細い痕が先につけられたように見える。気がつくと、息がかかるほど近くに月縞が陣取り、画面を見ながらぼそぼそと呟いた。

「殴打は、角材、鉄パイプ、バットの順番ですね」

それで間違いないだろう。

複数犯か……そう言って岩楯が顔を上げると、鑑識課長が、もの言いたげにじっと目を合わせてきた。几帳面で物事に精密さを求める上司は、早急な結論を何よりも嫌う。思うところはあっても、推測を軽々しく口にはしない男だった。

「なんで複数だと言える？」

「ホシがひとりなら、凶器を細々と使い分ける意味がないと思います」

「特殊な癖のある異常者の線もあるんだぞ？」

「もしマニア的な異常者なら、この状況を楽しもうとするはずでしょう。せっかく監禁までしたんなら、あっさり殺すのは惜しいはずですよ。それに凶器をわざわざ分けるんだったら、もっとこう、目新しい変わったものを使いたくなったりしませんかね？　角材、鉄パイプ、バットなんてありきたりだし、イカれたこだわりがどうしてもこのホトケからは見えないんですよ。外傷が少ないこともありますけど、快楽を求めて殺したとは思えない。むしろ妙に事務的じゃないですか？」

岩楯の見立てに、鑑識課長は顎を撫でながら考え込んだ。

過去の事件を考えてみても、殺人を一種の娯楽と考えている手合いというのは、自分は冷静で頭がキレる人間だと思い込んでいる。当人は秩序立って行動しているつもりでも、血に狂乱する異常性は簡単に隠せるものではなかった。そういう意味合いでの「異常」は、この遺体からは感じ取れない。けれども、別の異常性の臭いはぷんぷんとしていた。無力な中年女を縛り上げて、三人が次々と鈍器を振り下ろしている場面が目に浮かぶ。しかも虫だらけの場所に転がしておき、トランクルームに捨てた。

これが意味するものはひとつだろう。

「処刑」

低い声が聞こえて、岩楯は隣に顔を向けた。月縞が、色素の薄い茶色い目でモニターの中の被害者をじっと見つめている。そう、処刑だ。立ち昇る憎悪の念だけは、遺体にしっかりと刻み込まれていた。しかしその反面、恨みを晴らすとなれば、もっと苦痛を味わわせることもできたはずだが、それはしていない。理性も持ち合わせた殺人者たちだと思われる。

それから医師は、さまざまな解剖所見を流れるように口にした。胃の中はからっぽで、この状態になるまで二日以上の絶食が必要なこと。体に病の痕跡はなく、正常範囲内の健康体だったこと。

岩楯は医師の声に耳を傾けながら、パソコンのモニターに見入っていた。この女はどこの誰なのだろうか。監禁され、恨まれて殺されなければならないほどの何をやったのか……。

医師は淡々と説明を続けた。

「確実なのは、わずかだが気道に血液が流れた痕跡があることだ。つまり、頭を殴られたのが直接の死因だろう。この腐敗状態では、正確な死亡推定時刻を弾き出すのはまず不可能。血液の凝固状態からの識別も不能だ」

「おおよそは？」

「腐敗の状況から見て、死後一週間程度ってところだが、環境によってはもっと経《た》ってる可能性も否定はできないな」

解剖医は、ノートパソコンを閉じて話の終わりを告げた。


「だるいな……」

月縞が夜空を仰いで呟いた。蒼白い外灯は、ひょろりと細長い相棒の影を、さらに引き伸ばしてアスファルトに映し出している。手脚と首が異様に長い影を見ていると、幻灯《げんとう》を観ているような懐かしい気分にさせられた。

岩楯は無言のままマルボロをくわえ、手で風を遮って火を点けた。肺いっぱいに煙を入れると、ようやくささくれていた神経が落ち着いてくる。長年の不摂生を改めなければならない年齢にきているのだが、ニコチンだけはやめられる気がしない。この仕事を続ける限りは無理だろうと、いつも都合よくすり替えていた。

捜査車両である紺色のレガシィの屋根には、どこかから飛んできたイチョウの葉がへばりついている。夜は少しだけ秋めいて涼しくなった。月縞がリモコンキーで車を解錠すると、ハザードが返事をするように瞬いた。

　それにしてもこの男は、ペアとなった岩楯に気を遣って何かを喋《しゃべ》るわけでもなく、沈黙を苦痛に思っているふうでもない。程度の差こそあれ、普通ならもっと緊張が透けて見えるものだが、月縞にはこれといって無理がないようだ。いや、無理がないどころか、組んだ初日に「だるい」と言えてしまえる神経をもっているやつには、お目にかかったためしがなかった。これが個性重視教育か何かを受けて育った、マイペースな現代人というものか。なかなか鋭い指摘をするものの、刑事として上を目指そうという野心も見えない、摑《つか》みどころのない男だった。

　ドアを開けると、月縞はまた呟いた。

「だるいな」

　そして数分後、また同じ言葉をぼそりと繰り返す。小生意気な若造にはぴったりの口癖だが、笑顔で受け流してやれるほど岩楯も鷹揚ではない。さて、この男をどう扱ったものだろうか。すかした横顔をじっと見ていると、懲りもせずにまた口にした。

「だるいな」

「ああ、そうだ。今日は普段の何十倍もだるい。おまえさんの場合は、さらにだるさが倍だろうよ。二日連続で腐乱死体に付き合った挙げ句に、面倒なよそ者の上司と組まされる。踏んだり蹴ったりとは、まさにこのことだな」

「そういうことを思ってはいませんが」

皮肉にまったく動じる様子もなく、そっけなく返してくる。さっさと運転席に収まろうとした月縞は、急に大きく舌打ちしたかと思えば、跳ねるように外へ飛び出した。なぜか、靴下とスニーカーを荒々しく脱ぎ捨てている。煙草をふかしながら目を凝らすと、靴下のゴムの隙間に何匹ものウジが入り込んでいるのが見えた。

「早速、土産《みやげ》を持って帰ってきたようだ」

岩楯ははっと大笑いした。自慢のポーカーフェイスがこうも簡単に崩れるとは、実に愉快だ。月縞は舌打ちを繰り返しながら、動きの鈍ったウジどもを払い落としている。靴下をタイヤのホイールに何度も叩きつけると、さらに数匹のウジが転がり落ちてきた。

「取り込んでるとこ悪いんだが、訊いてもいいかい？」

「今ですか！」と月縞が怒鳴りながら返してくる。

「ああ、今じゃなきゃ駄目なんだよ」

「そういうことならどうぞ！」

悪態を交えながら声を張り上げ、相棒は片足でぴょんぴょんと跳んだ。かっこいい顔でかっこ悪く靴下を振りまわしている姿を眺めているうちに、岩楯は爽快な気分になった。

「解剖のとき、もちろん長靴に履き替えたよな？」

「替えました！」

「ウジどもが入り込まないように、テープで隙間をちゃんと塞いだか？」

はい、と返答した相棒は、スニーカーを逆さにしてウジがいないことを確認している。岩楯は煙草を揉み消し、助手席に収まった。

「しかし、おかしいな。テープで目張りしたのに、なんでウジがそんなとこまで入ったんだか。もちろん、靴下の中にズボンの裾は入れたんだろ？」

「靴下の中に？」と月縞は顔を撥ね上げた。「どういうことですか？　そんなの入れていませんよ」

岩楯は目を細め、にやりと意地の悪い笑みを浮かべた。

「じゃあ、ズボンの裾も覗いてみろ。もっとおもしろいもんが見られると思うぞ」

言うが早いか月縞がジーンズの裾を裏返すと、身をくねらせた白い物体が、縫い目に沿ってびっしりと並んでいた。

「うっ、ちくしょう！　ここもか！」

地団駄を踏むような格好の月縞に、岩楯はにべもなく言った。

「さっきな、着替えてるときに教えてやろうと思ってたんだよ。でも、おまえさんはなんでもよく知ってるふうだったし、余計なこと言ってもあれだろ？　小うるさい上司は嫌われるからな。それに俺も慌ててたから、ついうっかり確認すんのを忘れたんだよ。いやあ、悪い、悪い」

月縞は「わざとだろ」と言わんばかりに、恨みがましい視線を向けてきた。靴の奥やジーンズのポケットまでしつこいぐらいに探り、ようやく安堵のため息を洩らしてエンジンをかけた。

「昨日は、現場へ入った捜査員が二人、卒倒したんだって？」

岩楯は、車を発進させた月縞に声をかけた。

「はい。前が見えないぐらいハエが飛んでいたし、臭いで息もできないほどでしたから」

「解剖室にいたホトケは、あれでもまだきれいだったわけだ」

月縞はこっくりと頷いた。今さっきのウジの洗礼のせいか、少しだけ表情に隙ができている。神田駿河台《かんだするがだい》四丁目の交差点で信号待ちをしているとき、さらにさまざまなことを思い出したらしく、シートの上で何度も身じろぎをした。

「思ってることがあるんなら、『だるいな』と同じノリで口に出して言ってもらいたいもんだね。沈黙が美徳の時代は、俺の中ではとっくに終わってる」

「別にないです」

「感情を無理に隠さなくてもいいってことを言ってるんだが」

「隠しているわけではなく、特別思うところはありません」

「ほう。溶け出した腐乱死体とハエ嵐の中にとどまるなんてのは、ＣＩＡの精神実験よりひどいと思うが、おまえさんにとっちゃカルイわけだな。若いのにたいしたもんだよ、警官の鑑《かがみ》だ」

岩楯は大げさに驚いて見せ、過去に経験した凄絶な事例を、事細かな描写を交えて馬鹿丁寧に話してやった。ドラム缶の中で溶けた死体、水死体の腹から出てきた大量のミドリガメ。吊《つ》るされた遺体から落ちた目玉が頭に当たったくだりのとき、月縞は「わかりました、もう結構です」と早口で遮った。額に浮いた汗を手の甲でぬぐい、ぽつぽつと言葉を送り出してくる。

「人が死ぬとあんなふうになるなんて、想像を絶しました。ひどい経験です」

「腐乱死体にかかわったことは？」

「ありません」

「まあ、あそこまでガスで膨らんだ状態はそう滅多にない。逆に、生まれたての赤ん坊は無菌に近いから、袋に入れて密閉されてれば腐らないんだよ」

　初耳です。相棒はいささか目を丸くした。

「そういう事例は何回も見てる。それに今のホトケは、溶血で口とか鼻から大量の血を吐いてたろ？」

　月縞は頷き、信号が青に変わるとアクセルを静かに踏み込んだ。

「あれが吸血鬼伝説の始まりだ。なんかの理由で棺桶を開けたとき、死体の口が血まみれになってるのを見て、昔の人間はどっかで生き血を吸ってきたと思った。で、化け物を始末しなけりゃならんってことで、胸に杭を突き立てたんだ。すると胸腔《きょうくう》に溜まってた腐敗ガスが一気に噴き出して、それが断末魔の叫びに聞こえたわけだよ。そのうえ、辺りに飛び散った細菌のせいで、その場にいた全員が感染症を起こして、次々と奇怪な死を遂げる。今度は、吸血鬼の呪い伝説に発展するわけだ」

　むっつりと黙って耳を傾けていた月縞は、様子を窺《うかが》うように岩楯を素早く盗み見た。今度は、何を思っているのかなんとなくわかった。岩楯のように、無駄話をする上司には会ったことがないというところだろう。この男は、本庁に対してよい思いがない。いや、本庁というより、なぜか警察組織そのものを蔑《さげす》んでいるような節さえ見受けられるのだが、深読みのしすぎだろうか。南葛西署でも浮いているのは間違いないだろうし、扱いづらい小難しいタイプだと言える。

「これは興味から聞くんだが、おまえさんは今後どうしていきたいと思ってるんだ？　警察組織の中でってことだが」

「小笠原《おがさわら》諸島の駐在勤務で希望を出しています」

月縞は即答した。岩楯は煙草をくわえ、隣をまじまじと見た。どうやら冗談ではないらしい。

「なるほど。自分探し的な若者の離島ブームは、警察も例外ではないわけか」

「くだらないブームにのっているわけではありません。でも、そういう生き方もありかと思います」

「まあな。おまえさんの人生だ。誰も止めはしないよ」

いちいち調子が狂う男である。

「で、解剖に立ち会って何を感じた？」

岩楯は、前を走るマーチの尾灯を見ながら質問をした。もう少しだけ、この男の本質に近いところに触れてみたい。無気力な能無しをよそおっているだけなのか、それとも、本当にただの惰性で警官をやっているたぐいの人間なのか。

月縞は、しばらく考えたすえに口を開いた。

「現場を見たときから、ホシが複数だとは思っていました。あの場所に遺棄するには、ひとりでは難しいので」

「倉庫の真ん前まで車がつけられないからな。通路の奥まで担《かつ》ぐ必要がある」

「はい。でも、三人が代わる代わる殺害に加わったのは意外です」

「今んとこは推測でしかないが」

「殴られた痕跡を見れば、同じ人間がやったとは思えない……という結論だったと思いますが」

「ああ。俺はそう思ってるが、ぜひともおまえさん独自の意見が聞きたいね」

相棒は再び口をつぐんだ。自分の考えを表には出したがらないようだった。けれども、署長や初対面の岩楯をも質問攻めにするぐらいだから、なんの考えももっていないわけではない。つまりは、これが南葛西署捜査課のやり方なのだ。ほとんど新人に近い捜査員には、質問以外の発言権が与えられていないのだろう。

神田橋《かんだばし》料金所を抜けて、首都高へ滑り込んだ。月縞は、言葉を選ぶように口を開いた。

「後頭部のど真ん中にあった、陥没するほど強い殴打。これは、殺すつもりで殴ったように見えました。でも、ほかの二つはそうは見えない」

「というと？」

「もちろん、殺すことを前提で監禁までしていた。でもいざとなったら、二人はこわくなったのかもしれません。あの傷にはためらいがあったように思えます」

岩楯は小さく頷いた。着眼点は悪くない。自分もあの傷を見て、犯人たちの気持ちの温度差を瞬時に嗅ぎ取っていた。

「主導権を握ってんのが、バットでぶん殴ったやつだろうな。縛り上げた女を前にして、最初に殴る権利をほかの二人に譲ったのかもしれない」

「譲った？」

「そうだ。おまえらが初めにやっていいぞってことだよ。だが、共犯の連中は尻込みした。だから、中途半端なためらい傷になってると思う。動機は強い恨み、これでいくぞ」

ほかにも気になる点がいくつかあるが、それは虫の専門家の意見を仰がなければならない。

3

日中の気温が三十二度という予報の通り、翌日は陽炎《かげろう》が立つほどの熱気だった。西の空には真綿に似た積乱雲が盛り上がっている。真夏のぶり返しは、この時期何よりも腹立たしい。岩楯はくしゃくしゃのハンカチをポケットから出して、顔と首をぬぐった。

入り口ドアの小窓から中を覗くと、四人しかいない学生は、それぞれ真剣な面持ちでノートにペンを走らせていた。学者然とした寝癖だらけのメガネを筆頭に、分厚い筋肉をまとったピアスだらけのスキンヘッド、小太りで生っ白《ちろ》い年齢不詳の童顔と、頬がこけた胴長の痩《や》せがいる。全員が男で、おもしろいほど見た目のバリエーションに富んでいた。

岩楯は月縞に場所を譲った。

「見てみろ、いいか。右から、トンボ、ヘラクレスとかいうでかいカブトムシ、カイコの幼虫、シャクトリムシ」

怪訝《けげん》そうな顔で中を覗き込んだ月縞は、四人を見たとたんに笑いを噛み殺すような咳払いをした。

「全員が見事な虫顔だ。毎日虫のことばっかり考えてっと、あんなふうに人間離れしてくるんだろうな」

しみじみと言って、教卓のほうへ視線を投げた。こっちでは、肩ぐらいの髪を無造作にひっつめた小柄な女が教鞭をふるっている。いや、教鞭ではなく、釣り竿のような篠竹を指示棒代わりにしていた。ぶんぶんと振りまわしては黒板をぴしゃりと叩き、踏み台に上って、わけのわからない数式や記号を書き殴っている。早まわしを見ているようで、動きがいちいち忙《せわ》しない。天井から下げられたスクリーンには、ウジにまみれた何かの生き物が映し出されていた。

法医昆虫学者の赤堀涼子《あかほりりょうこ》は、あいかわらず化粧気のない顔をしていた。前髪をピンで留めつけているから、なおさらつるりとして見える。何度顔を合わせても二十代ぐらいにしか見えず、むしろ四人の学生のほうが、三十六の彼女よりも年上の貫禄があった。

「わりとかわいい感じの人だな……」

後ろから、月縞の素直な感想が聞こえてきた。

「ああいうのが好みなのかい？」

「いえ、まったく」とひと呼吸の間もなく返してくる。「想像していたのと全然違いました」

「どんな女を想像してたのか、なんとなくわかるような気がするんだが」

「たぶんそれで合ってると思います」

「まあ、これからさらに、想像を絶することになる。あの先生の言動を見れば、間違っても『かわいい』なんて言葉は吐けなくなるからな。神が許さないレベルだよ」

そのとき、終業のベルがけたたましく鳴った。虫似の学生たちと入れ違いになって、二人の刑事は教室へ入る。岩楯に気づいた赤堀は、ちょっと待ってくださいね、と大きな身振りで示していつもと変わらぬ笑顔を向けてきた。笑うと目尻の垂れた目がいっそう垂れて、年齢不詳のあどけなさを際立たせた。

大雑把に黒板を消し終えた彼女は、台からぴょんと飛び降りて手をぱんぱんと叩いた。チェックのシャツにくたびれたジーンズ、足許は赤いビーチサンダルをつっかけた姿だ。

「岩楯刑事、久しぶりですね」

「先々週、飲み屋でさんざんくだを巻かれたと思ったが」

「ああ、そうだった。あんまり久しくもないか」

赤堀は大口を開けて笑い、岩楯の後ろに控えている月縞に早速目を留めた。一歩を踏み出してまじまじと見上げ、興味津々といった具合に黒目がちな瞳を輝かせている。

「きみぐらいかっこよければ、もっと楽に生きる選択肢がいくらでもあったでしょうに。わざわざ警官の道を選んだことに敬意を表しちゃう」

赤堀は大げさに敬礼して見せている。予想外の言動に面食らったらしい月縞は、答えを探して口ごもっていた。すると彼女はつま先立ちになって伸び上がり、相棒の肩をぽんぽんと叩いた。

「ともかく、ようこそ虫の縄張りへって言わせてもらう。ちなみにきみは、昆虫恐怖症の気があるかな？　今までに虫が原因でショック状態に陥ったとか、家族に異常な虫嫌いがいるとか、岩楯刑事みたいに、クモを見ただけで死にそうになるとか」

「クモで死にそうに？」

相棒が岩楯に顔を向けるなり、赤堀は余計なことをぺらぺらと喋りはじめた。

「なんだ、知らないの？　きみんとこの上司は重度のクモ恐怖症で、うっかり図鑑見せるのもヤバいレベルなわけ。彼を殺《や》ろうと思ってる人間がいたら、わたしはこう助言するね。高確率で返り討ちに遭うから、できればやめといたほうがいいけど、確実に仕留められる方法がひとつだけある。五センチオーバーのアシダカグモを、ポケットにそっと入れておくだけでいい。これでもう完全犯罪が成立だよって」

とんでもないことを言う女だ。しかもその状況が頭をかすめ、一瞬のうちに岩楯の全身を粟立たせた。指先がクモと認識した瞬間に、泡を噴いてぶっ倒れるだろうし、今日はもうポケットには手を入れられまい。いらない悪夢を刷り込みやがって……。月縞は完全に毒気を抜かれたらしく、赤堀のどうでもいい質問に素直に答えて名刺を手わたしていた。

それにしても、この女には苦手な人種というものがいないのだろうか。岩楯は、愛想の欠片《かけら》もない月縞に、しつこく絡んでいる赤堀を眺めた。彼女にかかれば老若男女、しかも地位や役職も一切関係なく、全員が分け隔てなく扱われることになる。それでいてかなり強引なのだが、さして嫌がられもしない。実に不思議な立ち位置の女だといつものことを思った。

岩楯は、ひとりで馬鹿笑いをしている赤堀に言った。

「本当にクモの刺客を送られたら、必ずあんたの枕許に立つからな」

「何それ！　おもしろすぎる！　ぜひ、ほっかむりかなんかで立って！」

赤堀は手を打ち鳴らし、さらにげらげらと笑い声を張り上げている。

「死者を冒瀆《ぼうとく》すんな。それにしても先生とは、切っても切れない縁があるらしい。俺がかかわる案件には、どういうわけだかウジ虫がわんさか湧いて出るんだから」

「まさか、偶然だと思ってる？　岩楯刑事って、そんなに無邪気だったたっけ」

にじんだ涙をぬぐいながら覗き込んできた赤堀に、岩楯は「いいや」と笑った。

「そういうこと。わたしが必要になりそうな事件が起きたときには、岩楯刑事が出張ることになる。つまりは、上に仕組まれてるのね」

彼女の読みは、はずれていないと思う。一年前の放火殺人事件で出した成果が、法医昆虫学を警察組織に認めさせた。まだ手探りの状態から脱してはいないが、今後も積極的に使ってみようかという見方に変わってきたことは確かだった。その地固めの時期は、最初に担当した岩楯と動いたほうがいいという判断なのだろう。手に余るものを押しつけられた格好だが、彼女の仕事ぶりをまた近くで見られるということでもあった。これはこれで、おもしろそうではある。

三人は「法医昆虫学教室、分室」へと移動した。本校舎からはずいぶんと離れ、研究用のビニールハウスや畑が並ぶ一角にそれはある。伸び放題の樫《かし》の枝葉が覆いかぶさる木造の建物は、分室というより古びた物置小屋だった。赤茶色のトタン屋根に落ち葉が積もり、周りにはガラス瓶やケージなどが雑然と置かれている。赤堀はドアにかけられている「不在」のプレートを裏返し、南京錠を外してノブを引いた。

月縞の顔には、「ここが研究室?」という疑問符が貼りついている。無理もない。広大なキャンパスから島流しにされたような、雑草だらけの場所なのだから。

赤堀に続いて中へ入ると、一年前と変わらない光景が広がっていた。八畳ほどの空間には、壁が見えないほど書類や本が積み上げられている。スチール棚にはさまざまな機材が置かれ、そこらじゅうにメモ紙や付箋が貼られていた。

「さっきの四人が、法医昆虫学の未来の担《にな》い手なのかい?」と勝手に出したパイプ椅子に腰かけながら、岩楯は口を開いた。「大人気とは言い難いみたいだな」

「まあね。院を出てもろくな働き口がない、日本では食べていける見込みがない、だからやりがいを見出せない。人が集まらないそれっぽい原因はいろいろあるけど、『つらい』が正直な理由だと思う」

赤堀はファイルを棚から抜き出しながら、話を続けた。

「今日も早朝から校外で実習してきたんですよ。ここから少し離れたところに大学が借りてる山林があって、そこで腐敗実験をやってるわけ」

「腐敗実験?」と岩楯が問い返すと、室内を興味深げに見まわしていた月縞も、隣で動きを止めた。

「死んだ動物を放置して、死後の経過を観察する。これが腐敗実験ね」

「死骸を山ん中に置き去りにしてるのか」

「まあ、いろんな条件のもとでだけど、そういうこと。世界中で動物の臨床実験がされてるからデータは多いけど、当然、種とか風土によって結果が変わる。だから、いろんな実験データと、過去に日本で起きた殺人事件のデータを、何年もかけて比較したわけ。そしたら、成人したヒトの腐敗分解にいちばん似たパターンをたどるのは、二十三キロのブタだとわかった。これがわたしが使ってる実験動物ね」

「腐ったブタに湧く虫を分析する実験か……。聞くだけでもつらそうだな」

赤堀は、わずかに愁《うれ》いを帯びた面持ちで窓の外を眺めた。

「あたりまえだけど、これをやるには保健所と大学、そして地主の許可がいる。薬とかガスで殺すと結果に影響が出るから、できるだけ事件に近い形で処理しなければならないの。協議委員会じゃなくたって、こんな状況は受け入れ難いでしょうね。血も涙もない鬼だって言われたこともある。でも、これは避けては通れない。法医昆虫学の確立のためには必要なんだけど、精神的な折り合いがつけられないで、離れていく学生も多いわけ」

初めて聞く話だったが、科学の進歩とさまざまな実験は、切っても切り離せない関係にあることぐらいはわかっている。ほとんど何にも動じない、あけっぴろげな赤堀の表情が曇っていた。

「よその国でもやってる実験なんだよな？」

「ええ。アメリカでは『ボディファーム』っていう施設があるから、日本とは比較にならないぐらい進んでるんだけどね。生前に希望があった献体を、実際に野晒しにして腐敗させる実験機関があるの。殺人事件を想定してるから、中はまさに地獄絵図。おもりをつけたヒトが池に沈めてあったり、コンクリートで固めてあったり、ビニール袋に詰めて放置してあったり、木から吊るされてたり」

「すさまじいな……」と月縞が思わず口を開いた。

「そう、すさまじいし倫理的な問題もある。でも、ヒトの死後の経過を知ることで、解明される疑問点は山ほどあるわけ。みんな最終的な思いは一緒だしね。犯罪者を追い詰めるっていう執念がある」

赤堀はふうっと息を吐き、小首を傾げてにこりと笑った。

「さて、法医昆虫学の重たい話は終わり。目の前にある重い話をしましょうか」

そう言って彼女は、ファイルから事件現場写真を抜き出した。これはこれですさまじいものがある。机の上に次々と並べられた写真には、トランクルームで遺体が発見されたときの惨状が焼きつけられていた。倉庫の奥には、蛇腹にガラスがはめ込まれた小窓があり、ちょうどその真下に、腐敗で膨張した女が脚を投げ出して座っている。まるで、打ち捨てられたマネキンだった。

「解剖報告書は、まだ手許に届いてないの。今回もしつこく要請はしてみたけど、遺体を動かす前の現場へ立ち入る許可も出せないし、解剖の立ち会いなんてもってのほかだって。まったく、そこがいちばん重要だって何回も言ってんのに」

「長年続けてきたルールを、いきなり変えるのは難しいんだよ。先生を捜査陣に加えようと思っただけでも、組織としたら画期的だ。まだよそ者の域は出てないが」

斟酌《しんしゃく》なく言うと、赤堀は膨れっ面をして文句を捲《まく》し立てた。

「ともかく、腐乱死体と二人っきりになった男をつれてきてやったんだから、なんとかそれで手を打ってくれ」

「二人っきり？」と彼女は、目をきらりと輝かせた。「へえ、いちばんに現場へ急行したのは月縞くんなんだ」

「そういうことだよ」

「シラけた顔してなかなかやるじゃん。で、何回吐いた？　もちろん、寮に帰ってからも思い出し吐きしたよね？」

なぜそれを、わくわくしながら嬉しそうに聞くのだろうか。月縞は、ぴくりとも表情を動かさずに淡々と答えた。

「おかげさまで、一度も吐きませんでした」

「何それ。こんな場面では吐きまくってこそ若手でしょうに」と赤堀は、さもつまらなそうに首を左右に振った。「それで、現場はどんな感じだった？」

「とにかく、前が見えないほどのハエでした。まるで嵐です。去年の報告書で読んだ、キンバエではありませんでしたが」

「ああ、屍肉食《しにくしょく》のハエは、『オビキンバエ』って名前がついてるけどキラキラ光ってないからね。黒味がかった緑で、複眼はレンガ色。八ミリぐらいの小型だったでしょ？」

「そう、それです。ウジの数も半端じゃなかった」

「お茶碗なん杯ぶんぐらい？」

月縞が一瞬だけ顔をしかめた。

「……どういうわけで、ウジを茶碗で換算する必要があるのか教えてください」

「視覚的なわかりやすさの追求だよ。何匹ぐらいいたかって質問して、答えられる刑事なんていないわけないからね。でもお茶碗とかどんぶりなら、いろんな意味でイマジネーションが働くでしょ？　ちなみに、お茶碗一杯で三千匹前後だから……」

気味の悪い講釈をさらに続けようとする赤堀を、月縞は「わかりました」と右手を上げて遮った。相棒がやらなければ、岩楯が話に割って入っていたところだ。

「確かに、何匹かの見当はまったくつきません。とにかく、ものすごい数だったとしか言いようがないですけど、茶碗での換算が重要であれば時間をください。もしかして大量のウジも、現場のひどさが見せた幻覚かもしれませんから。少し冷静になってみます」

「よろしい」と赤堀は意味ありげに微笑み、それ以上の追及をしなかった。

彼女はこういう突拍子もない質問を通じて、相手の心を推し量っている節がある。精神的なダメージを引きずってはいないか、自分と同じ土俵の上で仕事ができる気概があるか。それに、どんなタイプの人間であろうと、本音の部分を引き出してくるのがすごいところだ。どうやら赤堀は、月縞の負けん気の強さに興味をもったようだった。

彼女は現場写真をまとめ、机にとんとんと打ちつけてファイルに突っ込んだ。

「そろそろかな。捜査会議は四時からでしたよね？　わざわざ迎えにきてくれて助かりましたよ」

「先生を丁重にお迎えしろとのお達しがあったもんでね」

「それはご丁寧にどうも」

節をつけてそう言いながら、ビーチサンダルからスニーカーに履き替えている。大振りのリュックに虫捕りの道具とおぼしきものを次々と突っ込み、背丈よりも長い捕虫網に手を伸ばした。

「ところで岩楯刑事、会議のあとに現場へ行ってもいいですか?」

「すでに行く気満々だと思うんだが」

「まあね。現場の生態系がもとに戻っちゃう前に行かないと意味がない。時間が勝負なんですよ」

スチール製の引き出しを開けて、細々とした器具を手早く取り出している。そしてさっと立ち上がり、荷物を詰め込んだリュックサックを軽々と担ぎ上げた。

4

「現場は、江戸川《えどがわ》区東葛西五の三十の○○。東西線の高架下に設置されている、コンテナ型のトランクルーム。いわゆる貸し倉庫の一室です」

メタルフレームの角張ったメガネをかけた係長が、マイクに向かって言った。

南葛西署からは、およそ二十人ほどの捜査員が駆り出されており、会議室の前方は本庁の人間で固められていた。新たな報告書がいくつも追加され、みな難しい面持ちで目を通している。

岩楯の隣では、赤堀が捜査会議にはそぐわないラフな格好で書類をめくっていた。毎度のことだが、いかめしい男集団の中に、署内見学の子どもがうっかりまぎれ込んだようなありさまだ。彼女は解剖報告書を読みながら「ははあ」とか「そうきたか」などといちいち声に出して反応し、無造作にアンダーラインを引っぱっていた。

「この一帯は、倉庫とか土建屋の資材置き場になっているような場所なので、日中でも人の出入りはあまりないですね」

係長は、聞き取りづらい割れた声で続けた。

「通報者は、江戸川区から剪定《せんてい》委託を受けた造園業者の三人。街路樹の刈り込み作業員です。九月一日から、一週間の予定でこの地区の剪定を請け負っていたんですが、
初日に異臭に気づいてる」

「初日？　てことは、丸二日も放置してたのか？」

署長が問うと、係長はメガネを押し上げながら、はい、と頷いた。

「生ゴミか、最悪でも動物の死骸でもあるんだろうということで放っておいた。ですが、九月三日になってそうも言っていられなくなったんです。なんせ、あのコンテナのすぐ脇にある木の枝を落としてたわけですから」

それから交番勤務の警官が向かい、月縞が現場へ駆けつけたというわけだ。

「コンテナ型の倉庫は、三個ずつ二段に重なっている格好で、高架に沿って二列に並んでいます。貸し出しスペースは全部で十二個。遺体が発見されたのはいちばん奥下の個室で、鉄梃《かなてこ》か何かで扉がこじ開けられた痕跡が見つかっています。借り主は三十五歳の派遣社員。本の置き場のために倉庫を借りている男で、参考人として聴取を続けています」

岩楯は、借り主の情報にざっと目を通した。滋賀出身の独身男で、とにかく空き時間のすべてを読書に注ぎ込んでいるという変わり者らしい。その大切な保管スペースに死体が遺棄されたことについては、驚きや怯えを訴えるより先に、「迷惑きわまりない」と憤慨したと記されている。まあ、降って湧いたような不運を思えば、わからないでもない。しかし岩楯は、男がさして驚いたふうでもないところが気にかかった。この情報だけではなんとも言いようがないが、直接会って話を聞く必要があるだろう。

「その他、倉庫を借りている全員からの訊き取りも終わっています。それぞれ二年の長期契約で、スキーとかアウトドア用品、季節ものをしまう場所として利用。すべて江戸川区在住、単身者が三人で残りは家族持ちです」

目撃情報について述べていた係長は、有力なものはありません、と報告を締めくくった。そしてすぐに、鑑識課長があとに続く。

「被害者の身元は不明。歯科治療記録も今のところなし。ガイ者は四十から六十ぐらいの女ってこと以外に、身元を特定できるような特徴がない。ええと、捜索願については？」

鑑識課長が部下を見やると、前列の捜査員が書類を読み上げた。

「該当する年齢層の女性に限定しても、届けが出されているだけで八千人弱います」

「八千？　とんでもない数だな」

「はい。年齢と身体的特徴から振り落としていくしかないですね」

「そうか。こっちはこっちで難儀しそうだ。ホトケが遺棄されていた倉庫内だが、微物がほとんどないに等しい。毛髪、足紋、繊維が極端に少なくて、中から指紋は検出されなかった」

「きれいに掃除していったみたいだな」

一課長が、皮肉めいた冷え冷えとした笑みを浮かべている。

「そういうことだよ。おそらく、現場に掃除機をかけたと思われる。倉庫周辺の外壁から出た指紋については、管理者と借り主を含めて照合中。そんな中で、引っかかる物証が見つかっている」

鑑識課長は細い銀縁のメガネをはずし、報告書を顔から離して目を細めた。

「ええと、まずは毛髪から。ブリーチされた、十五センチを超える長さの自然脱落毛が数本出た。ブリーチと言っても茶色ではなくて、金髪になるほどのきつい脱色だ」

「女ですかね」

南葛西署署長が口を挟むと、鑑識課長は首を横に振った。

「これは鑑定にまわしています。結果が出るまで、男女の区別はつきませんね。それから……」と課長は親指と人差し指を舐め、書類をめくった。「遺体に付着していた微物の中から、さっきと同じと思われる金髪と、植物のタネが発見されている」

「タネ？　種子ですか？」

「そう。この微物の鑑定結果はすでに挙がってきていて、ええと、タネは『サギソウ』のものと判明している」

サギソウ？　会議室のあちこちで確認するような声が上がり、岩楯の隣では赤堀がぴたりと動きを止めている。スクリーンに件の植物が映し出された。サギが羽ばたいている格好にそっくりな花びらは純白で、おそろしく繊細な造形をしている小さな植物だ。赤堀と月縞は、身じろぎもせずに画像に見入っていた。

「サギソウは、湿原に生息するラン科の多年草。準絶滅危惧種に指定されていて、数も少ないということだよ」

なんらかの足がかりになるかもしれないと、捜査員たちの目が鋭くなっている。しかし鑑識課長はなんの反応もせず、報告書の続きを読み上げた。

「天然のサギソウは、今言った通り希少ではあるが、観賞用として大量に栽培、出荷されている植物なんだよ。そのへんの花屋で普通に売られているものだ。ただし、市場に流通しているほとんどが球根で、タネは出まわっていない」

「タネができない植物なんですか？」と岩楯はメモをしながら質問した。

「いや、そうじゃない。花が終わったあとにほったらかしておけば、自然にタネがこぼれ落ちることにはなる。だが、サギソウを育てるような連中は、花が終わったらすぐに摘み取るのが常識らしい。じゃないと、養分を取られて球根が駄目になるということだ」

「じゃあ、それを知らないサギソウ素人が、事件に関係している可能性もあるわけですね。逆にサギソウに詳しい野草愛好家で、わざわざタネを採っているような人種も当てはまる。花を出荷してる農家もあり得るし、もちろん天然ものの可能性もあると」

「まあ、ここも範囲が広い。特殊とはいえ、これだけで絞り込むのは難しいだろうな」

けれども、殺害から遺棄までのどこかの段階で、サギソウという花がかかわったことは事実だろう。最低でも三人が絡んでいる監禁殺人と、草花の関係か……。岩楯はペンを置いて腕組みをした。

そもそも、なぜトランクルームに死体を遺棄したのかがわからなかった。丁寧に掃除機までかけて、そこらじゅうの指紋を拭き取ってまで。葛西に死体を捨てる意味がどこにあるのだろうか。岩楯は、一昨日からずっと同じことを考えているが、未だ筋の通る仮説が浮かんではいない。

鑑識課長は、続けて検屍解剖の報告をした。要点のみの説明を終えたところで、何か質問はないかと室内を見まわした。すかさず隣で「はい！」という大声が上がり、岩楯は驚きのあまりびくりと肩が震えた。この場にいる全員の顔が、一斉に声のしたほうへ向けられる。

赤堀は派手な音を立てて椅子を引き、わざわざ立ち上がってぺこりと頭を下げた。

「今回の事件で、虫を一手に引き受けることになった、法医昆虫学者の赤堀涼子です。捜査に加わるのは二度目ですが、警察に損はさせないつもりなんで、そこんとこよろしくお願いします。あ、後ろのほう、マイクなしでも聞こえてます？」

今までの緊張した空気を、一瞬にしてぶち壊せる女だった。そして、岩楯ほど慌てている者がこの場にいるだろうか。嬉々として無駄話を続けている女を、横からおそるおそる見上げた。おかしな発言をしないように釘を刺しはしたが、赤堀自身がおかしさに気づいていないのだからどうしようもない。

捜査員たちはみな、なんだこいつは、といった顔をしてざわついている。すると一課長が、おもむろにマイクを取り上げた。それだけで場の空気が凍りつき、嫌な緊張が走る。白髪混じりの髪は七三に整えられ、浅黒い頬がこけて目だけが異様に突出して見えた。人が本能的に目を合わせないたぐいの風貌だというのに、この女には通じないらしい。

赤堀は満面の笑みで、一課長に声をかけた。

「一課長さん、お久しぶりですねえ。お元気でした？」

「おかげさまで」

「その節はお世話になりました。というか、あのときは、一課長さんに毎日怒られてたって感じ。ああでも、去年はお見舞いにも来てもらっちゃって……」

頼むからもうやめておけ。岩楯が心からそう願ったとき、上司は手をひと振りして赤堀の世間話を遮った。

「今、すばらしい自己紹介にあった通りだ。赤堀准教授には、法医昆虫学の見地から捜査に加わってもらうことになる。去年、ウジの成長スピードの違いから、炭化するほど焼けたガイ者の麻薬摂取を突き止めた。ここにいる者は、法医昆虫学についてほとんど知らないだろうし、先生から簡単に説明してもらいたい。『簡単に』お願いしますよ」

「お安いご用です」と赤堀は節をつけ、拳を口許に当てて咳払いをした。「簡単に言うと、ウジと死体につくいろんな虫を使って、死亡日時や被害者、加害者が置かれていた環境を推定するのがわたしの仕事です」

「どうやって推定するんです？」

後ろのほうで、遠慮がちだが、興味を惹かれているような声が上がった。

「小学生のときに習った、自然界のサイクルを思い出してもらいたいんですが、物質循環の主役は昆虫です。死体につく虫の種類は、予測できるパターンで移り変わっていく。つまり、それぞれの齢《れい》さえ特定できれば、おのずと死後の経過時間がわかるわけですよ」

「齢……ですか」

「そう、脱皮のたびに、一齢二齢と成長するんです。クロバエ科のハエだと、産卵期間が六日で発育期間が十二日続く。そのあと蛹《さなぎ》になって、だいたい十七日かけて成虫になります。ハエは死臭を嗅ぎ取って十分以内に遺体に卵を産みつけるから、誤差はほとんどないと言っていい」

「かなりアバウトな感じがしますが」

「いえ、いえ。どの学者が出す推定よりも、いちばん現実に近い数値を叩き出しますよ」

　会議室のあちこちで、半信半疑を表す曖昧な目配せがおこなわれた。

「加害者と被害者が置かれていた環境を推定するというのは？」

「生き物というのは、餌《えさ》となるものを中心にして、あっという間に生態系を築きます。そこでは必ず弱肉強食が起こる。屍肉をウジが食べて、そのウジを小型のハチが食べ、小型のハチを大型のハチが食べるようなもので、寄生種とか微生物も加わるから、どんどん大きく複雑になるんですよ。今回みたいに遺体を動かした場合なんかは、犯人がどんなに工作しようが必ずほころびが出る。この現場写真と解剖写真なんて、いくつも『虫の知らせ』が写り込んでるしね」

赤堀はにんまりと笑い、手に取った写真を高々と上げた。

「閉め切った倉庫の中で、遺体と二人きりになった月縞刑事は、前が見えないほどハエが飛んでいたと報告しています。実際、ものすごい数だったと思う。だからさっき、月縞刑事に質問したんですよ。ハエはともかく、ウジはお茶碗何杯ぶんぐらいいたかって」

「茶碗……」と呻き声を洩らしている捜査員は、ひとりや二人ではないだろう。赤堀は、身振りを交えて話を続けた。

「実は、ハエの数に対して、現場にはウジがそれほどいなかった。検屍解剖所見にも出ている通り、腐敗状態のわりに内臓の液化は少なくて、体内にまでウジは侵入していなかったのね」

「だからなんだ?」

一課長がメモを取りながら声を出した。

「遺体が発見された一昨日から、過去三週間の気象データを見てみたんですよ。あの場所の気温は平均して三十一度。鉄製のコンテナの中だったら、日中は五十度を軽く超えることになったはず。でも、高架下で日陰だったから五十度未満に保てていた」

「で？」

「ウジは体温調節ができないから、五十度を超えれば熱死します。三十五度程度でも、活発に繁殖はできなくなる。これはバクテリア類も一緒だから、暑さのために、ウジの成長も内臓の腐敗もストップしたんですよ」

「なるほど、なるほど」と口を挟んだ南葛西署署長が、ぽんと手を叩いた。「先生の見立てによれば、ウジ虫はそれほどいなかったということだがね」

「はい、そうですよ」

「検屍解剖では、湧き出してくるほど大量にいたんだよ。先生は実際にそれを見てないだろう？　机の上の計算だけでものを言わないほうがいいな。いかにも学者的だ」

署長が、言い負かしたとばかりにせせら笑っている。確かに解剖の場面では、赤堀の指摘通りではない。しかし彼女は、まったく動じる様子がなかった。

「解剖時にいた大量のウジは、コンテナから運び出された直後に孵《かえ》ったものですよ。あの場所に遺体が遺棄された瞬間から、ハエは次々にやってきては卵を産んだはず。でも、肝心の卵は気温が高すぎて孵れなかった。現にわたしの手許に届いた子たちは、みんなそろって初齢のウジでしたから」

それの何が重要なんだ。そう顔に書いてある署長は、眉間に深いシワを刻んで唇を引き結んでいる。岩楯もいまいち意味を量りかねていたが、はっとして資料をばさばさとめくった。鑑識が現場で採取した微物の中に、ウジの抜け殻が少しだけ混じっていたはずだ。卵さえも孵れない過酷な状況のコンテナで、羽化して飛び立ったハエがいる？

「先生、コンテナの中にあったウジの抜け殻の矛盾は、どう説明するつもりなんだ？」

すると赤堀は口が裂けそうなほどの笑顔をつくり、岩楯の肩をばしんと叩いた。

「ナイスツッコミ、岩楯刑事！」

「ツッコミじゃなくて質問だろうよ」

「まあ、そこがひとつ目のキーポイントなわけ。現場を考えれば、あの場所で産みつけられた卵が、ウジ期をまっとうして正常に羽化できたとは考えられない。おそらく、殺害現場で産みつけられた卵がすでに孵っていて、蛹のまま遺体と一緒にコンテナへ持ち込まれた可能性が高いんですよ。そして、早い段階で羽化できた子がいた」

「つまりは、ガイ者が死んでからの日数がわかるわけだな？」

「そうです。即座に産卵がおこなわれたんだとして、羽化まで十七日。さっきも言ったように、温度が高すぎて羽化が遅れたことを考えれば、八月十八日以前にこの女性は死んでいることになる」

「てことは、解剖医が出した、死後一週間という推定は当てはまらないと？」

「それは状況から見て、トランクルームに遺棄されてからの日数と考えたほうが自然ですね。もっと細かい気象状況とか環境を考えて、補正する必要がありますけど」

解剖医や科研が挙げてきた数値に囚われすぎて、真の問題を見逃したことも過去にはあった。無意識のうちに範囲をくくり、そこから外れるものは当然のように素通りしたからだ。結果、犯人の逃亡を許してしまったことがある。それ以来、岩楯は「およそ」がつく言葉は聞き流すようになったのだが、これほど説得力のある根拠を示されれば、耳を傾けざるを得ないだろう。月縞は自信に満ちた赤堀に目をみはっていたが、ほかの捜査員も圧倒されているようだった。

「わかった、先生の仮説は検討材料に入れる。だが、夏場に死後十七日以上が経った死体は、こんなもんじゃないんだ。わかるか？　一日でも相当ひどい状態になるんだよ」

一課長がメモをとる手を止め、抑揚なく言う。すると赤堀はおもむろに前へ出ていき、ボードに貼りつけられた検屍解剖の写真を、三枚ほど外した。手脚が大写しになっているものと、頭部にある痛ましい殴打痕の接写だ。それを見て、岩楯は小さく頷いた。彼女が指摘しなければ、自分が質問していたであろうものだった。

「被害者は、手首と足首を縄のようなもので縛られていた。よく見ると、かさぶたができてますね。それに、頭を殴られた傷は、かなりの出血があったと思われます」

赤堀は、それぞれの傷痕をペンで指し示した。

「解剖報告書によれば、これらの傷は女性が死亡する前にできたものと結論づけています。さっきも言いましたけど、ハエは死臭を感知して、必ず十分以内に到着する」

「血と体液を舐め取って、そこに卵を産むんだったよな……」

岩楯が彼女の講釈を思い出しながら声に出すと、赤堀は大きくひとつ頷いた。

「この遺体がおかしいのは、傷口にハエが産卵した形跡がないことなんですよ。虫の基本習性からは完全に外れている。ということは、この女性は死後、虫とのかかわりを断たれた環境にいたことを意味するわけです」

「だから、それが監禁というわけだろう？」一課長が怪訝そうに語尾を上げた。

「監禁とか密閉には違いないけど、おそらく常温ではない。一課長さんのご指摘通り、今の時期だったら、一日で腐敗が始まるもの。それに、ハエは水分がお好みなんですよ。いくら大きい傷口でも、乾燥してたら見向きもしない」

「乾燥だって？」

「そうです。ウジは体液を含んだ柔らかい組織しか食べない。つまり、この女性は、死後に冷蔵されていたんじゃないでしょうかね」

「今度は冷蔵か……」

「傷口がからからに乾く状態は、一定期間の冷蔵で起こります。あの場所に遺棄されて、初めて腐敗分解が始まったんですよ。でも、もともとの傷は乾燥しちゃってるから、ハエはそこを避けて産卵には別の開口部を選んだ。どうですか？　これだと、腐敗状況と死亡推定の誤差は埋められますよ」

すっと目を細めた一課長に、赤堀は人差し指をぴんと立てて、にこりと笑いかけた。

「誰かが虫を使って、捜査をかく乱しているように見えなくもない。トランクルームの小窓が開いていたのも、わざとハエを呼ぶためにやったのかなあ……なんて思ったりね。あ、これは聞き流してもらってもいいですよ。根拠なしなんで」

「さっき先生は、殺害現場で産みつけられた卵が孵って、蛹のまま倉庫へ持ち込まれたと言ったな？　冷蔵されていたとしたら、卵から孵れるのかどうかが疑問だが」

「低温の場合、ウジはそう簡単には死なない。一時成長を止めたか、開口部の奥底にもぐって成長を続けてたのね。ここからも環境が推定できるんですよ」

「どんな？」

「肉とか魚が冷凍されるたぐいの、マイナス何十度とかいう業務用の冷凍庫ではない。さすがにそれだとウジも死んじゃうから。今の時点での結論としては、この女性は、死後十七日以上が確実に経過しているということですよ。写真から見えた『虫の知らせ』はこんなところです。質問はありますか？　後ろは大丈夫かな？」

赤堀の能天気な声とは裏腹に、会議室のあちこちでうなり声が上がっている。同じように岩楯も、無意識になっていることに気がついた。さすがだった。彼女の説は、物証が少ない今の段階でも、おそろしいほど筋が通っている。しかしながら、これを証明するには骨が折れるだろうし、何より法医昆虫学は証拠として認められてはいないことを考えなければならないだろう。虫を抜きにした確実な証拠固めも必要だった。

捜査会議が終わると同時に、赤堀は目を輝かせてリュックを担ぎ上げた。散歩をねだる犬と同じで、興奮を抑えられずに小躍りしている。圧倒されっぱなしの月縞は、無言のまま赤堀の虫捕り網を取り上げた。

※

葛西駅前を通過して、線路に沿って車を滑らせた。倉庫が立ち並ぶ閑散とした一帯に入ると、黄色い立ち入り禁止のテープが見えてくる。さいわいにして、マスコミの影はない。鑑識車の後ろにレガシィを駐《と》め、岩楯はドアを開けた。夕方の五時半をまわってどんよりと薄暗く、重い雨気を含んだ風が体中にまとわりついてくる。

「わりと緑がある場所ですね。空き地も多いし」

後ろから生真面目な声が流れてきた。赤堀はシャツを脱いで橙《だいだい》色のTシャツ一枚になっており、ジーンズの裾をまくり上げて素足にスニーカーを履いていた。仕事道具らしい大振りの鞄を両肩に斜めがけし、背丈よりも高い捕虫網を立てている。この出で立ちを見ると、小学生時代の夏休みをセピア色で思い出すのは自分だけだろうか。口数の少ない月縞は、珍しい生き物でも見るような目を彼女に向けていた。もっとも、彼女から視線を外せなくなっていると言っていい。

「荷物を持ちます」

月縞が手を伸ばした。百五十五センチほどしかない華奢な女が大荷物を抱えていれば、良識のある誰もが口にする言葉だろう。けれども赤堀は、この手の気遣いを受けつけない女だった。

「月縞くんてクールだよね。余計なことを喋らないし、もの静かだし。対極の刑事ペア、ここに誕生って感じ」

「悪かったな。余計なことしか喋らん男で」

「『余計』が岩楯刑事の核だからね」

「核……」

「それに月縞くん、わたしのことは気にしないで。重いときは重いって言うし、健気に我慢してるわけじゃないからさ。でも、ありがとう。気を遣える男は好きだよ。それに、思ってることはなんでも口に出してほしい。どうでもいい言葉からの気づきって、馬鹿にできないほど多いものだよ。こればっかりは、経験値なんて関係ないからね。岩楯刑事もそう思ってるはずだけど」

そうだな、と岩楯は同意した。

「ほら、きみんとこの上司は、鬼みたいに見えて実はわりと柔軟なわけ。でも、正真正銘の鬼だけど」

赤堀はぽんと月縞の腕を叩き、すたすたと歩きはじめる。置き去りにされた二人は無意味な目配せをし、彼女の後ろに続いて黄色いテープをくぐった。東西線の高架下には、列車のコンテナを重ねたようなトランクルームが向かい合わせに十二個ある。いちばん奥の一階部分が、腐乱死体の発見された場所だった。

「会議では言いそびれちゃったんだけど」と赤堀が歩きながら口を開いた。「遺体の腐乱状態とか推定日数を見る限り、虫の到着がかなり遅れてる気がするの」

「虫の到着？　ハエのか？」

「ううん。乾燥した組織しか食べない甲虫《こうちゅう》、カツオブシムシが一匹もいないことが引っかかる。本当なら、ウジとカツオブシムシが同時に見られる段階なんだけどね」

赤堀は首をひねった。

「それに今回は、ウジの成長速度を割り出したところで、ほとんど意味はないと思う」

「卵から孵れない環境だったからな」

「そう、そう。だから、こっからは百八十度虫目線を変えないと駄目。前回と同じ手法は通用しないから、いろんな子たちをまんべんなく当たって、訊いてまわる必要があるね」

漠然としているようでいて、彼女の頭の中は緻密に構築され、細分化されているに違いない。こういうときこそ、赤堀を放っておくに限ると岩楯は思っていた。おもしろいものを引っぱり出してくる予兆だった。

現場では、ブルーの制服を着込んだ鑑識捜査員が地面に這いつくばり、微物の採取に専念していた。岩楯は鑑識主任に中へ入る許可を得てから、靴カバーやマスク、手袋を装着する。赤堀は準備万端で、ライトつきヘッドルーペの角度を調節していた。

コンテナの裏側へまわると、とたんに臭いは強くなった。赤堀は倉庫とは関係のない周囲を見まわしては、しきりに曇天を見上げている。電車が騒々しく頭の上を通過したとき、彼女は急に立ち止まってふうっと息を吐き出し、頭のライトを消した。

「今日は帰るよ」

「なんだって？　たった今、着いたばっかりだと思うんだが」

「そうだけど、虫たちがみんな避難しちゃってるから仕事にならない。わたしたちもさっさと退散したほうがいいみたい」

「なんでだよ」

「なぜならば、十分以内に嵐がくるであろう」

おごそかな声色をつくって、彼女は祈禱師のように空へ向けて両手を上げた。赤堀は、奥に広がる雑草だらけの資材置き場へ目をやり、そのまま視線を移動させて、コンテナの床下を覗き込んでいる。隣接する空き地が気になるらしく、何度も眺めては距離を測るような素振りをした。

そのとき、遠くで微かに光った稲妻を合図に、ねずみ色の雲がいっそう分厚くなりはじめた。ぽつりと落ちた雨粒はたちまち数を増やし、ばたばたと激しく地面を打つ大雨に変わる。鑑識捜査員がシートで現場を保護しにかかるのを見ながら、赤堀が急にげらげらと場違いな笑い声を上げた。

「ね？　当たったでしょ？　虫たちがこれだけいないってことは、かなり激しい雨がくる前触れなわけ。偉い子たちでしょ？」

「ああ、偉いよ！　あんたは虫使いだから、もっと偉いな！」

痛いほどのゲリラ豪雨の中、岩楯は声を張り上げながら車へ走った。赤堀はいつまでも不気味に笑いながらも、しきりに裏の空き地を振り返って気にしている。

「赤堀先生、何か気になる場所があるんだったら、シートで保護しておきましょうか？」

背中を丸めて小走りしていた月縞が、いきなり雨に負けないぐらいの大声を出した。相棒も昆虫学者の挙動を窺っていたらしい。赤堀は、同じぐらいの音量で返してきた。

「大丈夫！　自然のままにしておけばいい！　あとはあの子たちが勝手に考えること

だから！　これは確実に恵みの雨になるよ！　警察にとっても、わたしにとってもね！」

意味不明だが赤堀には何かが見えているようだ。三人はずぶ濡れになりながら、車に乗り込んだ。

5

「起きてるー？　ねえ、もう朝よ！」

どんどんと雨戸を叩く騒々しい音と、地熱のような暑さを感じて目を開けた。肌掛けは蹴《け》り飛ばされて足許に固まり、いつの間にTシャツを脱いだのか上半身は裸だ。藪木俊介《やぶきしゅんすけ》は、しばらくぼんやりとして天井の染みを見つめた。

「藪木くん、ほら、もう雨戸を開けなさいな！」

鼓膜にこたえる甲高《かんだか》い声だ。藪木はのろのろと半身を起こし、柱にかけたデジタル時計に目を細めた。午前六時五十分。勘弁してくれ。汗が浮かぶ顔を両手でこすり上げ、悪態をつきながら立ち上がった。格子に組まれた木の錠を外し、建てつけの悪い雨戸をがたがた言わせて滑らせる。とたんに朝日に目を刺され、藪木は手をかざして光を遮った。

「おはよう。今日もいいお天気よ」

まばたきをして目を慣らすと、薄紅色の芙蓉《ふよう》が咲き乱れる庭先に、ふくよかな中年女の顔が見えてきた。そばかすの散った丸顔に麦わら帽子をちょこんと載せて、満面の笑みを浮かべている。近所に住む真舟郁代《まふねいくよ》だ。すでにひと仕事してきたようで、黒い長靴には泥がこびりついていた。

「もしかして、まだ寝てたの？」

「あたりまえのことを訊かないでくださいよ。今、何時だと思ってんですか」

藪木は、欠伸《あくび》混じりに抗議の声を出した。

「だってもう七時よ？　村で寝てるのは藪木くんだけだって」

「日本中で俺だけだったとしても、寝かしといてほしいですよ」

「駄目、駄目。昼夜が逆転すると、人はおかしくなるんだからね。いい加減に生活習慣を変えなさい」

郁代は咎《とが》めるように言い、はい、とザルを差し出してきた。そこには瑞々《みずみず》しいトマトや曲がったキュウリなど、採れたての野菜が小山になっている。

「今採ってきたばっかりだからね。かなりいいできよ、これは」

彼女は縁側に腰掛け、ザルを廊下に滑らせた。藪木もしゃがみ、真っ赤に熟れたトマトを摑んだ。でこぼこして形は悪いが、弾けるような生命力に満ちている。ジャージにこすりつけて泥を落としてから、がぶりとかぶりついた。舌先を刺すほど酸味が強くて青臭く、思わず身震いが起きる。お世辞にもおいしいとは言えないが、これが本来の味なのだろう。

「おいしい?」

「ええ、うまいですよ。すっぱくって」

郁代はぱっと顔を輝かせて笑い、目を糸のように細くした。

藪木は彼女の仕種《しぐさ》を盗み見て、事細かに観察した。五十の坂を越えたばかりの女は表情豊かで、とても都会者には見えなかった。得体の知れない自分のような者に対して、警戒心の欠片もない。東京でラーメン屋を営んでいた真舟夫婦は、一年前にこの村へ越してきたのだという。夫の脳梗塞が移住するきっかけだと語っていたが、自給自足の生活も楽ではないはずだ。

「藪木くんも、菜園を始めてみたら?」

郁代は雑草の生い繁る畑を指し示した。

「無理ですって。なんせ根気がないから」

「根気なんて必要ないのよ？　作物っていうのは、勝手に育ってくれるからね」

「んなわけないでしょ」

「あら、ホントよ。手をかけないほうが、おいしくできるの」

　藪木はトマトを口に入れ、ヘタを庭に放り投げた。四つ目に組まれた竹の垣根には、勝手に芽を出したアサガオが絡みついている。花はすべて白で、その周りには黒いアゲハが戯《たわむ》れていた。絵画のような光景を眺めているうちに、三日前の夜の出来事がまた思い出されてくる。乱舞するホタルをしもべのように従えて、心臓を欲しがっていた女……。陽の光を嫌う美しい妖怪は、墓の下へと戻っていったのだろうか。

「郁代さん、このへんって出るんですか？」

「出る？　何が？」と彼女は、片方の眉を器用に上げた。

「ええと……まあ、そのたぐいのもん」

　歯切れ悪く答えると、まじまじと顔を見つめていた郁代が首を傾げた。

「もしかして、幽霊とかそういうことを言ってるの？」

「幽霊っつうか、そんなようなもんもひっくるめて」

　すると彼女は豪快に噴き出し、けらけらと転がるような笑い声を上げた。

「ちょっと藪木くん。もしかして、ひとりがこわくなっちゃったの？」

郁代は声を引きつらせながら、笑いをエスカレートさせている。やはり言うのではなかった。しみじみ後悔していると、彼女ははあっとひと息ついて目を細めた。

「わたしは、そういうのって全然信じてないんだけどね。でも、ここに越してきて、夜の暗さには驚いたわ。本当の闇ってなんか重いのよね。覆いかぶさってくるみたいに」

「まあ、時代から取り残されたような辺鄙《へんぴ》な場所だから」

「うん、うん。それを考えると、何がいてもおかしくないって気にはさせられる。それで、見たの？」

藪木は曲がったキュウリを弄《もてあそ》んだ。見たというあたり、自分でも確信がもてなくなっている。深酒して酔っぱらっていたこともあり、どこまでが現実なのかがわからなかった。

「ちなみに藪木くん、何歳だっけ？」

「申し訳ないけど、二十九ですよ」と苦笑いのまま肩をすくめた。

「まだここに来てから半年だもんねえ。そりゃあ、ひとりで寝起きするのはこわいと思うわよ。しばらくうちに泊めてあげようか？」

郁代はいたずらっぽく笑った。

「なんなら、ここに泊まってあげてもいいわよ。知ってる？　この地方には、まだ残ってるらしいわ。夜這いの風習」

意味ありげにウィンクした郁代は、「さてと……」と言いながら立ち上がった。「暇だったら、お昼でも食べにこない？　諏訪《すわ》さんご夫婦もくるっていうし」

諏訪という名前に、神経が過剰反応した。藪木は、この夫婦がひたすら苦手だった。

「気が向いたら行きますよ」

「そう言って、来たことは一回もないじゃない。ともかく、よそ者同士、協力しましょうよ。それでなくても閉鎖的な村だしね」

「ですね。これ、ごちそうさまでした」

郁代は笑顔で頷き、手を振りながら出ていった。

藪木は思い切り伸び上がり、滑りの悪い六枚の雨戸を、力まかせに戸袋へ放り込む。木造平屋である古家の窓を開けてまわり、淀んでいた空気を外へ追い出した。サンダルをつっかけて庭へ出るなり、強い陽射しが脳天を突き刺してくる。しかし湿度が低いぶん、息苦しくなるような不快さはない。東京から百七十キロほど離れただけなのに、ここは気候も風土も何もかもが違う異世界だった。

ホースが伸びている水道を素通りし、藪木は、荒れた菜園の奥にある古井戸の前に立つ。この遊びもいつもの日課だった。緑青《ろくしょう》の浮いた金属のポンプに手をかけ、大きく上下に動かしながら、頭から水をかぶった。こめかみが痛くなるほど冷たい。片手でポンプを漕ぎながら修行僧のように水を浴び、郁代にもらった野菜をバケツの水に浸けた。

藪木は、踏み石にサンダルを脱ぎ捨てて屋内へ駆け上がった。剝き出しの梁《はり》が天井を走るこの家は、典型的な古い農家の屋敷だった。広々とした座敷は、染みだらけの襖《ふすま》で仕切られているのみだ。瓦屋根が壁よりもずいぶんとせり出しているせいで、陽の光は中まで届かずいつでも薄暗い。風土に合った造りなのだろうが、東北の農村ならではの陰気さが感じられた。

デジタル時計は七時半を示していた。彼女たちが待っている。適当に布団を上げてTシャツを着込み、つっかけを履いて家をまわり込んだ。そのとき、垣根を隔てた隣の作業場から、ザーザーという波に似た音が聞こえてきた。見れば、広げたゴザの上に、ちんまりと座り込んでいる者がいる。

「ばあちゃん」

声をかけると、手ぬぐいで姉さまかぶりをした年寄りが、ゆっくりと振り返った。

隙間もないほどシワの入った顔は小さく、つぶらな瞳は銀色だ。白内障だと語っていたが、年老いた妖精のようで神秘的だといつものことを思った。

「俊介か。今日はいやに早いんでねえの」

「起こされたんだよ、郁代さんに」

「郁代？　ああ、あの東京もんか」

「東京もんって、俺だってそうだろ」

藪木は小さな木戸を開けて、年寄りのもとへいった。波の音をさせていたのは赤紫色の小豆《あずき》で、新聞紙の上に撒き散らされている。

「何やってんの？」

「小豆に虫が入っちまったんだ。夜寝てたら、中でわさわさ音がしててなあ」

「中でわさわさ？」

年寄りの脇には、いくつもの枕が積み上がっていた。縫い目をほどき、中から小豆を出している。

「枕ん中に、小豆入れてんのか？」

「んだよ。そば殻がいいって言う人もいっけど、オレは小豆のほうが好きなんだ。夏はうんと涼しいんだぞ」

シワだらけの手で豆を選《よ》り分け、年寄りは愉快そうに笑った。

藪木に離れを貸している三桝《みます》タエは、自分のことをオレと言う。夫に先立たれてからひとりで屋敷を管理していたのだが、今になって村の政策に乗ることにしたらしい。いや、乗らなければ年齢的にやっていけなかったのだろう。総務省が起ち上げた、「定住促進空き家活用事業」というやつだ。

福島県青波《あおば》郡枯杉《こすぎ》村。人口が八百人足らずの小さな村は、地方が抱える問題を、すべて背負っているような場所だった。老齢化、過疎、財政難、失業。それに加えて、政策の失敗がゴーストタウン化を加速させてしまったと言っていい。

東京への新幹線通勤圏をうたい文句に、新興住宅地の開発を大掛かりにおこなった。村の一角は欧州張りの洒落たレンガ敷きで、建ち並ぶ家もモデルハウスかと見まごうばかりだ。売り出された当初はかなりの競争率だったらしく、村や事業主にとっても笑いが止まらない状況だったに違いない。

けれども、村の活性化につながらなかったのは、新参者の藪木から見ても明らかだった。農村部と住宅地の暮らしははっきりと区分けされ、人々の間に階層という目に見えない線引きがなされていた。活性化どころか、決定的な格差を植えつける図式だ。けれどもそれすら、長続きはしなかったらしい。不況の煽りで家を手放す者が続出し、そこにきてひどい震災だ。グリーン・ヒルという、墓地のような名前がつけられた住宅地は、廃墟が並ぶ死んだ町になった。

　藪木は、忙しく手を動かしている年寄りを見守った。タエは節くれ立った手を開き、小豆をざらざらと掌で転がしている。

「そんなんで、虫喰いの小豆がわかんの？」

「んだよ。中がからっぽだと、ちいっと軽いかんな」

「ちいっと軽いって、そんなやり方じゃ日が暮れちまうだろ」

「それしかやり方知らねえもん。日が落ちたら、今日は枕なしで寝るしかねえべなあ」

　合理性というものが、まったく頭にはないらしい。

「そういや俊介、おとついやってた、青年団の寄り合いには行ったんだべか？」

「行ってない」と藪木は即答した。「めんどくせえし」

「なんだっぺ。役場の夏川《なつかわ》くんが誘いに来たっつうのに。友達も大勢できんだぞ？」

「別に、友達探しにここへ来たわけじゃないし。それに誰だよ、その役場の夏川って」

「なんだか、難しい機械のことに詳しい男っ子だよ。しかしなあ、おめさんみてえなのを、オタクっつうんだべ？　エネーチケーのニュースで言ってたど」

ニートとオタクと引きこもりが、タエの中では一緒くたになっている。

「まあそんなもんだ。人が集まるとこへ行くと、卒倒しちまうんだよ」

「そりゃ厄介なことだわなあ。早く治っといいこと」タエは生真面目に返答した。

枯杉村の次なる試みは、村の内部に新しい人間を根づかせようというものだ。使われていない農家や離れを補助金で修繕し、安価に貸し出そうという提案だった。

藪木はと言えば、初めから農業をする気も人付き合いをする気もなく、ただただ隠居のような暮らしに甘んじている。ここにこようと思ったのも衝動でしかない。静かな環境が家つきで、しかも月額二万で保証される。飽きたら規定の五年を我慢して東京へ戻ればいいわけで、そう深刻になる必要もないだろうと。

「もうちょっとしたら、町まで買い物へ出ようと思ってんだよ。なんか欲しいものはあるか？」

藪木は、虫喰い小豆を黙々とわけているタエに言った。

「そりゃあ、ご苦労さんだねえ」

「ご苦労って、車で三十分ぐらいだろ」

タエは手を止め、たるんだ頬を肩にこすりつけた。

「そういや、こないだ食ったやつがうまかったなあ。あのとろっとしてて、豆腐でできてるやつ。生まれて初めて食ったんだ」

「ああ、あれは杏仁《あんにん》豆腐だよ。つっても、豆腐じゃないし」

「そうだ、そうだ。アンニドウフだ。あれはうまかった」

にこにこと笑うタエを見ていると、胸の奥が微かに疼いた。彼女の息子夫婦はアメリカへ渡り、向こうで生まれた孫に会ったことすら一度もないらしい。

「ほかにはないか？　特に重いもん。洗剤とか砂糖とか油とか」

「まだ大丈夫だよ。俊介が来てからホントに助かってんだ。ありがてえ、ありがてえ」

するとタエは目を大きく開き、藪木の顔をまじまじと見た。

「なんだよ」

「どれ、そこの椅子さ座ってみ」

奥に置いてある、風化したような丸椅子を顎でしゃくる。

「オタクだから、床屋にも行けねえんだっぺ？　男っ子のくせにそんな長い髪の毛して」

タエは裁縫箱を開けて、名入りの裁ちバサミを取り上げた。

「ちょいっと切ってやっから」

「いいって！　これはわざと長くしてんだよ」

「毛が目ん中に入ったら、目玉が潰《つぶ》れんだぞ」

「潰れねえよ」

年寄りから重々しいハサミを取り上げ、箱の中へ戻した。

「それよりも、ばあちゃんに訊きたいことがあんだよ。この辺《あた》りは出んのか？　妖怪とか幽霊とか」

「ああ、出るよ。二度起きもしょっちゅうだ」とあたりまえのように返してくる。

「二度起きって？」

「今は火葬になっちまったからねえけどな、昔は土葬だったたんだ。そんときには、棺箱からホトケさんがよっく起き上がったんだど」

「ゾンビかよ……。しかし、よく起き上がられんのはまずいだろ。生きた人間を埋めてるわけだから」

「まあ、特に盆さまの前とあとは、いろんなとこでホトケさんが騒ぎ出すんだなあ。今時分も、まあだ騒いでっぺよ。そこの沼さも人魂が湧いてっかんな。おめさんも、じっと見ては駄目だかんな。知らねえふりしてっと、そのうち消えっから」

　タエの忠告を、藪木はひたすら真面目に守っている。八十年以上、そうやって生きてきた人間の言葉に間違いはない。

「女の幽霊はこのへんでは有名なのか？　二十歳ぐらいで、ものすごい美人。心臓を欲しがるんだよ。白っぽい浴衣を着ててな」

「心臓？　まさか抜かれそうになったのか？」

　この会話は、果たしてまともなのだろうか。タエは頭から手ぬぐいを取り、真っ白の短い髪を後ろへ撫《な》でつけた。

「どこで見たんだ？」

「裏の畦をずっと山側へ行ったとこだな。小川が流れてて、ホタルが群れてるとこ」

「つうと、増谷《ますや》の田んぼの辺りだなあ。あのずっと先のほうに、雨乞いびとが間借りしてた厩《うまや》があっから」

「雨乞いびと？　なんだそれ。女の幽霊に関係あんのか？」

　タエは何度も頷きながら、身をよじって座り直した。

「オレもばあさまから聞いた話なんだけどな。寛永《かんえい》つう年号のときに、雨がひと粒も降らない年があったんだと。彼岸《ひがん》の入りから日照り続きで田んぼも畑も駄目んなって、井戸も干上《ひあ》がった。村内《むらうち》の人間もずいぶん死んだって聞いたな。そんで、雨神さまの祠《ほこら》を造ることになったんだ」

「そういや、枯杉のバス停んとこに、雨神堂跡とかいう標示があったな」

「んだ。山の上さお堂を建てたんだども、日照りは全然治まんなかった。んだから、ばあさまたちが総出で念仏上げたりしたんだよ。んでも、雨は落ちてこなかったんだ」

タエはまるで、その目で見たような口ぶりで話した。

「祟《たた》りだって騒ぐもんが出はじめて、じゃあ、魂を供えっぺっつうことになったんだ」

「魂……まさか、生贄《いけにえ》か？」

「ああ。お堂の下に生き埋めにして、北の集落さ住んでる雨乞いびとを呼んで拝んでもらうんだよ。すっとな、間違いなく天から雨が落ちてくるんだと。雨乞いびとの神《じん》通力《つうりき》は本物だっつって、村の寄り合いでやっことに決まったそうなんだ」

「めちゃくちゃな話だな。生き埋めなんて、そんな役目を誰がやるんだよ」

「そりゃあ、誰でも嫌だっぺ」と年寄りはにべもなく言う。「今度は生き埋めにするもんが決まんねえで、大騒ぎだったんだ」

「で、決まったのか？」

「決まった、決まった。村の真ん中辺りにでっかい松の木があってな、そこをいちばん目に通りかかったやつを埋めちまおうってことになったんだ」

「ひでえな。なんとなくわかったよ。そこで通りかかったのが女だったんだな？」

藪木が目を合わせると、タエがふうっと息を吐いて悲しげに顔をしかめた。

「女っ子には違いねえ。だがな、ひでえことになったんだよ。昼に遠くっから来たのは、雨乞いびとの頭領の娘だったんだ。風呂敷包み抱えて、急いでるみてえに跳ねてきたんだと」

「最悪じゃねえか」

伝承の世界に引きずり込まれ、藪木は思わず身を乗り出した。

「頭領はびっくりしたなんてもんじゃねえ。すぐに飛び出してって、引っ返せって怒鳴ったんだ。だけど、耳が悪かった娘には聞こえねえ。頭領は腕をぶんぶん振って、追っ払うような格好で帰れって騒いだんだ。んでも娘には、それがおいでおいでしてるように見えたんだなあ。ますます早足でくるんだと。弁当を娘が届けにきたんだ」

「それで、どうなったんだ」

「娘は長いこと逃げまわったけど、しまいには捕まっちまった」

「誰も助けてやらなかったのかよ」

「手え出したら、自分にその役がまわってくっかんな。ひでえ話だよ」

「生き埋めにされたのか?」と藪木はおそるおそる訊いた。

「んだ。樽《たる》に入れられて、生きたまんま埋められたんだ。かわいそうに、頭領も泣く泣く作業したんだと。そしたらとたんに雨が落ちてきたっつうことでな、雨乞いびとは崇《あが》められたんだ。でもな、雨乞いびとに雨を降らせる力なんてねえ。連中は、雨が降るまで拝みをやめねえだけよ」

タエは低い位置で合掌し、「南無阿弥陀仏《なむあみだぶつ》……」と低く呟いた。

「そのあと、村のそっちこっちに女っ子の幽霊が出るってんで、騒ぎになったんだ。だから慰霊のために梅の木を植えたんだよ。『氷雪花《ひょうせつか》』っつって、今でもあんだぞ」

「ばあちゃん、それはただの民話だよな?」

藪木が真顔で問うと、タエは「本当の話だよ」と返してくる。

近くの柱に時期はずれのアブラゼミが止まり、耳障りな声でわめきはじめた。

6

木の扉を開けると、冷気が押し寄せてきて鳥肌が立った。後ろ手で戸を閉め、すのこの上を歩いて、裸電球からぶら下がる鎖を引いた。

藪木は納屋の奥へ進み、横に並べた三枚の畳の前に立った。全裸で椅子に腰かけているのは、いつも自分に何かを言いたげな髪の短い少女だ。吊り気味の目は勝ち気そうだが、微かに開かれた唇には愁いが宿っている。その隣には、やや小首を傾げた幼女が、脚を開いてぺたんと座り込んでいた。まっすぐの長い髪を垂らし、ぽこんと突き出た腹に紅葉のような手を載せている。彼女も全裸で、無垢である宍《しし》色の性器を覗かせていた。

畳の上に仰向けで寝そべっているのは、豊かな黒髪を波打たせている遊女だ。その横が肉感的な中年女。おかっぱに切りそろえられた髪は赤茶色で、真っ赤な紅を引いている。

「元気か？」

全員に声をかけたが、返事をする者はいない。棚からリモコンを取り上げ、除湿の設定温度を低めに変えた。家にさえエアコンはないというのに、納屋にあるのはいかにも不自然だ。けれども、彼女たちの快適さを、いちばんに確保してやらなければならない。

藪木は、球体関節人形作家という地位を築き上げていた。特殊なこの道へ進んだ原点には、美しい死体の影がある。友人と雪山へ出かけたときのことだ。登山道から外れた雑木林の中で、倒れているひとりの女を見つけた。ふわふわの新雪の上に、まっすぐ仰臥《ぎょうが》している女。氷点下だというのに薄手のブラウスにスカート姿で、手脚や頬がうっすらと紅に染まっていた。

正直、これほど美しい女には出逢ったことがなかった。見た目の美しさではなく、訴えかけてくるような神々《こうごう》しい気配を放っていた。絶望と希望を織り交ぜた表情に、藪木は惹き込まれたのを覚えている。のちに自殺体だと聞かされたが、彼女の希望をたたえた顔をいつまでも忘れることができなかった。死の向こう側に抱いた希望とは、いったいなんだったのだろうか。

その後は美術解剖学を学び、リアリズムを追求した「人形」という分野にのめり込んでいった。等身大でなければ意味がないと考えているし、細部にまでこだわり抜く異常な執拗性が、ある一定の顧客を摑んだらしい。この歳にしてひと財産を築いたわけだが、いつでも満たされなさに苛《さいな》まれている。そう、自分は死人に魅せられている性倒錯者だ。もの言わぬ美しい死者を、いつも無意識に探し求めている。

再びあの夜の女を思い浮かべた。彼女は本当に氷雪花の亡霊なのだろうか。

「どう思う？」

藪木は、誰にともなく語りかけた。石塑粘土《せきそ》でできた肌に指を滑らせ、人髪を植えた頭を撫でる。
「生きたまま埋められたら、手当たり次第に人を憎むだろうな。諦《あきら》めなんてつかないだろうし、真っ暗い樽ん中で恨んで恨んで気が狂って死んでいった」
彼女たちの瞳が、まるで藪木に同意しているように輝いている。
「なんで心臓を欲しがったんだろう……」
《蘇《よみがえ》るために必要だから》
突然、ショートカットの少女が答えた。
《アタシだってシンゾウがほしいもん！》五歳の幼女が口を挟む。
《そうでもしなきゃ、気が治まらないんじゃない？》
《そうね。村人を皆殺しにしたいんだよ。あの世にも行けないで、ずっと苦しんでるの》
遊女や熟女も次々と意見を出した。
「じゃあ、あの場で俺の心臓を抜けばよかっただろ」
《それはできなかったの》
「なんで？」

《あなたは普通じゃないもの》

「どういう意味だって」

《生きてるけど、生きてないものが好き》

藪木はふっと笑い、長すぎるとタエに不評の髪をかき上げた。彼女らの機嫌はいいらしい。今日は朝からよく喋る。

この場を医師にでも目撃されれば、重度の妄想癖を疑われるだろう。現に自分でも、ぎりぎりの線ではないかと踏んでいる。女たちの声は頭の中で小さく反響しながら、次々と湧き出してくるのだが、常にとは限らない。

気まぐれな言葉に耳を澄まし、椅子を出してさらに会話しようと思ったとき、ジャージのポケットの中で携帯電話が振動した。舌打ちしながらモニターを見ると、企画会社の名前が点滅していた。藪木はうんざりして、電話をポケットに突っ込んだ。個展に並べる作品や、売り物の納品催促の電話だろう。人形作家の地位確立の裏で、藪木は早くも息切れを感じている。管理され、急《せ》き立てられるのは苦痛以外の何ものでもない。何より、彼女たちを売り物にするのは、精神に折り合いをつけなければならない部分でもあった。

四人の女たちへ向き直ったが、澄んだ瞳がただのガラス玉に変わっている。意思の疎通は繊細で、すぐ消えてしまう儚《はかな》いものだ。「おい」と試しに声を出す。案の定、彼女らは心を閉じていた。藪木は対話を諦め、電気を消して納屋をあとにした。

　庭へまわって縁側から時計に目を細めると、九時半を過ぎたところだった。先に買い物へ出ることに決め、藪木はつっかけを脱ぎ捨てて洗面所に向かった。

　年季の入ったシミだらけの鏡に映る顔を、じっくりと見つめた。なるほど、タエが切りたがるのもわかる。肩を通り越している長髪は、櫛目も通らずもつれていた。だらしがない限りだが、典型的なインドア生活がつくり上げた血色の悪い顔は、この村に来て人並みほどにはなっている。歯を磨いてから長い髪をひとつに束ね、車の鍵を取り上げた。

　納屋の裏手にあるにわかづくりの小屋は、トタンが張られた粗末なものだ。奥には使われなくなって久しい、埃まみれのトラクターが置いてある。その前に駐めてある車高の高いジープ・ラングラーは、トラクター以上に薄汚れて見苦しかった。まあ、どうせ田舎道を走れば汚れるのだから、気にすることもないか。

　藪木はサイドブレーキを下ろしてアクセルを踏み込み、三枡家の敷地を抜けた。見わたす限りの緑色は、山、田んぼ、畑、それのみだ。車の脇腹にエノコログサの鞭を受け、車体を大きく揺らしながら蛇行した一本道をひた走る。

砂利道を曲がるなり、正面に知った顔を見つけてスピードを緩めた。最近の目覚まし代わりになっている郁代と、諏訪夫妻だった。清々《すがすが》しかった気分が、たちまち重くなった。一本道で知人に出くわしてしまえば、駐まらないわけにはいかないだろう。いや、知人でなくとも立ち話を要求されるのが、田舎というやつだった。

藪木は一団の前で車を駐め、しぶしぶ砂利道へ降り立った。

「また会っちゃったわねえ。どこ行くの？」

郁代の言葉に、曖昧な笑みを浮かべた。

「ちょっと町まで買い物に」

郁代の隣に目を向け、軽く会釈をした。首の筋が浮き出すほどの痩せぎすで、人の顔を見るなり、まったく、今どきの若者ときたら……と俗なことをいつもぐずぐずと語り出す。この諏訪政春《まさはる》という男は、五十の半ばだと聞いているが、それより十は上に見えるほどくたびれていた。

一方で妻の基子《もとこ》は、夫とは正反対の風貌だ。百七十を軽く超える長身で、がっちりとした堅太り。いつも古ぼけたベビーカーを押しており、中では、この暑いのに服を着せられたポメラニアンが、キャンキャンとやかましく吠えていた。

「もしかして、朝から今まで喋ってたんですか？」

あり得ない話ではない。しかし郁代は、「やめてよ！」と手をひと振りして笑いのめした。「いくらなんだって、そこまで暇人じゃないもの。諏訪さんとお昼の時間を決めてたのよ」

するど件の諏訪が、右側の口角を上げて意味ありげに笑った。今日もまた始めるらしい。

「藪木くんは、一匹狼に憧れてるんだろうな。まあ、若さっていうのは、そういうものだけどね。世の中を知った気になって、いきがってられる唯一の時期だ」

予測を裏切らず、相手を見下すひと言を忘れなかった。

「それはそうと、仕事は見つかったのかい？」

「いえ」

「就職活動は？」

「してないですよ」

「それじゃダメだろう。新聞に、いろいろと広告が出てたぞ？　車の部品工場とか荷下ろしとか、草刈りなんてのもあったな」

「新聞とってないんで」

「あのな、若いうちの苦労は買ってでもしろってね。それが貴重な経験になるんだから、つらいことから逃げてちゃダメなんだぞ。これだから今の若いやつはダメなんだ。人間、いつ死ぬかわからない。本当に、五分後に死んだっておかしくないんだから」

口を開けば飛び出す諏訪の大好きな安い言葉だったが、この男は意味もなく虚《うつ》ろなまなざしをすることがよくあった。なぜか今もそんな面持ちが垣間見える。ふいに感情を失ったような顔を見せられると、いつも藪木は気障りな嫌な気持ちにさせられた。

皮肉めいた笑顔に戻した諏訪は、エンジンがうなっているジープを一瞥《いちべつ》した。

「インターネットなんていうのは、人間を堕落させるな。世間も見ないで株だの投資だのって、素人が小手先で金を稼ぎ出せるんだから世も末だよ」

「楽して儲けたいですけどね」

「だから、ニートだの引きこもりなんてのが、大手を振ってのさばってんの。僕に言わせれば、クズだよ、クズ。連中の末路を見てみたいもんだ。ろくな死に方をしないだろうな」

諏訪は、汗をまき散らしながら力説している。その妻は押し黙ったまま鈍重にベビーカーを揺すり、ポメラニアンが舌を垂らして吠えまくっていた。

この村で、今いちばん最悪な環境はここだろう。藪木は、人形作家という風変わりな職を表沙汰にはしていないから、傍《はた》から見れば得体の知れない無職者のはずだった。まあ、どう見られようが知ったことではないが、会うたびにしつこく絡んでくる諏訪には、腹の底からうんざりしていた。

「諏訪さん、藪木くんをあんまりいじめないでよ。人にはね、じっくりと考える時間が必要なときがあるの。休養とかね」

郁代が見かねて口を挟むと、諏訪は鼻を鳴らしてせせら笑った。

「考える時間なんてのは、歳とってから腐るほどあるの。若いうちなんて、寝る時間を削るぐらいじゃないとダメダメ。知ってるか？　脳細胞は、一日に十万個も死ぬんだぞ」

得意げに捲し立てる諏訪に、藪木は努めてにこやかに言った。

「脳の神経ってのは、全部で一兆個ぐらいあるらしいですね」

「ああ、そう言われてるよな、確かに」

「てことは、一日に十万死んでったとして、百年でもたったの三十六億個。トータル数を考えれば、微々たるもんだと思いますけどね。針の先ぐらいのもんですよ」

とたんに諏訪は、耳障りな笑いを引っ込めた。いけすかないやつだと言いたげに、陰気な視線をまとわりつかせてくる。

「ほら、ほら、藪木くんは買い物へ行くのよね」

張りつめた空気を破り、郁代が気遣わしげに声を上げた。しきりに目配せをし、早く行けと下のほうで手を動かしている。

「早くしないと町のスーパーは混み出すわよ。午前中にタイムセールがあるから」

「そうですね。じゃあ、失礼します」

藪木は一団へ目礼をし、車のドアを開けた。乗り込む瞬間、わざと聞かせるような台詞《せりふ》が耳に入り込んでくる。

「口だけは達者だが、中身はからっぽだな」

上等だ。乱暴にギアを入れ、冷ややかな視線を向ける諏訪の脇をすり抜けた。

第二章　半陰陽が語るもの

1

九月六日の木曜日。

　南葛西署の階段を下りている正面から、三人の女性警察官が歩いてきた。この仕事をするにはいささか若すぎるようにも見え、じゃれ合いながら歩く素振りが女子高生のようだった。が、彼女らは月縞を認めたとたんに制服の裾を引っぱって伸ばし、慎《つつ》ましやかに会釈をしている。その間、岩楯に目をくれた者はただのひとりもなく、すれ違うそばからはしゃいだ声が流れてきた。

「月縞。おまえさんは思春期にこう、悶々と悩んだり落ち込んだりした経験なんてないんだろうな」

しみじみ言うと、相棒は意味がわからないとばかりに岩楯を見やった。

「見た目がいいってことは、それだけでプラス八十ぐらいからスタートできるんだから、人間てのは不平等だよ。俺なんか、いつもマイナス八十から必死に這い上がって、もうすぐプラマイゼロだってときに蹴り落とされたりしてんのに」

「ああ、そんなことですか。自分にとってなんの意味もありません」

月縞はくぐもった声で即答し、地下駐車場に入れてあるレガシィを解錠した。

「この際だから言わせてもらいますが、女は面倒なだけです。何かと打算的だし、今のところは興味がない。というより、興味が湧くような女に会ったためしがありませんね」

「そんな台詞をさらっと吐いてみたいもんだよ。まあ、俺が吐いたら袋叩きに遭うだろうが」

「事実を言っているだけです。赤堀先生には興味がありますけど、あの人は別次元だと思いますし」

「そこは否定しない」

岩楯は煙草をくわえ、助手席に乗り込んでシートベルトを締めた。するとそのとき、内ポケットの中で小さくメールの着信音が鳴った。個人の携帯電話にメールしてくる人間は、そう多くはない。電話を開くと、いつもの定型文が貼りつけられていた。
《今日は何時に帰ってくるの？　夕ご飯はうちで食べるの？》
家を出てから数時間しか経っていないし、その話は出際にもさんざんしただろう。ため息をついて携帯電話をしまいかけたが、いや、この無精さが駄目なんだと思い直して返信した。文面は「わかったらまたメールする――END」。そして電話をたたむより早く、再び着信音が鳴った。
《何時ならわかるの？　一時間後？　二時間後？　三時間後？》
それがわかれば初めから言っている。さらに数秒後、たたみかけるようにまた着信音が響いた。
《三日連続で夜中に帰宅。とってもタイヘンなお仕事ですね》
本当にどうしたもんだろうか。岩楯は、疼き出したこめかみを指で揉んだ。妻が望んでいそうな答えをあれこれと思い巡らせたが、今はどれもはずしている可能性が高い。この場面で正論を語るのは逆効果だし、かと言って冗談めかせば火に油を注ぐだろう。下手に出ても駄目なのは、今までの経験からも痛いほどよくわかっていた。要するに、妻との関係には正解がない。メール一通に、これほど頭を悩ませるとは……。岩楯は今さっきと同じ文面で返し、急いで携帯電話をポケットに封印した。

「主任は、奥さん一筋なんですね」

いきなり話を振られ、岩楯はライターを落としそうになった。薬指にはまる指輪を見据えている月縞は、夫婦間を見透かしたような嫌味な面持ちをしている。この野郎と思う。

私生活のことを問われると、岩楯はいつもあたふたとして身構えることになった。妻とは絶望的にうまくいっていない。仕事中心で家庭をないがしろにしてきたツケなのは自覚しているのだが、立て直しのタイミングを何度も逃し、今ではどこから手をつけていいのかわからなくなっている。互いに率直にならず、腹の探り合いばかりしているのは、予期せず本音に触れてしまうことを恐れているからだった。すべて先延ばしが二人の暗黙の了解。こんなところが合致してもしょうがないとつくづく思う。

知ったような顔をしている月縞をとりあえずひと睨みし、岩楯は捜査資料のファイルを開いた。

「コンテナの借り主。まずはここを当たるぞ」

「借り主連中の聴取はもう終わっています。不審者はいないと思いますが、何か気になることでも？」

「ああ。契約者に単身が三人いるだろ？」

「はい。全部三十代の男ですね」

「あそこの倉庫は、広さが四畳近くもある。果たして単身者に、そんなもんを借りる理由があるのかどうか」

月縞は、レガシィを発進させた。薄暗い地下から、白茶けた曇天の表へ躍り出る。

岩楯は、まだ火を点けていなかった煙草にライターを近づけた。ひと吸いしてから灰皿の縁に置く。

「所帯をもってりゃわかる。子どもができれば荷物も増えるだろうし、多趣味ならその道具もかさむからな」

「九家族に関しては、全員がアパートかマンション住まいです。確かに、収納スペースが足りないかもしれません」

「だが、独り者にそこまでの荷物があるのかどうか、どうにも腑に落ちないんだよ」

月縞は前の車に次いで、七丁目の交差点をきびきびと右折した。

「ホトケが捨てられていた倉庫の借り主は、完全に活字中毒です。コンテナの中にも大量の本があったし、問題視するような点はないように思いますが」

「本当にそう思うか？　もう一回よく考えてみろ。『おまわり』の視点で」

ハンドルを握りながら月縞は口を引き結んだが、しばらくして顔を横に振った。

「荷物の多さは、それこそ人それぞれだと思います。単身者イコール持ち物が少ないと考えることのほうが、自分には違和感がありますね」

「問題はそこじゃない。物事をもっと広く見る癖をつけろってことを言ってるんだよ」

「どういうことでしょう。よくわかりません」

「いいか。あそこの倉庫は二階建てで、上と下では値段が大幅に違う。あたりまえだが、荷物を積み込む手間が全然違うからな。で、単身者はみんな値段が高い一階を借りてるんだよ。しかも全員が派遣かバイト勤め。普通に考えれば、食っていくのが精一杯だと思うんだが、月に二万以上も払って倉庫を借りることが信じられんな」

「そういうことか……その金を上乗せすれば、広いアパートにも越せるというわけですね」

「しかも二年間の長期契約となれば、総額、五十万以上も倉庫なんぞに使うことになる。俺だったら考えられん」

「でも、それだけ高給取りの可能性もあります。職種によっては、派遣やバイトでもかなり稼ぎますから」

「だから実際に会ってみたいんだよ。わかったかい？」

了解です。月縞は、ようやく納得したように首を縦に振った。

「それにもう一個」と喋りながら、岩楯はファイルをめくって、あるページで手を止めた。「倉庫を借りてた男は本好きってことだが、このリストがおかしすぎるだろう。普通、読書は好きなジャンルに偏るものだと思わないか？　なのにこいつは、古典からミステリー、詩、短歌、児童文学、歴史、ハウツーもの、ノンフィクション、ロマンス、ポルノ、介護、政治経済……。このめちゃくちゃな選択はどうなのか。本の虫ってのは、字であればなんでもいいのかね」

「ああ、そのへんは自分なりに調べがついています。借り主の男は、おそらく依存症にまで発展した活字中毒の可能性がありますね。常に文字に接していないと、気分が悪くなったりする精神的な疾患が現実にありますから」

岩楯は腕組みをした。そういうことなら、聴取の際に「死体なんて迷惑だ」と言い放った心情に通じているのかもしれない。どうも、釈然とはしないのだが。

環七《かんなな》を抜け、渋滞に巻き込まれながら新川《しんかわ》に架かる橋を渡った。岩楯は、ほとんど吸わないうちに灰になった煙草を灰皿へねじ込んだ。すると月縞が、車線を変更しながら再び口を開いた。

「昨日、ネットで法医昆虫学のことを調べてみたんです」

「ウジに興味でも湧いたのか？」

「去年起きた板橋の放火事件から関心はありました。ウジ一匹からガイ者のコカイン摂取を突き止めて、嗜好品とのかかわりも洞察した。さらに、ハチを使って現場の道案内までさせたというんですから、興味が湧かないわけがない」

「なんだか今日は、やけに喋るじゃないか」

ハンドルを握る相棒を見ると、照れ隠しのような咳払いをした。月縞が、初めから法医昆虫学に着目していたのは知っている。でなければ、「ハエを逃がしたくなかった」という言葉は出ないだろう。

「倉庫の窓が開けられていたのはハエを呼び込むため。赤堀先生はそう感じている」

「みたいだな」

「いろいろ調べてみてわかったんですけど、この手の情報はわりとネット上にあふれてるんです。ウジの成長から、死亡推定が可能なこともセットで載っている。となれば、ホシも逆に証拠を残す結果になることは当然知っていたはずです。赤堀先生の推測通り、本当にガイ者を冷蔵したんだとすれば、ますます何がしたいのかわかりません」

　岩楯は、開いていた捜査ファイルをぴしゃりと閉じた。

「ウジが残ろうが遺棄した日が特定されようが、別にそんなことはどうだっていい。あの現場から見えるのはそんなとこだ」

「なぜそう思うんです？　どうでもいいというより、複雑に工作しようとしたと考えるのが筋だと思います」

「身元を特定されたくないなら、それこそバラバラにして山にでも埋めてくりゃいいわけだし、遺棄の方法はいくらでもあるんだよ。なのに、なんでわざわざトランクルームに捨てて、しかも窓まで開けていったと思うんだ？」

　月縞は横断歩道の前で止まり、岩楯に顔を向けた。

「わかりません」

「だろ？　わからない。そういうことだ。ガイ者の身元が割れるのは困る。だが、発見されないのも困る。どっちの要素もあるわな」

　杖《つえ》をついた老人が渡り終えると、相棒は忍びやかに車を発進させた。月縞は、どこか納得できない顔をしていたが、だからといって進む方向性も見極められないようだった。こういうのを見ると、ひと昔前の自分を思い出す。月縞とそう変わらず、生意気な持論を躍起になって振りまわしていたかもしれない。

それにしても、今の段階で摑めていることは、女が恨まれたすえに三人がかりで殺されたことのみ。ここをはずしていない自信が岩楯にはあった。けれども、あちこちに散見している事実が、これほどつながってこないのも珍しい。遺体の冷蔵もそうだが、トランクルーム、切断された中指、数十ヵ所にもおよぶ虫刺され痕、サギソウのタネ。月縞の言う手間をかけた複雑な工作というより、岩楯にはただただめちゃくちゃに見えていた。

渋滞を避けて人通りの多い商店街を進むと、せせこましいアパートが建ち並ぶ、江戸川六丁目に入った。月縞は電柱の番地表記を確認し、袋小路の奥にある建物を指差した。

「木造の二階建て。あれがトランクルームの借り主のヤサです」

じっくりと検分するまでもなく、風呂なしのアパートであることは想像がついた。鉄製の手すりや階段は真っ赤に腐食し、穴の開いた雨樋《あまどい》が外れて途中からぶら下がっている。空《から》のペットボトルやコンビニ袋がそこらじゅうに打ち捨てられ、まともな人間が住めるような環境ではない。

「あのボロ家に住むやつが、月に二万以上も出して倉庫を借りているそうだよ」

「家には金をかけない人間もいます」

「もっともだ。よし、ちょっと顔を拝んでこよう。人着《にんちゃく》は？」

月縞はエンジンを切り、資料をばさばさとめくった。

「三十五の独身。派遣登録社員ですが、現在は次の出向先への待ち期間です。つまり無職ですが」

「どうりで読書の時間は好きなだけ取れるわけだ」

車を降りて、朽ち果てたようなアパートへ向かった。雑草の隙間から、一斉に立ち昇ってくる藪蚊を追い払った月縞は、一〇一号室のドアを激しくノックした。

「すみません、南葛西警察署の者です！」

何かのヒーローのように凛々《りり》しいその姿は、岩楯のこめかみを再びずきずきと疼かせた。この状況で、いきなり警察だと名乗る必要がどこにある？　まずは、なんの情報も与えないまま戸口に呼びつけるのが筋だろう。初見の反応というのは、その人となりを知る手がかりが少なからず含まれているものだ。が、もう終わった。中の男に、一瞬でも考える間をくれてやったのだから。

やる気を出している若い相棒は、合板の扉に何度も拳を叩きつけた。

「開けてください。警察です！」

岩楯は毒づき、クモを警戒しながら裏手へまわった。しかし、件の男が窓から様子を窺っている様子はなかった。それ以前に、窓は内側から段ボールで目隠しされ、中を確認することは不可能だ。藪蚊とぬかるみを避けながら玄関に戻ると、月縞がドアに耳を押しつけているところだった。

「どうやら、留守のようです」

言いたいことは山ほどあった。けれども、真顔を向けてくる月縞に、岩楯は頷きだけを返した。すぐに集合ポストの中を探ったが、今さっき放り込まれたようなチラシが入っているだけで、ほとんど空だ。これはいただけない。岩楯の頭で、微かに警鐘《けいしょう》が鳴った。

「まさか、トンズラされたんじゃないだろうな……」

「トンズラって、ここの住人からは二日連続で訊き取りをおこなってるんですよ？昨日も署へ出頭していたんです。逃げる理由なんてないでしょう」

「だといいがな」

クモの巣まみれの電気メーターを見やると、完全に円盤が停止していた。岩楯は急いで隣の部屋へ足を向け、メーターがまわっているのを確認してから扉をノックした。

ていた。

「すみません、ちょっとお訊きしたいことがあるんですけど、ご在宅ですか？」

こちらはすぐに、細くドアが開かれた。中から、食べ物の饐《す》えたような臭いが漂ってくる。太り気味の男はランニングとトランクス姿で、あばた顔には玉の汗を浮かべていた。

「お休みのところすみませんね、警察の者です」と岩楯は手帳を提示した。「隣の住人についてちょっと訊きたいんですよ。一〇一号室について」

「ああ、そういうことなら僕は役に立たないですよ。近所付き合いをしないから」

「今日は見かけましたかね？」

「いや、ここの住人とはほとんど顔を合わせないんですって」

男は薄汚れたランニングの裾を伸ばし、顔の汗をぬぐった。

「昨日も警察が来たのはご存じだと思いますが」

「え？　そうなの？　それは知らなかったなあ」

大げさに首を傾げているが、知らないはずがない。今も刑事二人が辺りを物色しているのを、聞き耳を立てて窺っていたのだろう。ドアスコープを覗いていた跡が、額と頬の肉にくっきりとついていた。

「お隣さんは、毎日家に帰ってましたかね？」

「さあね」

「さあって、隣から物音ぐらいは聞こえるでしょう？　これだけ壁が薄いんだから」

ゴミ溜めのような部屋をひょいと覗き込むなり、男は慌てて表に出てドアを閉めた。

「たぶん、滅多に帰ってなかったと思いますよ。夜はいないし」

「いない？　じゃあ、昼間は帰って寝てるとか」

「よくわからないな。あんまり気配を感じなかったんで」

「そうですか。人が訪ねてくるようなことは？」

「それも見たことはないなあ」

「ちなみにあなたは、ここに住んでどれぐらいですかね？」

ぴたりと動きを止めた肥満男は、あからさまな警戒の色をにじませた。

「ちょっと、ちょっと。まさか、こっちにまで厄介事が飛び火するんじゃないでしょうね？」

「厄介事に首を突っ込んでなけりゃ、飛び火のしようがないでしょうよ。で、ここに何年住んでるんですか？」

小柄な男を見下ろすと、芝居がかったポーズで首をすくめた。

「今年で四年目ですよ。都内なのに安いから、ずっと動いてない。更新もないしね」

「四年ですか。その間、何か面倒が起きたことは？　どんなことでもかまいませんよ」

「そうだなあ……」

鼻の頭をかき、男はゴムの伸びたトランクスをもたもたとずり上げた。

「新聞屋とか宗教とかめんどくさい連中はしょっちゅうくるけど、究極に腹が立ったのはあれだな。去年の暮れに、たちの悪そうなやつに蹴り入れられたんですよ」

「たちの悪そうなやつ？」

「そう、そう。バイトから帰ってきたら、あそこの角にしゃがんでスマホをいじってるやつがいたんです」と私道の先に太い指を向ける。「いかにもバカそうでちゃらちゃらしてて、底辺の人間って感じでね。僕が大嫌いな人種だ」

「それで？」

「とにかく、かかわりたくなかったから、走って男の前を通り過ぎた。そしたら『待てよ』って呼び止められたんですよ。まったく、その手の連中お得意の因縁ってやつでねえ。バカとかかわるのはつくづく嫌ですわ」

男は肉づきのいい眉根を盛り上がらせて、憤懣《ふんまん》やるかたない面持ちをつくった。しかし言わせてもらえば、いかにも因縁をつけて、ついでに小突きまわしてやりたい情けなさをもっているのは否定のしようがない。月縞は男の挙動をたびたび窺いながら、高速でメモをとっている。

「そいつは僕に、『なんか預かってねえか？』って詰め寄ってきたんです。なんのことですかって聞き返したら、『とぼけんな』っていきなり蹴りを入れられてねえ。まったく、ああいうやつをこそ、さっさと逮捕してほしいね。我々の血税で食ってるんだから、そこをよく考えてもらいたいと思うわけですよ。日本は役人が強くてダメだ。暴走族だってそこらじゅうにいるのに、なんで野放しにしてんですか？　あんなのは一網打尽にすればいいだけでしょうに、理解に苦しみますね。昨日だって環七でバカどもが……」

鼻の詰まったような声で捲し立てる男を、岩楯はあっさりと遮った。このまま喋らせておいても、有意義な情報など出ないだろう。

「あなたの大嫌いな『馬鹿男』は、何を預けたか言ってました？」

「それがまるでわかんないわけ。とんだ災難だよ」

「その男は、一〇一の住人から何かを預からなかったか、ってことが訊きたかったんでしょう？」

質問に興味を失ったらしい男は、「どうだかね」と適当な返答をした。

「風体は？　どんな見た目でした？」

「そうだなあ、とにかく生っ白くて、ひと昔前のヤンキーみたいななりだったな。眉毛を細く剃って、金のチェーンを首にかけて、白い尖《とが》った趣味の悪い靴履いててね」

「確かに今どき珍しい」

「でしょ？　きわめつけは、鶏のとさかみたいなモヒカン金髪頭」

「金髪？」と岩楯と月縞は同時に声を出した。「歳のころは？」

「いきがってたけど、あれは未成年のガキだと思うよ」

人を見下した物言いが癖になっているらしい男は、ぺらぺらと口滑らかになった。

「それで、ズボンはよれよれのジャージね。ほら、よくバカがやってるでしょ？　ズボンずり下げて、わざと下着を見せてるような格好。その手の恥もないチンピラですよ」

「あんたは、もろ下着だけどな」

岩楯は余計なひと言をつけ加え、腕組みをした。

トランクルームで見つかった少ない微物の中に、十五センチほどの脱色された金色の毛髪があった。ここへ来たチンピラのものだとすれば、倉庫の借り主となんらかのかかわりがあったことになる。これはいったい、何を意味しているのだろうか。

同じくむっつりと考え込んでいる月縞に引き揚げどきを示し、岩楯は満面の笑みを男に向けた。

「いやあ、長々とすみませんでした。ご協力感謝しますよ。今の内容で、正式に調書をとらせてもらうと思いますんで」

「は？　調書？」

「ええ。南葛西署まで出頭願いますよ。そのときは連絡します。月縞、こちらの紳士の電話番号をお訊きして」

「ちょっと、ちょっと、冗談じゃないですよ。なんで僕が出頭なんですか。こっちだって暇じゃないんだ。まったく横暴な。これだから警察は……」

ぶつぶつと不平をこぼしている男から番号を訊き出し、二人の刑事はさっさと踵《きびす》を返した。すぐ車に乗り込む。

「次の借り手のとこへ行ってくれ。どうも嫌な予感がする」

果たして、その予感は的中してしまった。単身者二人の住処はどれももぬけの殻で、人が住んでいる気配すらもなかった。

「おい、おい。何がどうなってるんだよ」

岩楯は苛々と吐き捨て、マルボロに火を点けた。倉庫の借り主が同時期にアパートを引き払うなど、偶然で済ませられるわけがない。しかも男たちが住んでいたのは、どれも負けず劣らずのあばら家ばかりで、倉庫を借りる理由が曖昧だ。煙を吸い込んで頭を回転させにかかったが、説得力のある仮説はまるっきり浮かんでこなかった。

「この男たちが殺しにかかわっている……」

同じく、運転席で漫然と煙草をふかしている月縞が神妙に言った。

「ガイ者が頭に受けた傷は三つです。男は三人。しかも倉庫を借りている」

「単純な共通項はな」

「逃亡したかもしれないことを考えても、殺しに絡んでいるからだと思います」

「いいか月縞。そんなもんは、少年探偵団が思いつく程度の答えなんだよ。謎解きにもなってない」

岩楯は煙草を執拗に潰した。

「殺ったのがこいつらなら、なんで昨日と一昨日の聴取を受けたと思うんだ」

「裏をかこうとしたんですよ」

「なんの裏だよ？」

「警察の聴取に素直に応じれば、被疑者から外れることができると考えた。懐に入り込んで目を欺きたいんでしょう。灯台下暗しです」

力説する月縞に、岩楯はため息を投げかけた。

「同じ横並びの倉庫を借りたのは、遺棄現場近くを第三者にうろつかれたくなかったから、ということも考えられます。特に隣には人を入れたくなかった」

「あのなあ。死体は腐り果てて、警官がぶっ倒れるぐらいの悪臭を撒き散らしてんだぞ？　なのに、現場の横並びをキープしたからって何になるんだよ。臭いでも消せんのか？」

岩楯はファイルを開き、倉庫の契約内容を一瞥した。

「それにこいつらは、一年前に二年契約してるんだ。遺棄するだけだったら、それこそ一年の短期契約で済むだろうよ。いや、契約なしで死骸を放り込んでおけばいい」

「不自然ではありますけど、警察に対する目くらましってことも考えられます」

「じゃあ、今日になって初登場した、金髪ヤンキーはどう説明するつもりだ」

「犯行一味でしょう」

「ホトケは、死後二十日以上が経ってるとするわな。人を殺したら、一刻も早くズラかろうとするのがホシの心情ってもんだ。それが冷蔵したり腐らせたり虫を呼んだり、挙げ句に警察が訪ねてくんのを指折り数えて待ってたってか？　馬鹿も休み休み言え」

　岩楯が資料の束を後部座席に放ると、月縞は負けじとたたみかけてきた。

「捜査本部が有力だと見ている、ホシは異常性のある知能犯説。こういう一見めちゃくちゃなやり方は、確かにそれに当てはまると思います。過去にも、わざと無意味な行動をして捜査を妨害する連中がいましたから」

「方向性が違って悪いがな、捜査本部の見立てはズレてるんだ。俺は、このヤマにイカれた知能犯なんかは登場しないと思ってるよ」

　しばらく難しい顔をしていた月縞だったが、煙草を潰してサイドブレーキを引き下ろした。

「アパートを管理してる不動産屋をまわりましょう。トランクルームの経営者もあらためて当たったほうがいい」

「そこが今やるべきことだな。本当にトンズラしたのかどうかを、まずは確かめなけりゃならん。だが……」と岩楯は腕時計に目を落とした。「一時からは現場で虫捕りだ。そっちが最優先だから、よそへまわすしかないな」

　携帯電話を出して登録番号を押すと、二回の呼び出しで回線がつながった。今すぐ動ける状態か？　そう問うと、部下は間髪容れずに大丈夫だと答えた。岩楯は知り得た事実と顚末を説明し、アパートを管理する不動産屋と、トランクルームのオーナーに状況を確認するよう指示を出した。

「よし。昼メシ食ってから現場へ行くぞ。確実に食欲が失せるもんを見せられるから、まずは体力をつけようじゃないか」

2

岩楯と月縞は作業着に着替え、足カバーをつけてキャップを深くかぶった。分厚い雲が垂れ込めているとはいえ、気温は三十度を超えているだろう。剪定が一時ストップしている街路樹のプラタナスでは、遅出のセミたちがやかましく鳴いていた。

マスクを顎までずらし、岩楯はこめかみを流れる汗をぬぐった。駅に着いたら連絡をよこす手はずだが、携帯電話は一向に鳴る気配がない。月縞は月縞で、急にやる気を失った雰囲気を醸《かも》して「だるいな……」といつもの言葉を吐いていた。

どうにもこの男は、覇気のなさを演出する屈折した癖がついている。今さっきとは別人のようで、やる気を素直に見せているときとの落差が激しかった。そこにきて協調性に欠け、困った自分のスペースには誰も踏み込ませない。いつもこんな調子なのだから、署内でも使えない部下の烙印を捺《お》されるに決まっているだろう。見方を変えれば愉快なやつだと岩楯は思っているが、だとしても「寛容」の限界点を超えるのは時間の問題かもしれなかった。まあ、そうなれば思う存分、叱り飛ばすだけなのだが。

そのとき、資材置き場の角を曲がってきた自転車が、尋常ではないスピードでみるみるうちに近づいてくるのが見えた。間違えようもなく赤堀だった。工事現場用の黄色いヘルメットを愛用できるのは、彼女ぐらいのものだろう。体からはみ出るほどの大荷物を背負い、前のめりになって爆走している姿は、もはや女ではない。捕虫網をなびかせ、岩楯の隣にざっと横滑りしながら急停止した。

「すみません、少し遅れちゃった」

赤堀ははあはあと息を切らし、頬を上気させて自転車から降りてくる。女の評価には厳しい月縞は、異界のものでも見るような驚きの目を彼女へ向けていた。

「まさかとは思うが、池ノ上《いけのうえ》の大学から自転車できたのか？」

岩楯が信じられない思いで問うと、赤堀は顔の前で手をひと振りした。

「違うって。日本橋《にほんばし》でレンタサイクルしたの」

「なんでわざわざ自転車を借りるんだよ。そのまま電車でくればよかっただろうに」

「この場所は駅から遠いからね。自転車だと一直線でこれるから」

よくわからない理屈だったが、突っ込んで聞いたところで、わからないことに変わりはない。エンジニアが着るようなデニムのつなぎをまとった彼女は、キャップのつばを後ろへまわした。自転車から捕虫網を引き抜いて、こっくりと頷きかけてくる。

三人は、トランクルームが二列に並んだ裏手へ向かった。赤堀は歩調を合わせ、横から岩楯の顔を覗き込んできた。

「今朝の捜査会議、何か新しい進展はありました？」

「これといった報告はなし。新しいブツはいくつか出たが、期待できるもんじゃないな。サギソウのタネも、依然として出どころは不明だよ」

「被害者の身元は？」

「それも情報がない。どこの誰だか皆目見当がつかないってわけだ」

「そっか、残念」と赤堀が首をすくめた。

彼女が指摘したウジの仮説は捜査に加味される程度だし、まだまだ動く方向性が絞り切れていない印象だった。このへんであとひとつ二つ、指針を示す何かがほしいところだ。

高架を電車が通過するたび、鉄製のコンテナが反響してかたかたと震えている。昨日の大雨と湿度のせいで、辺りには腐敗臭が濃密に淀んでいた。

岩楯は、遺体が遺棄されていた倉庫の前で立ち止まった。入り口にはレバー式の引き手があり、その脇には鉄梃でこじられた痕がついている。軍手をはめた手で、反り返った枠に触れた。こじ開けるのにそう時間はかからなかったとしても、人に見られるリスクは上がるだろう。なのに、何がなんでもこの場所に遺体を置きたかったらしい。

倉庫の中は煌々とライトで照らされていたが、ひと通りの作業を終えた鑑識の姿はなかった。息が詰まるほどひどい臭気に覚悟を決め、マスクで口を覆ってから足を踏み入れた。女が遺棄されていたのは、ちょうど正面に見える壁面だ。灰色の床には死体からの漏出液が染みつき、悪臭とともに、未だ無数のハエを呼び寄せている。天井近くには、蛇腹にガラスをはめ込んだ小窓があった。

「おまえさんがここへ着いたとき、あの窓は開いてたんだよな」

後ろに声をかけると、月縞は頷きながら前へ進み出た。ガラス板を手で押して、数センチほどの隙間をつくる。

「この程度ですが、窓は開いていました。とにかくハエの数が半端じゃなかった」

「ほかに何か気になったことは？」

月縞は、まだそこに遺体があるとでもいうように壁際を凝視した。

「ホトケの髪が光っていましたね」

「光ってた？」

「そうです。だから、少しそばまでいって見てみたんですよ。そしたら、水滴というか、霧吹きでかけたような細かい水が、うっすらとついてた。それが光ってるように見えていたんです」

岩楯が意味を計りかねて腕組みすると、月縞は尻ポケットから手帳を出して、高速でめくってから顔を上げた。

「ホトケが発見されたのが、九月三日の午後一時半過ぎ。あの日は午前中に雨が降ったわけでもないし、自分が倉庫に入ったのは気温が上昇してるさなかです。何かの理由で水がかかったにしろ、普通はすぐに蒸発すると思うんですよ」

「だろうな。なんせここは、五十度はあったんだ」

「でも、遺体の髪がうっすらと濡れていた。この現象について、自分なりにいろいろと調べているんですが、まだ答えは見つかっていません。体液かもしれませんが、こういう意味不明な不確定要素が、異常者の挙動を指すのかもしれないとは思います」

確かに、どう解釈するべきかがわからない事実だった。そして、月縞は本部が示した方向性を全面的に支持し、岩楯の読みを真っ向否定していることがわかった。

一方の昆虫学者は表でぶんぶんと捕虫網を振るい、「はっ！」とか「ほっ！」といちいち声を上げながら、瞬く間に標本を採取している。いったい何やってんですかね、という月縞のもっともな質問に岩楯が答えてやった。

「腐敗分解に絡む虫は、四つのタイプがあるそうだ。あの先生は生態系を見るために、そいつらをサンプリングしてるわけだよ」

「遊んでるようにしか見えませんが」

「まあな。第一が屍肉食の種。おもにハエと甲虫。悪党に喩えるなら、こいつらは空き巣狙いのこそ泥だな。隙を見つけて、確実に侵入してくる連中だ。第二がウジとか甲虫を喰ったり寄生したりする、小型のハチとアリ。こいつは小ずるい詐欺師タイプ」

「その喩えは要りますか？」

「学者ってのは、何がなんでも難しく言おうとするから困る。そんなとき、俺は近いイメージに変換するようにしてるんだよ」

「さらに複雑化しそうな気がしますが」

月縞は無表情のまま手帳に書き取っている。

「まあ、そう言うな。腐敗に絡む虫は、どういうわけだか悪党と完全一致してるってことを発見したんでね。で、虫に話を戻すぞ。第三が大型のハチとアリ。こいつらは死体も喰うし、集まってくる虫どもも喰う、凶暴でたちの悪いやつら。ヤクザだな。第四がクモ。現場で網を張って、なんの苦もなく悠々と獲物を仕留める。こいつらは知能犯だ」

いきなり背後から、赤堀の馬鹿笑いが聞こえて岩楯は振り返った。

「ちょっと岩楯刑事、おもしろすぎる！　それ、絶対に講義で使わせてもらう！『犯罪の凶悪性と虫の生態系の酷似』ってテーマで、論文もいけそうじゃない。警察もみんなして真面目くさってないで、岩楯刑事ぐらい笑い取ればいいのにさ」

警官が笑いを取る必要はないし、ましてや自分も取っているつもりはない。

赤堀は、詐欺師にヤクザと節をつけながら大荷物を置き、ピンセットを片手に入ってきた。遺体があった場所に躊躇なく這いつくばり、腐敗液が体につこうが気にする素振りはまるでない。四つん這いのまま室内の隅に沿って移動すると、拡大鏡で床の隙間を検分しはじめた。干涸びたウジがそこらじゅうに散らばっているが、そっちには目をくれる様子がなかった。

それにしても茹《う》だるような暑さだ。さっきから汗が止まらず、加えて臭いの襲撃を受け続けている。ひっきりなしに電車が上を通過するせいで、耳鳴りまでしはじめていた。二人の刑事が新鮮な空気を求めて喘《あえ》いでいるとき、赤堀が「よし」と声を上げた。

「何かあったのか？」

「まったく何もなし！」

「自信満々だな」

「この倉庫の中は、虫たちにとって魅力的な場所じゃなくなったわけ。わたしにとってもだけど」

初めから、倉庫内にはさほど執着がなかったように見える。外へ出た赤堀に続いて、二人の刑事も吹き抜ける風に体を晒した。

彼女はコンテナの周りをゆっくりと歩き、ときどき立ち止まっては虫の羽音に耳を澄ましていた。まるで目的のない散歩だ。そして再び歩き出したかと思うと、くるりと踵を返して倉庫の床下を覗き込んだ。その顔には、何かを見つけたときによく見られる、耳まで裂けそうなぐらいの笑顔が貼りついていた。

隣に屈んで床下を覗くと、所々に土が盛り上がっているのが見えた。見慣れたタイプのクロアリが、白いものを担いで次々と巣の中へ消えていく。コンテナの床下では、死んだウジを運ぶアリの隊列が組まれていた。

「なんだか、妙に気持ちいい光景だな」

「クロオアリね」

「先生が昨日から気にかけてたのは、この働き詰めのアリなのか？」

「働いてないですよ。基本、アリんこは怠け者だから」

赤堀は、クロアリをピンセットでつまみ、小さなガラス瓶の中へ入れた。

「イソップ物語のせいで、アリは働き者みたいなイメージを固められちゃったけど、実は日中なんてごろごろしてるんだから」

「ごろごろ？」と後ろで月縞が繰り返した。

「この子たちは炎天下が嫌いなの。出歩くときは日陰を選ぶし、本来は朝夕が活動時間」

「本当かよ。夏場はそこらじゅうで見かけるけどな」

「それは、ごくごく一部の物好きな子。千人中、二人……みたいな感じかな。人は目に見えることだけが真実だと思うからね」

「まあ、当然な」

「サムライアリなんて働くのが嫌で嫌で、『そうだ、クロアリを奴隷にしてこき使えばいいんだ！』って思いついたわけ。よその巣から盗んできた卵を孵して、しもべを量産してるんだから」

そう話しながらヘッドライトを点け、赤堀は小さなシャベルで土を掘り返しはじめる。十五センチほどの隙間に手を突っ込んで動きにくそうにしていたが、ついには地面に腹這いになった。そのうえ、コンテナの床下にむりやり体をねじ入れて、足をばたつかせながら奥まで潜っている。赤堀の奇行には慣れてきたとはいえ、まだまだ度肝を抜かれることのほうが多い。しばしあっけに取られていると、こもった声が張り上げられた。

「ちょっと、誰か！　足引っぱって！」

「何がしたいんだか」

岩楯は彼女の足首を摑もうとしたけれど、予告なく訪れた妙なためらいが、出しかけた手を引っ込めさせた。ある種の気持ちに対する過剰反応……。うんざりして月縞へ顎をしゃくり、その役目を相棒に丸投げした。両足を摑まれてずるずると引きずり出された赤堀は、潰れたカエル並みのひどい格好だった。土まみれのまま興奮気味に跳ね起き、何かをつまんだピンセットを高々と上げた。

「今日は冴えてる。なかなかいい展開かもよ」

「それは?」

「クロナガアリの死骸」

「何かと思えばまたアリかよ」と岩楯は脱力して顔をこすった。「アリどもなら、その下に売るほどいるだろうって」

「そうだけど、この子は種類が違う。体長が五ミリの菜食性。倉庫を縄張りにしてる肉食クロオオアリに狩られたわけ」

「それの何が重要なのか教えてくれるか? さっぱりわからんよ」

まったく話がつながらない。赤堀はすっくと立ち上がり、こっち、と手招きしながら倉庫の裏手にある資材置き場へ歩き出した。そこは整備されていない文字通りの空き地で、腰の丈ぐらいある雑草がぼさぼさと生い繁っている。金網で囲まれ、工事に使う三角コーンや土管などが雑然と置かれていた。

「そういや、昨日もこっちを気にしてたよな」

「うん。これを見つけたから、ちょっと閃くものがあったの」

赤堀が指を差した先には、小さな植物があった。円形の葉が低い位置に固まり、その中心から何本もの細い茎が伸びている。

「これはスミレね。花がないからわかりづらいけど、この空き地のあちこちにある。

スミレは『アリ散布植物』って呼ばれてて、アリにタネを蒔いてもらって増えるわけ。花を咲かせなくてもタネをつくれる種なの。スミレとかカタクリが自生してる場所には、必ずクロナガアリがいる。ギブアンドテイク。この子たちが、タネをせっせと巣に運ぶから」

「ちょっと待て」と岩楯は、赤堀の言葉を整理しながら顔を上げた。「タネってことはもしかして、遺体にくっついてたサギソウのタネに関係あるのか？」

「なきにしもあらず」

赤堀は不気味ににんまりと笑った。

「クロナガアリは、あらゆるタネを見つけて巣へ運ぶ習性がある。コンテナの下でほかのアリに捕まったってことは、あそこまで遠征してたことを意味してるね。確実ではないけど、倉庫からサギソウのタネを巣へ運んだ可能性もあるし、もっとほかのものを運んでるかもしれない」

「もっとほかのものとはなんですか？」と月縞が、にわかに活気づいた。

「それは巣を見てみないとわかんないな。この子たちは、とりあえず目についたものをなんでも運ぶからね。紙とかプラスチックとか虫の死骸とか、そういうガラクタがゴミ捨て場にわんさかあると思うよ」

「アリの巣の中にゴミ捨て場があると？」

月縞がメモをとりながら顔を上げた。

「そういうこと。遺体にサギソウのタネがくっついてたっていうだけでは、いまいち何を意味するのかわからないでしょう？」

「確かにそうですね」

「だから、駄目押しでもうひとつ何か欲しい。そう思わない？」

「つまりはアリ頼みってわけか。先生にしちゃずいぶんと消極的だな」

岩楯が遠慮なく言うと、赤堀はむっと頬を膨らませていきり立った。

「消極的？　ちょっと、聞き捨てならないね。誰に向かって言ってんのかな」

「あんただよ、赤堀先生。いつもは虫の上からものを言ってるが、今は完全にやつらの下手に出てるように見えるんだが」

「あのね、ただの勘で動くほどアホじゃないっていうの」

「それは知ってるさ。なんせ、とびきり優秀な頭脳をお持ちの偉い先生なんだから」

「うわっ、いちいち腹立つなあ」

赤堀は、岩楯のすぐ目の前に立ちはだかった。

「だいたいね、捜査本部はもう情熱をなくしてるみたいだけど、サギソウのタネは、警察が考えてるよりもすごく重要な物証だよ。偶然にそのへんから運ばれたわけじゃなくて、今も犯人のすぐ近くにあるの。わたしは、天然ものじゃないかって睨《にら》んでる。その経路の謎を解く鍵に虫を使うって言ってんのに、これのどこが消極的なわけ？　ほら、早く言ってみてよ。さあ、岩楯刑事」

なるほど、いつも通りだ。持論が揺らいで、進む道を見失っているわけではないらしい。腰に手を当て嚙みつきそうな顔をしている赤堀に、岩楯は両手を上げて降参して見せた。すると月縞が、いきなり声を張り上げた。

「わかりました。赤堀先生、指示をください」

赤堀の野性的な闘争心には、月縞の無意味なプライドを打ち消す効果もあるらしい。昆虫学者は若手刑事の腕を叩き、空き地に向けて手を広げた。

「月縞巡査、よく言った。武士に二言はないね？」

「武士ではないです」

「よし、じゃあニンジャに決めた。きみには、アリの巣と戦ってもらうよ」

「は？」と相棒が素っ頓狂な声を上げたとき、遠くから別の声が流れてきた。

3

赤堀の名を呼んでいる者がいる。振り返って通りに目を凝らせば、小太りの男が制服警官に止められ、こちらに手を振っているところだった。赤堀の後輩である辻岡大《つじおかだい》吉《きち》は、腕を摑まれ「助けてくださーい」とわめいている。

「何やってんだよ、いったい」

岩楯は捜査員に話をつけ、顔を赤くして怒っている大吉を空き地まで連れてきた。昨年よりも、いささか体重を増やしたらしい。小太りで百七十センチもないずんぐりした体格だが、日本人には見えない濃厚な顔立ちのせいで、雑踏の中にいてもひときわ目立つ存在だ。

「葛西駅でも職質《しょくしつ》されたんですからね！　そしてここに着いたら、見るより早く不審者確定ですよ！　ビザを見せろってどういうことですか！　まったくもう、今日こそは言わせてもらいます！　いったいどうなってんですか、日本の警察は！」

「すばらしく正常に機能してる証拠だよ」

にべもなく返すと、大吉は意味を確かめるように岩楯を素早く二度見した。彫り込まれたような二重の目許に、横広がりの大きな鼻。分厚い唇の隙間からは、頑丈そうな歯が見えた。きわめつけは、ベレー帽を載せたようなマッシュルームカットだろう。これで職務質問に文句をつけるのだから、世話はない。

大吉は汗みずくの顔をタオルでごしごしとこすり、赤堀へ向き直った。

「涼子先輩、まだ終わってないですよね？」

「ちょうど今からアリの巣捜索隊の出動だよ」

「ああ、よかった。足立《あだち》区役所の担当の、話の通じなさは異常ですって。たかが段取りの説明なのに、時間食ってたいへんだったんですから」

「まさか足立区と仕事の契約したのか？　よくわからんけど大口じゃないか」

岩楯が驚いて目をぱちくりさせると、大吉は胸を張ってにっと笑った。

「ようやくですよ。先方の首を縦に振らせるのに、二年もかかりましたからね。綾瀬《あやせ》川に大発生したセスジユスリカの駆除なんです。大吉オリジナルの音響トラップを開発しましたから」

「大出世だな」

嬉しそうに頭をかいた三十歳の若社長は、月縞に気づいてきらりと目を光らせた。

「もしかして刑事さんですか？　え？　岩楯刑事の相棒？　うそでしょう、日本の警察も変わりつつありますね。いや、日本の男子レベルが上がってるんだな」

大吉はひとりでぺらぺらと喋り、ウェストポーチから名刺を抜いて月縞に差し出した。

「大吉昆虫コンサルタントの辻岡です」

「昆虫コンサル？」

「害虫駆除をおもに請け負ってますけど、あらゆる虫企画もシミュレイトしますよ。農家への虫の貸し出しとか、芸術面での業績もありますから。何かあればぜひ当社を」

ホラー映画用のゴキブリの貸し出しを、芸術と言い切れる営業力はすごい。月縞は受け取った名刺を見つめ、「国籍は？」と職務質問よりもぶっきらぼうな口調で尋ねた。

「父親が日本、母親がウズベキスタンで僕の国籍はれっきとした日本人ですよ。この見た目のせいでいろいろと誤解……」

まだ続けようとする大吉に、赤堀が言葉をかぶせてきた。

「大吉がタイ人だろうがインド人だろうが、そんなのどうだっていいから」

「ちょっと、どうでもよくはないでしょう」

「ヒト科ならなんだって同じだって。さ、頭数もそろったことだし、さっさと巣を見つけるよ」

赤堀にあっさりと流され、大吉は子どものように口を尖らせた。

それにしても、この雑草だらけの空き地から、どうやってアリの巣を見つけるつもりなのだろうか。岩楯は腰に手を当て、五百平米以上はありそうな敷地を見まわした。「途方もないな……」と弱音が無意識に口を突いて出る。しかし赤堀は、少しも不安には思っていないようだった。

「昨日のゲリラ豪雨が、きっとアリの巣を見つけやすくしてくれてるよ」

「どういうわけで？」

「雨でめちゃくちゃになった巣を修復するのに、大勢外に出てるはずだからね」

曖昧に頷きながら一歩を踏み出すと、赤堀が突然、腕を摑んで引いてきた。

「岩楯刑事、死にたくなければストップ。深呼吸して、ここでおとなしく待ってなさい。呼ぶまで絶対にきちゃ駄目だからね。いい？　わかった？」

まるで子どもへの言い聞かせだ。それに、さっきの怒りはきれいさっぱり消えている。

軽快なフットワークの赤堀は、大吉を引き連れて草むらの中へ入っていった。道筋ができるように雑草を踏みしめ、時折、左右に目を走らせては何かを放り投げている。その意味がわかると、岩楯の笑みが自然とこぼれた。彼女は、片っ端からクモを排除してくれていた。こんな何気ない行動のひとつひとつが、いつのときも岩楯の強張った精神を軟化させる。ちょっとした母性のようにも感じ、急に照れくさくなった。

彼女がしゃがむと完全に姿が消え、ごそごそと草だけが揺れている。行った先へ伸び上がって目を凝らせば、赤堀が匍匐《ほふく》前進しながら、地面を這いまわっているのがちらちらと見えた。どの場面でも言えることだが、人間業ではない。アリの巣探しはさすがに時間がかかりそうだと煙草を出しかけたとき、奥のほうでむくっと立ち上がった赤堀が、大声を張り上げて手招きをした。

「うそだろ、まさかもう見つけたのか？　あの女はアリクイかよ」

「岩楯主任、相当ひどい喩えですね」

煙草一式をポケットに戻し、月縞に目配せして草むらの海へ飛び込んだ。そして数メートルも行かないうちに、激しい痛みが手を貫いて叫び声を上げげた。脳天を突き抜けるほどの痺れる激痛だ。手を押さえながら苦悶している岩楯の横では、月縞も同じく腕を振りまわしてののしり声を上げていた。

「おまえもか！　なんだよここは！　くそ！　赤堀から逃げ切ったクモ野郎じゃないだろうな！」

「なんかいますよ！　確実にいます！」

刑事二人が大騒ぎしているのを見て、赤堀は不思議そうに首を傾げた。

「何やってんの？」

「なんかの毒虫に刺されたんだよ！　いったい、ここには何がいるんだって！　まさか、日本に忍び込んだ毒グモじゃないだろうな！　セアカなんとかいう！」

「セアカゴケグモなら、まだ東京では見つかってないよ。時間の問題だと思うけど。というより、そのへんにイラクサがあったから気をつけてね」

「イラクサ？　なんだよそれは」

「岩楯刑事が立ってる辺りに、大葉に似た葉っぱがあるでしょ？　小さい白っぽい花をつけてて、六、七十センチぐらいの茎が四角いやつ」

素早く周りを見まわすと、まさにその通りの草花が足許から生えていた。

「それ、茎と葉っぱに毛みたいな棘《とげ》があって、アセチルコリンとヒスタミンの毒があるの。素手で触んないでね、跳び上がるほど痛いから。こんなの常識じゃん」

「そんなもん、あんただけの常識だろうよ」

岩楯は盛大に毒づきながら舌打ちし、ポケットから軍手を出してはめた。離れたところでむくっと顔を出した大吉は、「こっちにはないですね！」と声を上げながら赤堀のほうへ歩いてくる。気を取り直し、岩楯と月縞は彼女のもとへ向かった。

「大修復されてる巣はこれだけだね」

「はい。たぶん、クロナガの巣はもともとこれだけだと思います。向こうは別の種で生態系が組まれてますから、こいつらは入れませんよ」

大吉は息を切らして、ダンガリーシャツの袖で額の汗をぬぐった。赤堀が草をかきわけた奥には、アリどもがうじゃうじゃとむらがっている。見るだけで痒《かゆ》くなるほどすさまじい数だ。土をかき出し、総出で巣の入り口を修復しているところだった。

「さて。じゃあ、巣穴と平行して穴を掘るからね。岩楯刑事、この土地の所有者に許可を取ってもらいたいんですけど」

「捜査対象地になってることは、もう先方も知ってるよ」

「じゃあ、二、三メートルぐらい掘っちゃってもいいですか？」

「そりゃまずい」

この女に付き合っていると、二、三メートルの穴掘りぐらいは、普通のことに思えるから困る。岩楯はすぐに許可を取りつけ、みなで穴掘りに使う道具を引きずってきた。

まずは赤堀がスコップで土をすくい、巣穴の軌道を慎重に確認しながら掘り進めていった。大吉が長い竹ひごのようなものを何本か土に刺し、深さを確認している。赤堀はあっという間に体半分を地中に入れて、せっせと土を周りに放っていった。

「大きい石はないようですね。巣はまっすぐ下へ伸びてると思います」

「オーケー。じゃあ、穴掘り係の交代をしようかな」

さっと一歩前に出た月縞は、異様にやる気を見せている。今度は相棒が掘り進め、残りの三人は穴の中に溜まった土を、ビニールシートを使って引き揚げることに専念した。

それから一時間以上は、黙々とこの作業を続けただろうか。四人とも泥だらけで、しかも汗まみれだ。この重労働に、捜査進展の見返りがある保証はない。が、赤堀がこれほど言うのだから、徹底的に付き合う価値があるとは思っていた。

岩楯は、伸び上がってそこらじゅうの筋肉を伸ばし、掘った土を検分している赤堀に声をかけた。

「つくづく先生の仕事ってのは重労働だよ。あんたのとこにいる四人の学生たちは、これに耐えられんのかね」

「あの子たちは、ああ見えてヤワじゃないよ。半年前、郊外でやった実験で、フェイス・フライっていう、珍しいイエバエ科の幼虫が見つかったことがあってね。これは屍肉食の種じゃないから、なんでこんなとこにいるんだって、ちょっとした騒ぎになったの」

赤堀は月縞が入っている穴にライトを当てて、巣穴の状態を確認した。

「要は、近くの牧場から飛んできたハエが間違って産卵したんだけど、それを証明するために、大量の牛のフンを調べる羽目になったわけ」

「あんたの仕事は、ホントに幅広いよ」

「まあね。フンの中にいるウジを採取するんだけど、いちばん厄介なのは、フンでもウジでも悪臭でもない。牛が問題なんだな」

赤堀は遠くを見やり、何かを思い出したように苦笑いをした。

「牛っていうのは好奇心旺盛で、知らないものがあると見たくてしょうがないわけ。わたしたちが必死にウジを探してるとこに、足音を忍ばせて後ろからそっと近づいてくる。で、何やってんのって感じで、鼻先で背中を押される。そして、目の前にある最悪のモノの中に頭から突っ込むと」

岩楯は声を立てて笑った。本当に赤堀の仕事は想像を超える。

「ちょっと、笑いすぎだって。まあ、みんなそれぞれの領域で修羅場をくぐってるんですよ。警察の仕事なんて、もっとそうだと思うけど」

彼女はライトで穴の中を照らし、完全に姿の見えなくなった月縞に声をかけた。

「月縞くん、今何メートルぐらいいってる？」

「二・五メートルは軽く超えてます」

すぐにくぐもった声が返された。そろそろいいらしい。下ろされた縄梯子《なわばしご》をよじ上って姿を現した相棒は、全身泥まみれでひどいなりだったが、とても清々しい面立ちをしていた。入れ違いで赤堀が下りると、大吉が土を詰める袋を穴の中へ投下する。さらにしばらくしてから、その袋がいっぱいになった状態で引き揚げられた。

「大量だな」と大吉が満足げに鼻を指でこすった。

「それは？」

「草の実ですよ。クロナガがせっせと集めて溜め込んできたタネです」

「ちょっと待て、それ全部か？」

岩楯は驚いて袋を持ち上げてみた。軽く五キロ以上はあるだろう。大吉は中身を確認してから、彫りの深い顔を上げた。

「クロナガアリは独自のフェロモンをもっていて、それには発芽抑制作用があるんですよ。だからこうやって、タネは新鮮なまま長く貯蔵される。中近東では、巣の中にある実の所有者を決める法律までありますからね。金になる穀物も大量に運びますから」

「なるほど。科研も調べる対象が山ほどできて大喜びだな。今回はブツが少なくて、暇をもてあましてんだろうし」

岩楯が意地の悪い笑みのまま穴を覗き込むと、赤堀が底のほうでうずくまっているのが見えた。ライトを足許に向け、体を小刻みに震わせている。

「おい、先生、どうした？　具合悪くなったんじゃないだろうな。大丈夫か？」

「まさか、酸欠ですか。いや、この暑さだから熱中症かも……」

大吉があたふたとしたとき、地の底から大笑いが聞こえてきた。それは不気味に辺りにこだまし、電柱にとまっていたカラスさえもこわがって逃げ出した。

赤堀はこれ以上ないほどの笑顔で、穴からゆっくりと姿を現した。大吉は、ひっと声を出してよろめきながら後ずさった。

「気色悪すぎて夢に出そうですよ！」

「そう？　じゃあ、今日の夢に出てあげる。アリたちのゴミ捨て場をあさってたら、すごくいいもの見つけちゃった。虫の死骸とか枯れたタネが山ほどあったけど、これはどう考えても異質だね」

　赤堀は、ぬっと地上に這い出てきた。

「頭が取れちゃってるけど、これは抜け殻だよ」

　ガラス瓶の中に入っている物体は、本当に小さかった。一センチ程度の褐色の楕円で、よく見れば関節のようなものがついている。横縞の文様があった。

「本当に小さいけど、翅芽《しが》がある。節足動物門《もん》、昆虫綱《こう》」

　瓶から抜け殻を出して、ピンセットでそっと端を持ち上げる。

「脱皮の痕。倒垂型《とうすい》」

「倒垂型ってのは？」

「ほら、背中が割れて、成虫が仰《の》け反《ぞ》るような格好で出てくるのを見たことあるでしょ？」

「ああ、チョウとかセミとかな」

「そう、そう。この抜け殻にはその痕跡がある。潰れてるけど、側棘《そくきょく》も確認できるね。中肢《ちゅうし》は欠損してて頭部はない。これは願ってもないものだよ」

　赤堀は岩楯に視線をぶつけた。

「不均翅亜目《ふきんしあもく》。トンボの仲間です」

「トンボだって？　じゃあ、それはヤゴの抜け殻か？」

「そういうこと。この近辺に水場はないし、トンボが産卵できるような環境ではない。ということは、何者かがアリのテリトリーに持ち込んだから、この子たちが運んでこれたわけ。それがコンテナの中だったらどうかな」

「しかもこれは、特徴的なトンボですね。ゴミ捨て場のどの位置にあったんですか？」

「ほぼ入り口。運ばれてから一週間も経ってないと思うよ」

大吉が眉間にシワを寄せて、瓶の中を凝視している。

「ほら、ぼんやりと見えてきたと思わない？　サギソウとヤゴ。このふたつが示すものは何か」

「湿地だな」と岩楯は答えた。とはいえ、コンテナの中から抜け殻が運ばれた確証はない。その考えを素早く読んだ赤堀は、作業着についた土を払いながら言った。

「この抜け殻がもってる情報は、それだけじゃないから。ちょっと調べさせて」

それから掘り返した穴をビニールシートで覆い、現場を保護してから撤収の準備を始めた。薄汚れた腕時計の文字盤をぬぐうと、針は午後六時前を指している。日暮れにさしかかり、ねずみ色の曇天は暗さを増していた。疲労感が半端ではなく、今すぐ一服したい欲求が膨れ上がってくる。体力自慢の岩楯ですらそうだというのに、赤堀には疲れるという感覚がないのだろうか。足取りは変わらず軽やかだし、何かを言ってはひとりで笑い転げている。男どもの顔色は冴えないというのに。

コンテナの裏側を通っているとき、すぐ後ろを歩いていた月縞が、「岩楯主任、ちょっと」と言って目配せをしてきた。重い体を引きずって、のろのろとそちらへ向かうと、相棒はコンクリートでできた高架の柱を指差していた。

「ここを見てください。水です」

いったいなんの話だろうか。柱には、水が流れたような跡がついている。岩楯はこれからの段取りに頭を巡らせ、月縞の汚れた顔を見て続きを促した。

「この水は、電車が通過すると落ちてくる。きっと、クーラーの排出水か何かですよ」

「それで？」

「ホトケが水に濡れて光ってたのは、この水滴がコンテナの屋根で跳ね返って、あそこの窓から入っていたからだと思います」

月縞は胸を張って倉庫の蛇腹窓へ顔を向けた。

「ああ、そうかい……って意地悪な返事しか今はできないぞ。謎のままのほうが、なんかドラマチックだったよ」

「主任、赤堀先生が言ってたことを思い出してください。腐敗状況から見て、甲虫が一匹もいないのはおかしいという話です」

「ああ、確かにそんなようなこと言ってたな」

「甲虫は乾燥した組織しか食べないと先生は言っていました。ひっきりなしに通る電車が落とす水のせいで、遺体はそうなる暇がなかったんじゃないでしょうか」

岩楯は、薄暗い中で光る月縞の目をじっと見た。些細な疑問を放置せず、ずっとその一歩先を気にかけていたようだ。

「犯人が現場をかく乱しようとしているのではなく、ここ独自の環境が、腐敗に影響を及ぼしているように見えます」

「だから？」

「虫の発育の誤差を仕組めるような人間がホシではない。そうなると、赤堀先生の説も違うということになります。ホシは、わざとハエを呼び込んだりはしていないんじゃないでしょうか。窓を開けたのには別の意味がある。それに主任が言うように、今の段階で異常な知能犯だと限定するのは危険だと思いました。確かに、本部の考えにはズレがありそうです」

現場に一貫性が感じられないのは、そういう単純なことが影響しているのかもしれない。それに、自分は月縞のことを少し見くびっていたようだ。先走った言動は経験のなさゆえで、根底には刑事としての気転が備わっている。だがこれで、相棒との意思統一ができたかもしれない。

岩楯が頷いたとき、すぐ後ろで声がして心臓が縮み上がった。

「聞いちゃった」

赤堀は不気味に目を据わらせて、月縞の前にまわり込んだ。三十センチはある身長差のせいで、まるで大人と子どもにしか見えない。彼女はなぜか相棒とがっちり握手をし、ぶんぶんと振りまわしている。

「完璧な仮説だったよ、月縞巡査。たぶんそれは当たってるし、わたしもそっちの説に鞍替えさせてもらう。犯人は虫のことなんて、これっぽっちも眼中にないってね。きみは将来有望、間違いなし」

「はあ、どうも……」と拍子抜けしたような月縞の表情が、つい数時間前とは微妙に変わっていることに岩楯は気づいていた。

4

空には弾力がありそうな雲が浮かび、刻々と形を変えながら山の向こうへ流されていく。藪木は縁側に寝そべってぼんやりとしていた。さっきから喉が渇いているのだが、水を飲みにいくのも億劫《おっくう》だった。やる気が起きない。ましてや、仕事をする気力などまったく湧いてはこなかった。

手を伸ばしてスケッチブックを取り上げ、空白のページを開いた。あいかわらず寝転がったまま、紙に鉛筆を滑らせていく。卵形の輪郭に、まっすぐの長い髪。やや目尻の上がった切れ長の目と、もの言いたげな薄めの唇。ホタルと月明かりに照らされた美しい氷雪花には、どうしたらまた会えるのだろうか。昨夜、件の小川へ足を運んでみたのだが、結局ものの怪《け》は現れなかった。

藪木はスケッチブックを投げ出した。現実逃避型の怠け者であることは否定しないが、この地へ来てから妄想にますます磨きがかかっている。ふいに、口だけ達者で中身はからっぽ……という、諏訪の言葉を思い出した。腹立たしい限りだけれど、あながち間違いではないのかもしれない。再び空へ目を戻すと、隣の棟から嗄れ声が聞こえてきた。

「俊介、いんのかあ？」

　藪木はむくっと半身を起こした。

「スイカ切ったから、こっちさ来てみろ」

　スイカなんて、ここ何年も食べていない。藪木はつっかけに足を入れ、庭に出て伸び上がった。垣根についている低い木戸を開けると、タエは地味で飾り気のない砂色のブラウスを着て、母屋の縁側に腰かけていた。お盆の上には、瑞々しいスイカが盛られている。なんと色は黄色だ。

「どうしたんだこれ？　黄色いスイカなんて実物は初めて見たぞ」

　藪木はタエの脇に座った。

「めずらしかっぺ？　苗をもらったから、試しに畑さ植えてみたんだ。そしたらな、普通の小玉よりか育ちがうんと速かったんだぞ」

　三角に等分されたスイカはよく冷えていた。硬い瓜のような食感だが、ほどよい甘さが口の中に広がっていく。

「うまいよ。東京では、スイカなんてまず買わないから」

「そうだべなあ。オレだってひとりではもてあますもんな」

薄暗い茶の間の奥で、柱時計が重々しい音をひとつ鳴らす。座敷の壁際には年季の入った本棚があり、古そうな装丁の書物がびっしりと並んでいた。

「それにしても、ばあちゃんちの本の数はすげえな。店が開けるほどだぞ」

「みんなじいちゃんのだから、オレは開いて見たこともねえんだよ。なんだか、難しい勉強ばっかしてたんだわ」

藪木は、土壁にかけられている先祖代々の遺影写真に目を走らせた。いちばん左にある真新しい額縁が、タエの伴侶なのだろう。頬のこけた細面の顔に、四角い縁のメガネをかけて生真面目に唇を結んでいる。

「古本つったって、捨てるに捨てらんねえしなあ。どうすっぺと思ってんだよ」

「ある意味、形見だもんな」

タエは家の中を振り返り、古めかしい書架を懐かしそうに眺めた。

「ばあちゃん、氷雪花のことなんだけどな」

藪木は唐突に話を変えた。亡霊を見てからというもの、隙あらばこの話題を持ち出してしまう。黄色いスイカを、もうひとつ手に取った。

「生き埋めになった女が住んでた厩ってのは、まだあるのか？」

「いやあ、もうとっくの昔になくなってんな」

「あった場所は、裏の小川の先なんだよな？」

「ああ、そうだ。増谷の田んぼはわかっか？　先のほうに虫切り地蔵があっとこ」

何十枚もよだれかけがかけられた、古ぼけた地蔵は見たことがある。隣村との境辺りに位置する場所だ。

「虫切り地蔵の畦を入っとな、石神さまがぞっくり並んだとこがあんだ。そこを曲がった先にある、庄屋の屋敷ん中に厩はあったんだよ」

「そうか。そこへ行けば、なんかわかるかもしれないな……」

何気なくそう呟いたとたん、タエは慌てたように腰を浮かせた。

「そだとこ行っては駄目だかんな！　俊介なんか、すぐに取って喰われっちまうぞ！」

「いったい何に喰われんだよ」

「とにかくな、ものの怪に魅せられたもんは魂を抜かれんだ。おめさんみてえな『やや』は一発であの世行きだど」

「縁起でもねえ」と藪木は笑ってスイカを口に運んだ。

それからしばらくはたあいのない話をしていたが、老婆は「どっこいしょ」とかけ声を洩らして立ち上がった。「下《しも》へ買い物さ行ってこなきゃなんねえんだ」

「下って、あの小屋みたいな商店か？」

「んだ。ミョウバンがねかったんだよ。ナス漬けっかと思って、みんなへ夕取ったのに。ミョウバン入れっと、きれいな紫になんだぞ。色がいいとうまそうに見えっから」

日々着々と、年寄りの知恵が蓄積されていく。言ってみれば人生に必要のないものがほとんどだが、ぱっとしない現実と距離を置くのに役立っていた。タエはスイカの皮を、肥料を蓄えているバケツの中へ入れた。

「あの商店まで二キロはあるんだぞ。年寄りの足では無理だろ」

「昔は町まで提灯《ちょうちん》持って歩いたんだ。それも舗装されてない山道だかんな、どうっつうことはねえ」

白い紐つきの麦わら帽子をかぶったタエの前に、藪木は立ちはだかった。

「買ってきてやっから、ばあちゃんはここにいろ」

「俊介はオタクだから無理だっぺ」

「オタクでも買い物ぐらいはできんだよ」と藪木は前髪をかき上げながら笑った。

「ミョウバンって言えばわかんだよな？」

「ああ。悪いねえ、結局いっつも頼んじまって」

「いいって。暇もてあましてたんだから」

するとタエは目を細め、なんともいえない顔をして藪木を眺めた。この老婆の面持ちには、はっと目を奪われる瞬間がよくあった。あらゆる感情の成分が抜け切ったような、本当の無だ。こんな柔らかな無表情を、いつか人形たちにもさせてやりたいと思う。

「俊介、人にはみんな、気づきの頃合いってもんがある。いっしょけんめ走って追っかけなくても、必ず向こうからやってくんだ。じいっと待ってるだけでいいのに、なんでみんな急ぐんだっぺなあ」

これは、藪木とエリート街道を突っ走っているという息子への言葉だろうか。しょっちゅう手紙や電話をよこすくせに、母の顔を見に帰ろうとはしない息子だ。

俺はじっと待ってるんだけどな。藪木はそう言って小さなタエの肩をぽんと叩き、木戸を開けて奥の納屋へ歩いていった。車のドアに手をかけたが、思い直して庭へまわる。予告なく感傷の回路を刺激されて、胸の奥がざわついている。こんなときは、散歩がてらに歩くのもいいかもしれない。

錆《さ》びた釘にかけておいたキャップをはずしてかぶり、スニーカーに履き替えて砂利道へ出た。陽もだいぶ傾き、どこまでも続く田んぼを茜色に染めている。

「藪木くーん！」

声が聞こえて振り返ると、ふくよかな女が跳び上がりながら手を振っていた。郁代だ。あの辺りを農地として借りているらしい。手を振り返すと、どこ行くの、とまた声を張り上げてきた。

「買い物ですよ！」藪木も大声で返す。郁代は「またね！」と手を振った。本当に屈託のない女だ。藪木は軽く会釈をして、再び歩きはじめた。

下刈りされた細い畦道をくねくねと進み、川を飛び越えたり、墓場の石塀の上を歩いたりして、遊びながら目的の商店にたどり着く。田舎の貧しさを象徴しているような平屋で、軒《のき》が低くて間口が狭い。陳列棚の隙間から顔を出した店主から、目当てのミョウバンを受け取った。藪木は袋を振りまわし、来た道を引き返そうとしたところで足を止めた。

ゆらゆらと陽炎が立つ緩やかなカーブの先に、朱色の塊《かたまり》が見えていた。藪木は目を細め、かろうじて頭が見えている地蔵をじっと見た。夏草の繁るあの先に、氷雪花が住んでいた。雨乞いびとの家族とやってきて、所縁《ゆかり》のない土地で非業の死を遂げた少女。

藪木はくるりと方向を変え、虫切り地蔵へと足を向けた。田舎の一本道というのは、どうでもいい過去の思い出を大げさに演出する。夕焼けに染まっていればなおさらだ。子どものころ、遊びからの帰り道に、自転車のチェーンが外れたことがあった。油まみれでべそをかきながら直したのが、ちょうどこんな濃い夕暮れだった。郷愁に抗《あらが》いながら黙々と歩き、ようやく目的の場所にたどり着いた。

背丈が五十センチほどの虫切り地蔵は、頭が見えないほど朱色のよだれかけが重ねられている。赤ん坊の疳《かん》の虫を断ち切ってくれる地蔵だそうで、村で子どもが生まれるたびに、よだれかけは増えていったらしい。不気味なことこのうえないが、この村は古い風習を無理せず今に伝えていた。

細い畦に入り、藪木はカエルを蹴散らしながら土手を駆け上った。タエが言っていた石神とは、道の脇にごちゃごちゃと固まっているこれのことだろう。天然の石をくり抜いただけの祠は、大きさも形もばらばらだ。これにはなんの謂われがあるのだろうか。

しゃがんで中を覗き込んでいるとき、甲高いエンジン音がして後ろを振り返った。荷台に白い箱を載せた原付が、土手の下に停止する。村の駐在である竹田《たけだ》孝司《たかし》はバイクを降りて、ポケットから出したタオルで顔と首の汗をぬぐった。

「こんなとこで何やってんの？　ええと、藪木くんって言ったよな？」

「そうです、どうも」

定年に手が届きそうな警官は、ヘルメットを脱いで薄い頭も拭き上げた。小柄で恰幅のいい体型には愛嬌があり、目を細めて笑う姿は恵比寿天《えびすてん》そのものだ。

「今日も暑かったなあ。ひと雨もこないし、このぶんじゃ気温は夜も下がんないな」

「夕立がくるって、村内放送では言ってましたけどね」

「ここんとこ、さっぱり当たんねえんだ。この暑さでは畑も大変だわ」

そこで竹田は、藪木の手にある袋にはたと目を留めた。とたんに柔らかな風貌が鋭く変わり、みるみる警官の顔になっていく。

「覚醒剤とかヤクのたぐいじゃないですよ。見た目はそっくりですけど」

藪木がおどけて袋を上げると、竹田は豪快にげらげらと笑った。

「ミョウバンだべ？　見ればわかるって。ナスでも漬けんのかい？」

「はい、隣のばあちゃんが」

「ああ、三桝んとこのばあちゃんか。藪木くんが来てからは、だいぶ助かってっぺなあ」

「いや、こっちが助けられてますよ。メシやら何やらで」

「若いもんが近くにいるだけで、年寄りは心強いからな。活気も出るし」

竹田は、突き出た腹に阻まれているズボンをずり上げた。

「村には慣れたかい？」

「そうですね。ぼちぼち」

「創作活動のほうは？」

「そっちはさっぱりで」

藪木は、土手の上で屈んだ。タエの離れに移り住む際、警察には身元調査表なるものを提出している。竹田は村で数少ない、藪木が人形作家であることを知っている人物だった。

「田舎っつうのは、いろんな煩わしいことがあっからね。都会からくっと、なおさら感じるんじゃないか？」

「仕事が手につかないのは、自分がだらだらしてるからですよ」

「まあ、あれだ。芸術家が枯杉村に越してきたなんてのは、今後の村興しにつながっかもしんないから。俺は応援してるぞ」

「はあ、がんばります」

警官は笑顔のままスクーターにまたがり、ヘルメットをかぶってスタンドを上げた。そのとき、前からやってきたスズキの軽が、短く二回、軽快なクラクションを響かせた。見れば、スポーツ刈りの陽灼けした顔の若者が、片手でハンドルを握りながら手を振っている。白い軽は竹田の脇にゆっくりと停止した。

「なんだか、今日も雨は降んないみたいですよ」

「今、ちょうどその話をしてたとこだよ。まあ、役場の予報は滅多に当たんねえから」

「役場が天気予報やってるわけじゃないかんね。気象庁のやつを流してるだけで」

男は鼻に抜けるような声で笑い、えらの張った顔を藪木に向けてくる。不躾に見つめて、おまえが先に名乗れと言わんばかりだ。すると竹田が、汗を拭きながら紹介役を買って出た。

「彼は藪木くんってな、東京からきた若手のホープだよ」

「ああ、空き家事業の」

「そう、そう。今度、役場の寄り合いにでも誘ってやったらどうだい?」

はなはだ余計なお世話だったが、藪木は曖昧な笑みのままやりすごした。

「こっちは夏川くんって言って、役場に勤めてんだ。パソコンにすごく詳しくて、村のデータベース化にもひと役買ってんだよ。優秀な人材だな」

夏川は照れくさそうに頭をかき、藪木を上から下まで何度も目で往復した。気さくらしい。

だが、どこかおもねるような気配をまとっているし、絡みついてくる視線が鬱陶《うっとう》しい男だとひねくれたことを思う。タエが語っていた「機械に詳しい夏川」とは彼のことらしい。

「声かけっから、ぜひ集会に出てくれっかい？　そのあと呑み会もあっからさ。酔っぱらいばっかだけど、気のいい連中の集まりだから」

「はあ」

「村では若手が貴重だかんね。あと、パソコンの不具合とかがあったら、いつでも声かけてよ。自慢じゃないけど、村じゅうのパソコンは俺が診《み》てるようなもんだから」

そう言って夏川は、竹田とひと言二言交わしてから車を出した。走り去ってからも、おどけた調子でクラクションを鳴らしている。正直、こういう馴れ合いの時間は激しく疲労する。息を吐き出して顔をこすり上げていると、竹田がバイクのエンジンをかけた。

「そういえば、ほかの東京もんとは交流してんの？」

「ええ、いろいろと気にかけてもらってますよ」

「何か変わったことはないかい？　東京もんとの間でだけど」

県外からの移住者は多いと聞くが、なぜ東京に限定するのだろうか。別にないと答えると、竹田は藪木をじっと見上げてきた。よそ者を見たら悪党と思えという、村の掟だろうか。それとも、東京から来た者の中に、問題視するような何かがあるのか。

気の済むまで見つめていた竹田は、人好きする笑顔に戻した。

「なんか困ったことがあったら、いつでも来ていいんだからな。俺は駐在所に年中詰めてっから」

どうもと頷くと、竹田は軽く敬礼してからバイクを出した。緩い上り坂を重そうに進む警官をしばらく見送り、ひと息ついてから歩みを再開する。一歩外に出れば、必ず誰かしらに声をかけられる。その気安さが田舎というものなのだろうが、常に人目を感じる息苦しさは、決して気分のよいものではなかった。

祠の脇道へ入る。砂利敷きの小径はきれいに整備され、ほかの農道のような田舎くささはなかった。蛇行する道の先に、複雑な透かし模様の入った石塀が見える。藪木は砂利を蹴散らしながら進み、石柱の立つ入り口から敷地内を覗き込んだ。そして、目に飛び込んできた光景にあっけに取られた。

このくすんだ村にはおよそふさわしくはない、モダンな洋館がどっしりと鎮座している。二階建ての尖った屋根には墨色の瓦が葺《ふ》かれ、いくつもの建物が合わさっているような複雑な外観だ。奥に見える六角形の塔が象徴的だし、銅板で仕上げられた下見張りの壁など、写真でしか見たことがない。手の込み具合からしても、昭和以前に建てられた屋敷であることは間違いなかった。タエの言う庄屋とは、ここなのだろう。

すごすぎる。藪木は入り口に立ち尽くした。場の空気に圧倒されているとき、屋敷の裏から走り出てくる人影が見えた。Tシャツに短パン姿の丸坊主の子どもだ。黒光りするほど陽灼けして、田舎の子どもにあるべき様相を呈している。角張った鞄をぐるぐるとまわしていた男児は、藪木を見つけて歩調を緩めた。

「おっさん、誰?」

「おっさん……」

藪木は口ごもった。二十九年間生きてきて、その単語を吐かれたのは初めてだ。イガグリ頭の子どもは目の前に立ち、後ろ手を組んで顎を突き出した。

「髪の毛しばってる男なんて初めて見た。どこさ住んでんの?」

「鮎沢《あゆさわ》だよ」

「鮎沢? んなとっから、何しに来た?」

「散歩だよ。つうか、おまえは口の利き方を知らねえみたいだな」

自分と似たり寄ったりの格好をしている子どもを、威圧的に見下ろした。小憎たらしい男児は藪木の脅しなどものともせず、乳歯の抜けた口を開けてにやりと笑った。

「瑞希《みずき》先生が、おっさんのコレか？」

小指をぴんと立て、伸び上がりながらしつこくかざしてくる。こういう面倒なガキは無視するに限る。さっさと踵を返そうとすると、子どもは藪木の前にまわり込んできた。

「まさかおまえ、瑞希先生をストーカーしてんじゃねえべな？」

「ストーカーだと？」

「こそこそ家ん中を覗いてたし、怪しすぎっぺよ。髪の毛も女みてえにしばってるし」

「おい、クソガキ。いい加減にしねえと、坊主頭をぶん殴るぞ。どけ」

腰に手を当てて立ちはだかっている子どもに近づくと、藪木の脇をするりとすり抜けて敷地内へ取って返した。

「瑞希せんせー！　ストーカーがいっから、駐在さんに電話したほうがいいぞー！」

「ちょっと待て！　おまえ、何とんでもねえこと言ってんだよ！」

慌てて後を追うと、子どもは笑いながらさらにわめき立てた。

「たいへんだー！　瑞希先生を狙う痴漢だー！　駐在さーん！」

ちょろちょろと素早い小悪魔を追いまわしているとき、視界の隅に別の影が映り込んだ。

「荘太《そうた》くん、何やってるの？」

重厚な柱に手をかけ、下駄をつっかけて立っている。その姿を見て、藪木はつんのめって足を止めた。

「氷雪花……」

自然とこぼれ落ちた藪木の言葉に、彼女は「え？」と小首を傾げた。色白な顔には黒髪がまとわりつき、薄めの唇が朱に染まっている。心臓を欲しがる死者ではなく、まぎれもない生者ではないか。身動きもせずに目を奪われていると、後ろから子どもがかすめて走り抜けていった。

「瑞希先生、あいつ、ストーカーだぞ。門のとこにいたんだ」

「ストーカーって荘太くん、すごい失礼」

彼女は坊主頭に手を載せ、くすくすと笑った。

「なんだよ先生、あのおっさんのこと知ってんのか？」

「まあね。真夜中の狩人。ホタル狩りだけど」

「なんだそれ」

「それより荘太くん、六時までに帰らないと叱られるんじゃないの？」

するると荘太は両手を上げて、大げさに目を見開いた。

「そうだ、忘れてた。『モンゲン』決められたんだった」

おどけた調子で彼女にまとわりつき、再びぱたぱたと走り出す。藪木の横を通り過ぎざま、「やっぱコレか」と小指を立ててにっと笑った。まったく可愛げのないガキである。とりあえず彼女に申し開こうと向き直ったが、すでに姿は消えていた。

「中へどうぞ」と家の中からくぐもった声が流れてくる。藪木はキャップを脱いで、ためらいながらも玄関ドアを開けた。広々とした三和土《たたき》の正面にはオーク材の階段が緩やかなカーブを描いて上へ伸びていた。放射状に垂木《たるき》を配した天井は吹き抜けで、複雑な細工がいたるところに施されている。圧巻のひと言だ。藪木は丈のある敷居をまたいで、興味深い家屋を見まわした。

「上がってくださいね。隣の座敷まで来てくれる？」

あいかわらず声だけが聞こえてくる。藪木は誘われるままにスニーカーを脱いで、家に上がり込んだ。いったい自分は、何をしているのだろうか。想い焦がれていた氷雪花だとはいえ、相手は生きている女だ。生身の女は、藪木がいちばん苦手としているところであり、興味の薄い部分でもあるというのに。

きしむ床板を踏みながら座敷に顔を出すと、墨汁の匂いが鼻を刺激してきた。彼女は文机《ふづくえ》で半紙を重ね、すずりや筆を箱の中に片づけた。

「さっきの子は荘太くんっていって、うちに書道を習いにきてるの。素直でかわいいでしょう？」

どこが……と即答しそうになったが、なんとか押しとどめた。

「きみが書道の先生なの？」

「うん、そう。へん？」

「いや、かなり若そうに見えたから」

「若くはないな、二十四だし」

彼女は立ち上がって座布団を置き、「どうぞ」と手で指し示した。そのまま戸口へと消えていく。藪木は藍染めの座布団にあぐらをかいて、そわそわと周りに目を向けた。机の上にある漆塗《うるし》りの箱の中には「元気」という荒々しい毛筆の作品があり、荘太の名前が入っている。男児の見た目通り、生気に満ちた押しの強い作風だった。

「それ、すごくいいでしょ？」

お盆を手に戻ってきた彼女は、机の上に麦茶入りのグラスを置いた。しなやかな動きで藪木の向かい側に腰を下ろす。

「瑞々しさと適度な荒さがあって、とにかく弾けてるのね」

「確かに、元気そのものではあるな」

彼女はにこりと笑い、切れ長の目をまっすぐに合わせてきた。何気ないその仕種にぞくりとさせられ、現実離れした美しさに再び目を奪われてしまう。襟の詰まった白いブラウスに黒っぽいスカートを穿《は》いている姿が時代がかり、彼女の凛《りん》とした魅力を引き立てていた。キツネが女に化けたら、きっとこんな感じだろうと思う。

「わたしは日《ひ》浦《うら》瑞希っていうの。あなたは？」

「藪木俊介」

「藪木さんかあ。あれでしょ、山村留学みたいなもの」

「山村留学っつうか、村の事業で家を借りてるよ」

瑞希は切り子のグラスを取り上げた。透けるように白いという表現は、彼女のためにあるようなものだ。血が通っているのかと疑いたくなるほどの透明感がある。

「きみも村の人間ではないんだろ？　地元民と言葉が全然違う」

「ここは父の実家なの」

「すごい家だよな。なんかに指定されてるんじゃないのか？」

「国有形文化財。明治三十年に建てられてから、直し直しそのまま使ってるんだって。いろいろと不便なんだけど」

「いつから住んでるの？」

「三年前に東京から越してきたの。いろんな事情があって」

藪木は頷きだけを返した。平静をよそおって話しているけれど、瑞希には仄暗い陰がある。それは、ここへ移り住む理由になっているようにも思え、迂闊に立ち入ってはいけないとすぐに判断した。そして、彼女の美しさや奇妙な親しさを、あまり都合よく考えないように気をつけた。

軒に下がった風鈴が繊細な音を鳴らした。夕焼けで緋《ひ》色に染まった彼女の表情は、あの夜に見たものだと思い当たる。今にも泣き出しそうで、笑っているようにも見える顔。

「両親は仕事？」

この沈黙に耐えられなくなって、藪木は口を開いた。

「父は町の図書館で司書をしてるの。母は、ずっと前に亡くなってるから」

「二人暮らしなのか？」

「うん。気ままで気楽。まるで隠居」と瑞希はふふっと笑い、藪木を覗き込んで瞳を輝かせた。「こないだの夜、びっくりした？」

「毎晩亡霊の影にうなされたし、夜がこわくて電気点けて寝てたよ」

「大成功だったわけだ。ザ・ヴィレッジ肝試し、スクリームホタル」

「へんなアトラクションみたいな名前をつけないでほしいね。あの場で卒倒してもおかしくなかったんだから」

「今度は、包丁とか攻撃のアイテムも要ると思わない？　頭にロウソクつけるとか」

「攻撃アイテムって、いったい何目指してんだか」

藪木は噴き出し、堪《こら》え切れずに忍び笑いを洩らした。

「田舎って、信じられないぐらい退屈じゃない？　誰だって刺激を求めてるはずなのにね」

「そういう刺激じゃないことだけは確かだけど」

「わたしは死者に限りなく近いから、あの世の親善大使みたいなものも兼ねてるわけ」

おかしな言いまわしを突っ込もうとしたが、彼女の顔を見て口をつぐんだ。伏し目がちに夕日を眺めている。なんという、悩ましくて複雑な表情なのだろうか。そこで藪木ははたと気がついた。瑞希は雪山で命を絶った女に似ている。容姿ではなく、絶望と希望を抱え込んでいるような気配が似ていた。タエから聞いた氷雪花の話からも、同じような動静を感じることができる。この三人には、自分の心を揺さぶる何かが備わっていた。

「こないだの夜も言ってたよな。半分だけ生きてるって。どういう意味か教えてくれるか？」

「別に深い意味はないけどね。その場のノリで言ってみただけ」

微笑む瑞希の表情は、屈託のないものに戻っている。まったく摑みどころのない女で、その思考をつくり上げている法則がまるでわからない。しかし、情熱をはらんだような空疎《くうそ》さは、藪木が創り出す者たちに似ているのだった。

自分は本当に見つけてしまったかもしれない。生きながら死んでいる人形を。

5

「そういうことだから、まずは落ち着けって」

電話越しに、岩楯の低い声が聞こえる。赤堀が捲し立てていた言葉を飲み込むと、ふうっと煙草の煙を吐き出すような音がした。

「まあ、あれだ。苛々してっと、肝心の『虫の声』だって聞こえなくなるだろうしな」

「聞こえないも何も、遺体発見からもう一週間。いや、七日目もすでに終わろうとしてるわけ。これが苛々しないでいられるのかな」

「この程度のロスは、先生だったら軽く取り戻せるだろ。それに、連中だって本気であんたを潰そうと思ってるわけじゃない。土、日も挟んでるんだし、ぎりぎり許容の範疇《はんちゅう》だ。まあ、言ってみればちょっとしたお遊びだよ。これで手を打ってくれって」

お遊び！　赤堀は素《す》っ頓狂《とんきょう》な声を張り上げたが、別の電話がかかったらしい岩楯は、またかけ直すと言ってさっさと切ってしまった。頬を膨らませて携帯電話を放り、キャスター付きの椅子にどすんと勢いよくもたれかかった。

こんなふうに、腹立たしさがいつまでも治まらないのは久しぶりだ。というのも、岩楯らと穴を掘りまくって見つけた物証が、科研からなかなか手許に戻らなかったからだった。先週からじりじりと待ちわびて、今さっき届いたばかり。これでは、まる四日の時間をただ無駄にしただけだろう。現場へ出張って虫の捜索をしても、見つかった微物の一切合切をまずは科研に送る必要がある。お伺いを立ててからでないと先に進めない今のシステムは、なんとも無駄な遠まわりだと赤堀は思っていた。しかも、決められたルールということ以前に、岩楯いわく、こういうことらしい。

「先方には、先生を気に食わないと思ってるインテリが大勢いるんだろう。自分らの領域が侵害されてると思ってんだな。降って湧いたようにあんたが現れて、結果を総ざらいされてプライドも傷ついたってわけだ」

アホらしい。赤堀はふんっと鼻を鳴らした。自分を気に食わないと思っている連中なんて、警察内部にだって山ほどいるだろう。いっそ、科研と合同で追放デモなんかを開いたらどうだろうか。そもそも、あまたの難事件を解決に導いてきた科研のプライドとは、この程度のものなのか？

赤堀は、ゴミ箱に捨てた荷物の送り状に目を据えた。証拠品の到着をわざわざ遅らせて手こずらせる、というくだらないいじめには、呆れ返るばかりだった。まあ、以前もこの手のせこい嫌がらせはいくつも受けていたが、まだ終わらせる気はないらしい。まったく、大吉に頼んで、イエバエとカマドウマを一万匹ぐらい送りつけてやろうか。

悪態をつきながら机の引き出しを開け、学生にもらったハチマキを引き抜いた。ぎゅっと額に結びつけると、心なしか気持ちもしゃっきりとする。よし、苛々は忘れて集中しよう。シャツの袖をまくり上げ、拡大鏡を固定したスタンドを引き寄せた。綿を敷いたシャーレの中には、クロナガアリの巣で見つけた、褐色の羽化殻が載せられている。頭と脚の一部が欠損してはいるものの、比較的状態のいい物証だった。

赤堀は、ノギスと呼ばれる計測器を取り上げた。頭のない胸部にジョウを合わせると、デジタル画面に四・九ミリと表示される。幅は四・一ミリ。頭がついていれば、体長はだいたい八ミリといったところだろうか。トンボの羽化殻としては極小で、これだけでも種の特定が可能な生き物だった。赤堀はノートにヤゴの寸法をメモし、「トンボ亜目、トンボ科、ハッチョウトンボ」と書いてぐるぐると丸で囲んだ。

ハッチョウトンボは成虫でも二センチに満たない。日本でいちばん小さな種であり、世界的に見ても珍しいトンボだった。しかも、生息地は環境のいい湿原のみに限定される。

赤堀は、ぶるっと身震いが起きて両腕をこすり上げた。そんな生き物の抜け殻が、葛西の空き地で偶然に見つかるなどあり得ない話だった。誰かが現場付近に持ち込まない限り、自然界で運ばれるような生物ルートはない。

「これは、とんでもなく重要なブツだね……」

赤堀は、壊れやすい抜け殻を慎重にピンセットでつまみ、腹のほうへ裏返した。顔に拡大鏡がつくぐらいまで近づいて目を凝らしてみたが、あまりの小ささに細部がよくわからない。すぐ立ち上がって後ろのテーブルに電子顕微鏡をセットし、ハッチョウトンボのヤゴに焦点を合わせた。

トンボは不完全変態の昆虫だから、幼虫には成虫の特徴がいくつも残されているはずだった。まずはそこから調べることにする。

「どれ、どれ。わたしにすべてを見せてみなさい」

顕微鏡を覗きながら呟き、赤堀は先細のピンセットで慎重に固定した。蛇腹のように折り重なっている腹部第八節にズームし、手許のボタンでシャッターを切って撮影する。角度を変えては何枚か撮り下ろしていき、再び腹側を向けて動かないようにした。続けて、雌雄判定に必要な部位を細かく確認していくと、すぐおかしな特徴に気がついた。これはなんだろうか。第三節の真ん中に膨らみがある。ルーペで見たときは破損によるささくれだと思っていたが、どうやらそうではないらしい。

「アリの巣で圧縮されて潰れたわけでもないね」

赤堀はピンセットで慎重に向きを変え、側棘と背棘《はいきょく》もじっくりと観察した。八節に針穴より小さな穴が開き、そのすぐ下には折れてしまった棘状の突起があった。やはり、この羽化殻は普通とは違う。

再び立ち上がって、本棚に横倒しされている分厚い文献を持ってきた。トンボ科のページを素早く開き、顕微鏡を覗きながら図解された羽化殻と比較する。時間をかけて細部まで検分したけれど、オスの個体にあるべきものがなく、なくてもよいものがついているように見えた。

いったいこれはどういうことだ。目をごしごしとこすった赤堀は、再び図解されたヤゴの部位を指差しながら確認していった。そして顕微鏡に覆いかぶさり、レンズの奥にある抜け殻に目を凝らす。この動きを最低でも五回は繰り返しただろうか。自分の見間違いではないと思う。

「ちょっと、ちょっと待ってよ……」

赤堀は、体が熱くなって羽織っていたシャツを脱ぎ捨てた。心臓の波打つような音が、自分の耳にも届くほど大きくなっている。このハッチョウトンボは異常だ。本当にとんでもなく重要なことを、自分に伝えようとしているかもしれなかった。

キャスター付きの椅子を吹っ飛ばして立ち上がり、床に置いてある段ボールを飛び越えて本棚へ駆け寄った。猛烈な勢いで、並んでいる本の背表紙に指を走らせる。普段はほとんど使わない種類の文献が、日の目を見るときがきたらしい。積もったホコリに咳き込みながら、斜めに押し込まれている本を探し当てた。むりやり引っぱり出して机の上にどすんと置いたとき、ノートパソコンからリン……という音がして動きを止めた。腕にはまるダイバーズウォッチに目を落とすと、午後十時半を指している。インターネットテレビ電話の呼び出しだった。

赤堀は、書類の山に埋もれているヘッドフォンマイクを掘り起こして、もたもたと装着してからライブカメラを起動させた。キーを叩いてＩＤが認証されると、モニターいっぱいにぱっと顔が現れる。

「小坂《こさか》くん、久しぶり。夜遅くに頼んでごめんね」

赤堀が椅子に腰かけながら画面に向かって手を振ると、ライブ中継されている人物は怪訝そうな面持ちをした。べっ甲縁のメガネを中指で押し上げ、モニターに鼻先がつくほど近づいてくる。

「夜は遅くてもかまいませんけど、涼子さん。なんで息を切らしてるんですか？」

「ちょっとした運動」

「なるほど。じゃあ、そのハチマキにも意味があるんでしょうね。現場用ヘルメットもたいがいだと思ったんですけど、今度はそれも加わるわけですか」

そういえばすっかり忘れていた。きつく巻いたハチマキを外そうとしたが、まあいいかとそのままにした。

「なんか気合い入れようと思ってさ。とりあえず気にしないで」

「いや、気になってしょうがないんですけど……」

小坂は再びメガネを押し上げ、薄い唇に曖昧な笑みを宿した。細面の骨張った顔はいささか神経質そうだが、つぶらな瞳は仔牛のようで愛らしい。何より彼の特徴とも言えるのが、全身をアイビーファッションで固めているところだった。時代が変わってもこだわりだけにはぶれがなく、ある種、執拗なところがこの仕事にぴたりと合っている。が、同期なのに、よそよそしさはいつまで経っても消えなかった。つまりは、警戒心がとても強い。

「仕事は終わった?」

「ええ。もう家ですからね。それで、僕にぜひ見せたいものというのは?」

「共生進化研究員である、トンボ専門の小坂くんにぜひ同定を頼みたいの。現物は明日送るけど、まずは写真を見てもらいたくてね」

「もしかして事件絡みですか?」と好奇心で目を光らせている。

「そういうこと。しかも、かなり重要だと思う。今メール送るからね」

赤堀はトンボの羽化殻を見つけた経緯をざっと説明し、顕微鏡で撮影した写真と基本情報を小坂宛にメールした。

「しかし、クロナガの巣を掘り返してヤゴを見つけ出すなんて、涼子さんじゃなきゃ絶対にできない芸当ですよ。発見までの経路が、仮説というより壮大なイマジネーシヨンですからね。僕だったら、常識に縛られてそんな気転はきかないなあ」

「それが法医昆虫学ってもんだからね。しかも、イマジネーションに本気で付き合ってくれる愉快な刑事もいるから」

モニターに映る研究者は、ぱちぱちとキーを叩いて、受信した画像を表示させたらしかった。コマ撮り画像のようなぎこちない動きが、ネット回線を伝って送られてくる。小坂は画面に顔を近づけ、眉間にシワを寄せて画像にじっと見入っていた。何かを考えるときに耳たぶを引っぱるのが癖で、肘をつきながらしきりに弄んでいる。

「これを東京の葛西で見つけたわけですか。しかも資材置き場の真ん中で」

「そういうこと。クロナガの巣にあるゴミ捨て場を再検証したら、バラバラになった同じ抜け殻がさらにいくつか出たの。小さい欠片だけど、たぶん二匹ぶんはあるね」

「それはすごい」

「で、あの付近を調べてみたんだけど、現場から一キロぐらい離れたところにお寺があって、少し大きめの池があるの」

「人工の？」

「うん。巨大な錦鯉《にしきごい》が泳いでハスの花が咲き乱れる、豪華絢爛《けんらん》な成り金庭園。そこでトンボが孵れる確率は？」

「ゼロだね」と小坂は即答した。「大きさ、形状、特徴から見ても、これはトンボ科のハッチョウトンボですよ」

「やっぱりそうきたか」

赤堀はノートに書いたメモに、あらためて赤線を引っぱった。

「鯉がいるようなコンクリート張りの池では、この種は絶対に孵化できない。まあ、そんなところに産卵なんてしないでしょうけど」

「だよね。レッドリストにも挙がってるし、環境指標昆虫にもなってるし、自然に恵まれた場所でしか生きられないし……。ちなみに、飼うことはできるかな？」

小坂はすぐに首を横に振った。

「このトンボがいちばん見られるのは休耕田、いわゆる田んぼです。水が溜まって湿地化したような場所だから、ほかには採掘場跡とか、ダムの近くとかかな。人間が使ったあと、偶然湿地化したような里山に多く生息していますね」

「ろ過装置を使っても、飼育は無理だってこと？」

「そうです。ろ過しても湧き水とは根本的に質が違いますからね。湿原という環境を人工でつくり出すのは不可能ですよ。ビオトープなんて軒並み失敗してますから」

「餌も、ヨコバイかカゲロウしか食べない子だからなあ。それだけでも無理か……」

赤堀は椅子の背もたれに寄りかかった。

「生息地は？」

「希少種ではあるけど、生息範囲は広いですよ。九州から青森まで、だいたいですが二百ヵ所ぐらいで確認されてたんじゃなかったかな」

「一匹でも見つかれば、名乗りを上げられるからねえ。ちなみに東京は？」

「絶滅が確認されていたと思います」

そううまくはいかないか。赤堀は椅子をくるくるとまわした。

科研からの報告書によれば、クロナガアリの巣から見つかった大量の草の実の中に、サギソウのタネが混じっていたということだ。しかも、倉庫から挙がったものと同じ遺伝子配列をもっている。これが意味するところは、アリが同じ現場から運び出していたことの証明に他ならない。さらに、ハッチョウトンボとサギソウの生息環境が同じなのだから、あった場所も同一であることが推測できる。赤堀が思っていた通り、どちらも天然に自生しているということだ。これは大幅な進展材料になる。二つの物証は、間違いなく犯人が運んできたものだろう。

確信しながらノートをめくり、赤堀は小坂に尋ねた。

「オスかメスか、そのへんは写真でもわかる？」

「そうだなあ、ちょっと待ってください」

どきどきと胸を高鳴らせながら、赤堀は小坂の一挙手一投足を見守った。彼は画像を拡大しますと言ってマウスを動かし、また耳たぶを引っぱっている。けれどもすぐに動きが止まり、薄い唇が半開きになった。

「おい、おい。これは本当か？」

小坂が画面に近寄ると、髭剃りに失敗したらしい顎の切り傷が大写しになった。

「この羽化殻は、腹部第三節の中央に、副性器の隆起痕がある。オスにしかない特徴です。なのにその上、第二節にオスには必ずあるはずの黒い斑点がない」

「しかも、第八節に産卵弁らしき痕跡があると思うんだけど、わたしの見間違いかな？」

「いや、見間違えてませんよ。確かに弁らしきものがあります、傷ではないな」

「つまり、この抜け殻はオスとメスの特徴が混じってる。どっちつかずなわけだよ」

「ギナンドロモルフか……」

「そう、半陰陽の性モザイクね」

赤堀はさっき取り出した図鑑を開き、モニターの前にかざした。そこには、オスとメスの特徴を合わせ持ったアゲハチョウが載っている。オスのカラフルで美しい模様と、メスの地味な部分がモザイク状に配置されていた。この不思議な模様の翅《はね》を見て、新種だと騒ぎになることも珍しくはない。つまり、雌雄同体の異形なのだが、昆虫界ではそう珍しくもない現象ではあった。

小坂は椅子の背もたれに寄りかかったり、またじっくり写真に見入ったりして、興奮のあまり落ち着きがなくなっている。

「ちなみに小坂くんは、ハッチョウトンボの性モザイクを見たことある？」

「ありません、ないですよ。ヤンマ科は結構見たけど、この種は初めてです。いや、すごいな。こんなのがアリの巣に埋もれてたなんて奇跡ですよ。涼子さん、さすがです」

「奇跡じゃないって。別にわたしの手柄でもないしね。虫たちの行動を虫目線で見て動いてみたら、あの子たちが、こんなすごいことを教えてくれたわけ。最高だと思わない？」

にっこりと笑うと、小坂もつられて笑った。

「ハッチョウトンボの性モザイクの報告例が知りたいんだけど、すぐに出る？」

「いや、すぐはちょっと無理ですね。でも、そんなになかったはずだな。広島とどこか。確か二、三ヵ所だったと思うけど。ともかく、明日の昼前ぐらいにはメールできるようにしますよ」

「ありがとう、すごい助かる」

赤堀はしばらく小坂と世間話をし、インターネットテレビ電話の接続を切るや否や、携帯電話を引っ摑んで登録番号を押した。狭い研究室をそわそわと歩きまわり、岩楯が出ると同時に早口で話しはじめる。途中、ちょっと落ち着け、と何度も刑事にたしなめられたけれど赤堀は止まらず、今しがた知り得た情報を一気に伝えた。

ようやく虫たちが動きはじめた。赤堀は無性に嬉しくなり、電話を耳に押し当てたまま長々と笑った。

第三章　人魂とアナログ時計

1

東大島《ひがしおおじま》駅近くにあるマンションは、昨日とはずいぶん様変わりしていた。工事用の白い防護ネットですっぽりと覆われ、地下足袋《じかたび》姿の鳶《とび》職人が足場を伝っている。タイルを削る工具の振動が腹の奥にまで伝わり、たまらず耳を塞いでエントランスを小走りした。

どうやら月縞は、岩楯の示した捜査の方向性に、また疑問を抱きはじめたらしい。ここ最近は終始むっつりと考え込み、たびたびため息をついては無言の非難をにじませたりしていた。まあ、見解の違いはあって当然だし、そこをどうこう言うつもりもない。が、この男は、反抗心を見せることにためらいがなさすぎる。昨日からずっとこんな調子で燻《くすぶ》っていた。

月縞は廊下を進みながら、当てつけがましい咳払いをした。

「岩楯主任、ひとつ言わせてもらいたいんですが」

「なんだ」

「なぜここへ通い詰める必要があるんですか？　今日で三日目です。これといった収穫も望めないし、時間を無駄にしているようにしか思えません」

「本当にそう思うか？」

「思います。こんな無意味なところに固執しないで、もっとよそへ目を向けるべきでしょう。だいたいここは、別の班が何度も当たっていて、すでにシロだろうという結論が出ています。本部もその方向で動いているんですよ？」

「あれを真っ白だと思える連中の気が知れないね」

「それは個人的な見解にすぎません。あの男を、単に好きか嫌いかで見ているからじゃないですか？　はっきり言わせてもらうと、主任の見立ては、かなり的外れだと思います」

言ってくれるじゃないか。岩楯の血圧がじわりと上がるのがわかった。警察という究極の縦割り組織にいながら、上下関係にさほど頓着しないこの男は異質だった。いや、頓着しないというより、無能な上司の暴走を食い止めるのが、自分の使命だとでも思っているらしい。たいした自信だよ……岩楯は鼻白《はなじろ》んだ。こんな調子で今までよくやってこられたものだと驚くばかりだが、そろそろ自分も我慢の限界だと言っていいだろう。

「月縞」と岩楯は、不機嫌な相棒と目を合わせた。「まずおまえさんは、その仏頂面《ぶっちょうづら》をなんとかしろ。愛想もくそもない男と一日中一緒にいて、愉快なやつがいると思うか？」

埃だらけの階段を上りながら、グラインダーに負けない大声を張り上げた。

「思春期の小難しいガキじゃあるまいし、誰かれかまわずつっかかるな」

「自分は普通にしているつもりですが。それに、今はそんなことは問題じゃないと思います」

「残念ながら、おまえさんは普通じゃないし、かなりの大問題なんだ。だいたいな、おまえレベルのくそ生意気な若造には、今までお目にかかったためしがないんだよ。しかも、無気力で無感情なのがイカしてると思ってるらしい」

「まさか」

二人は息を弾ませ、四階の踊り場を通過した。

「人がどう言おうが知ったこっちゃない、自分を貫く……みたいに本気で思ってるようなやつは、小笠原で駐在なんか勤まらない。離島なら誰にも邪魔されないで孤独に浸れるなんて、アホらしい夢は捨てたらどうだ」

「そこまで馬鹿ではないつもりです。ただ、職務に愛想は必要ないと思っているだけで」

「愛想じゃない、人とのかかわりだ。組織の中で、意味もなく協調性を放棄するようなやつは、どんなに有能でも使えない。敬意を払えないやつも同じだ。ついでに言うとな、俺は好き嫌いで人間を見分けるほど間抜けなおまわりじゃない」

語気を強めてぴしゃりと言うと、月縞ははっとして口をつぐんだ。

「いいか、おまえにぴったりの言葉をくれといてやる。口の利き方には気をつけろ。もう一個。馬鹿になれないやつは、本当の馬鹿だけだ。おまえは歯向かう相手と場所を完全に間違えてる。あとは自分で考えろ」

七階まで一気に上り、岩楯は苛つきを治めるように、埃っぽい空気を吸い込んだ。後ろから追いついた月縞は所在なげに黙り込み、工事のやかましさの中で立ち尽くしている。そして、岩楯をちらりと見てから頭を下げた。

「失礼なことを言って申し訳ありませんでした。それに、ご指導をどうもありがとうございます」

どっと疲れを感じて月縞を見れば、意外にもうっすらと笑みを浮かべ、どことなくすっきりとした面持ちをしているではないか。まさかとは思うが、本気で叱ってくれる人間を待っていた、なんて恥ずかしいことを思っているわけではあるまいな……。

岩楯はぞっと鳥肌が立った。どうしようもなくナイーブでめんどくさい若造だが、この男に好感を抱いている自分にも気づいてはいた。つっけんどんな仮面の下にどんな顔が隠れているのか。それを知りたくなるような人間的魅力が確かにあるからだ。そう思うと、なぜか笑いを誘われた。

「よし。じゃあ、おさらいだ」

あいかわらずむっつりと頷いた月縞は、手帳を開いて読み上げた。

「トランクルームの社員は登記上三人です。全員三十代で、都内在住。聴取した班の報告によれば、アパートから失踪した三人とは無関係です」

岩楯は、ざらついた空気にむせながら頷いた。

「調書からも、これといって不審なところは見られません。自分も実際に会ってそう思いました。善良に見えますが、主任はどこが気になるのか教えてください」

「しいて言えば、あの気遣いあふれる笑顔だな」

警察を相手にするときの賢い身の処し方を、じゅうぶんに心得ているように見えて仕方がなかった。つまりは、従順そうでいて多くを語らない。

月縞は手帳をしまい、岩楯に続いて階段を上りはじめた。

「確かに、拝金主義的な厭らしさと軽薄さは感じました。でも、それ以外は疑問です」

「善良な市民なら、きっと今日もまた優しく迎えてくれるだろう」

八階のいちばん奥が、トランクルームの事務所だった。角部屋の扉には、社名の入った透明のアクリルプレートがかけられている。

岩楯がドアスコープを手で塞いで呼び鈴を押すと、チャイム音が中から洩れ聞こえてきた。室内では人の気配がしているにもかかわらず、いつまで待ってもドアが開かれる様子はない。岩楯は首をまわして関節を鳴らし、そのまま一分ほどドアベルをしつこく連打した。月縞が苦笑いを見せたとき、木目調の扉が細く開かれた。

刑事二人の顔を確認するなり、男は「また？」とうんざりした小声を出した。が、すぐにドアが開いて愛想のいい笑みが現れた。

「ああ、刑事さんでしたか。ご苦労さまです。オートロックの呼び出しが鳴らなかったので驚きましたよ。ドアスコープも真っ暗で見えないし」

「工事の粉塵がひどいですからね。きっとレンズが汚れてるんだな」

男は、腑に落ちない顔をしながらも笑って同意した。

「連日で申し訳ないんですが、お話を聞かせていただきたいと思いまして」

「え？　お話しできることは、もう全部していますよ。先週から別の刑事さんが何度もいらっしゃってるわけですし、警察署へも出頭したし、お二人も三日連続でいらしているし」

「警察も必死でしてね」と岩楯は一歩を踏み出した。「おじゃまさせてもらってもいいですか？　ここじゃ、やかましくて話が聞こえないんで」

するといと男は顔をわずかに強張らせ、素早く目を左右に動かした。部屋にろくでもないものがある人間としては、しごく模範的な反応だと言える。岩楯は、舐めるように時間をかけて男を眺めた。三十半ばのこの男は、手にグローブの跡がくっきりつくほどのゴルフ灼けをしていた。身につけているものはどれもシンプルだが、質のよさは岩楯が見てもわかるほどだった。会った瞬間から感じていたことだが、見えない金が全身にかけられ、かなりのはぶりのよさが窺える。

男は困ったなと連呼して、柔らかなウェーブがかかった頭をかいた。

「本当に今日は取り込んでるんですよ。すみませんが、後日にしていただけませんかか？」

「どうしても今、お話を伺いたいんです。おじゃましますよ」

有無を言わさずもう一歩を踏み出すと、男は、これ以上渋るとためにならないと踏んだようだった。岩楯は靴を脱ぎ、のろのろと焦らしながら歩いている男を、せっつくようにして廊下を進んだ。

仕切りの格子扉を開けたそこは、十畳ほどの事務所になっている。けれども昨日とは様子が違い、目を刺すほどのライトが煌々と光を放っていた。カーテンレールにはクリップ式の照明がつけられ、そして、真正面には場違いな人間がひとり。

柔らかそうな卵色の革張りソファに、小柄な少女が腰かけていた。夏用のセーラー服を着て、まっすぐの長い髪を二つに束ねている。突然の訪問者に驚いた顔をしたが、すぐにぐっと顎を引いて睨みつけてきた。

ひとまず、岩楯が人なつこい笑みを浮かべたとき、後ろで月縞がいきなり声を荒らげた。

「おい！　あんたはいったい、子どもに何やってるんだ！」

こんな大声を聞いたのも初めてで、反射的にがばっと振り返った。相棒は今にも飛びかからんばかりに前のめりになっている。が、岩楯は手を上げて興奮状態の月縞を制止した。目の前の少女には、あどけない愛らしさが残ってはいるものの、それ以上にたちの悪い匂いを漂わせている。世の中を知りすぎたようなこの手の雰囲気は、十五、六で簡単に習得できるものではない。おそらく、セーラー服を着る年齢ではないのだろう。

男は、そそくさとクリップ式のライトを消した。

「本当に取り込み中だったらしい」

慌てて結んだとおぼしき、臙脂《えんじ》色のリボンがだらしなく解《ほど》けかかっている。男は隣の部屋へ行けと急き立てているが、少女は不遜な態度のまま動こうとはしなかった。

「ちょっと、誰なの？」

「おじさんはおまわりさんなんだけど、お嬢ちゃんはどこの子だい？」

「ねえ、なんでそんなもん入れてんのって。今日は絶対にこないって言ったじゃん」

少女は岩楯を無視し、男に向けて舌打ちをした。

「お邪魔しちゃったみたいで悪かったね」

「マジで邪魔、最悪、超ウザい」

慎みを持ち合わせていない少女が悪態をつくと、男が慌てて口を挟んだ。

「すみません、彼女は知り合いの子なんですよ。事情があって今日だけ預かっているわけでして」

「そうだったんですか、それは失礼しました。しかし、知人の子の撮影会ですか？　またずいぶん、すてきなアングルで撮り下ろしたようだが」

岩楯は、ガラステーブルの上にある、一眼レフのデジタルカメラに目を据えた。液晶画面には、セーラー服の前をはだけた少女が、はにかむような笑顔で保存されている。男は素早い動きでカメラを取り上げ、どっちつかずな笑みのまま電源をオフにした。さらなる怒りで顔を赤く染めている月縞は、今すぐ殴りかかる指示をくれとでもいうように間合いを計っている。

「ええと、それで。きみの名前を教えてくれるかい？」

「それって任意？」

「難しい言葉を知ってるんだなあ。もちろん任意だよ」

「じゃあ教えない」

男が視線で釘を刺していたが、彼女は目をぎらつかせ、攻撃態勢を崩さなかった。

「これが職務質問ってやつでな、おまわりさんは協力をお願いしてるんだよ。きみが中学生だったりすると、撮影会をやってた彼氏を現行犯逮捕しなけりゃならんから」

「バッカじゃないの。ホントに中坊《ちゅうぼう》だったらウケるっつうの」

「しょうがないなあ。月縞、このお嬢ちゃんは任意同行がお好みらしい」

「了解しました」

相棒がさっと前に出て保護しにかかると、彼女はグロスで光る唇を悔しそうに噛んだ。どすんとソファにもたれかかり、ふてくされて吐き捨てる。

「松江美春《まつえみはる》」

「年齢は?」

美春はいちいちむっとし、バッグから免許証を抜いてテーブルへ放った。一九八八年の六月生まれ。見た目は十代だが、二十四歳だ。岩楯は、美春の愛くるしい丸顔をまじまじと見つめた。なるほど、邪気さえうまく隠せれば、屈託のない少女が完成するようだ。それにしても、ある種の女たちは、このままどんどん幼児化が進むのだろうか。いくつになっても無知と幼さをアピールすることで、自分の価値を上げられると本気で信じているようだ。まあ、その手の女を求める男が多いということなのだろうが、据わりの悪いものを感じてしょうがない。

免許証を月縞にわたすと、年齢を確認してあんぐりと口を開けた。顔写真と彼女に素早く目を走らせ、信じられないと言わんばかりに、岩楯にも同意を求めてくる。見た目の通り、中学生ぐらいに思っていたらしい。

「それで、あなたはええと……新堂《しんどう》さんでしたね。共同経営者のひとりの」

あいかわらず、むっつりとしている美春の向かいに腰を下ろした。

「ちなみに、お二人はどういう関係ですか？」

「ええと、まあ、知り合いです」

新堂はパイプ椅子をもってきて、バツが悪そうに腰かけた。

「知り合いの二十四歳には見えない女性と、セーラー服コスプレ撮影会か。いやあ、実に楽しそうだ」と岩楯は二人の顔を交互に見やった。「まあ、それは違法行為じゃありませんから、存分に楽しんでください。それで、我々は事件のあった現場倉庫を再検証しているんですよ。下の列を借りていた、三人の人間を中心に」

「それは承知しています。三日連続でそれしか訊かれていませんから。でも、倉庫関連の書類も提出していますし、ほかにお話しすることはないんですよ」

疲れたように天井を仰いだ新堂は、浅黒い顔をこすり上げた。

「昨日もお話ししました通り、倉庫を借りていた三人がそろって行方不明なんです。心当たりなんかは？」

「さあ、わかりません。顔も知らない人たちです」

「会ったこともない連中との契約は、インターネット。手付けのレンタル料が振り込まれれば、それで契約は成立。倉庫の鍵は、引き渡しの朝に鍵穴に挿しておくだけ……ということでしたね」

「そうです。どこの貸し倉庫でも同じようなシステムだと思いますよ」

「しかし、借り手の顔も身元も、正確なところは何ひとつわからない。ということは、犯罪に倉庫が使われる可能性もあるわけですよね。今回のように」

新堂は火を点けたばかりの煙草を大理石の灰皿に置き、外れていたシャツの第二ボタンを留めた。

「そうはおっしゃいますが、なんだってそうだとは言えませんか？　犯罪者だって、アパートを借りたり働いたりするわけでしょう。顔を知っていてもいなくても、犯罪に巻き込まれることなんて世の中にはざらにあるわけで」

「それはそうです。でも、おたくの倉庫で変死体が発見された挙げ句に、一階を借りてる三人が失踪ですからね。何かあると考えるのが普通ですよ」

「本当に勘弁してくださいよ。わたしたちがいちばんの被害者なんですから。いや、被害者の方はお気の毒ですけど、腐乱死体なんて捨てられたら、もう借り手はつかなくなる。現にですね、上の階もみんな契約更新はしないって言ってきてるんですよ。違約金払っても、今すぐ出たいって」

「腐乱死体なんてキモすぎ」

美春はぶるっと体を震わせ、真顔で両腕をこすった。月縞は善良と称したことを後悔するように、メモをとりながら男の挙動を厳しく窺っている。岩楯は、報告書を見ながらあらためて確認をした。

「おたくは、東西線沿いの五ヵ所に倉庫をもっていますよね？　個室にして三十個」

「東西線の高架下は、所場代が安いですから」

「それで、友人三人でレンタル業の会社を興したというわけですか」

岩楯は煙草をくわえて火を点けた。

「だけど、どう考えても、全員が潤うほどの収益はないように思えるんですよ」

新堂はほとんど吸わなかった煙草を潰し、薄笑いを浮かべた顔で固めている。

「新堂さんは、この仕事専業ですよね？　ほかの二人は副業だとか」

「そうです」

「ちょっと調べさせてもらったんですが、埋まってる倉庫は七割ってとこですかね。となると、収入は月に五、六十万ぐらいかなあ。三人で儲《もう》けを山分けしないにしろ、経営自体が厳しくないですか？　所場代考えたら完全に赤だ」

煙をめいっぱい肺に入れた岩楯は、天井に向けて放った。

「設置数を増やすことは考えてます。一畳ぐらいのコンパクト倉庫も入れたりして、価格帯をもっと下げれば利用者も増えそうですし」

　事務机からファイルを取り上げた新堂は、コンテナのカタログを開いて指差した。

「うん、うん。では、増やせるだけの資金源がじゅうぶんにある、ということでいいですか？」

「ちょっと、待ってくださいよ。いったい刑事さんは、さっきから何がおっしゃりたいんですか。だいたいこんなことは、事件とは無関係でしょう？」

「腐乱死体がおたくの倉庫から見つかったんだ。関係ないことなんてひとつもないんですよ」

「だったとしても、もうお話しできることはありません。犯人を逮捕できないのは、うちではなく警察の問題なんですから」

「ごもっとも。我々の怠慢ですよ」

　新堂は落ち着きなく目を動かした。

　この男が悪事を働いているのは、まず間違いがないと思う。会った瞬間から、岩楯の警鐘を鳴らすような何かが備わっている男だ。しかしそれが、今回の事件につながっているものなのかどうか。そこまでを推し量ることはまだできていないし、月縞が言うように、まったくの無駄足になる可能性もあるとは思っていた。

岩楯は大理石の灰皿に吸い止《さ》しを押しつけ、執拗に潰した。

「じゃあ、率直に訊きます。この会社には、ほかにも収入源がありますよね？」

「ありません……とわたしが言ったところで、どうせ隅々まで調べるんでしょう？」

「それが仕事なんでね。また明日もお邪魔させてもらいますよ、時間は未定ですが」

信じられないな、と呟いた新堂に笑みを投げかけたとき、騒々しい呼び鈴の音が空気を震わせた。

「ああ、びっくりした。心臓に悪い音だな。お客さんみたいですよ」

「何かの勧誘だから、ほっとけばいいんです。いつものことですから」

しつこい呼び鈴の次は、がさつなノックに変わった。

「出たほうがいいんじゃないですか？」

「いや、無視でいいんです。下のオートロックが開けっ放しだから、セールスが入り込んだんだな。管理人に言っておかないと」

新堂はおもねるように目を合わせ、それをすぐにそらした。扉が割れんばかりに拳を叩きつけている何者かは、ようやく声を上げた。

「美春！　いねえのかよ！　ケータイ取りに来たんだって！」

「ほら、やっぱりお客さんだ」

岩楯が愛想よく笑うと、新堂は冷静さをよそおいながら美春へ顎をしゃくった。彼女は大仰に立ち上がってセーラー服の裾をさばき、つんとして束ねた髪を後ろへ払う。二人の意思疎通は完璧で無駄がないようだ。何気なく部屋を出ていこうとする美春を、岩楯は腕を上げて止めた。

「月縞、ちょっと見てきてくれるか」

「ちょっと、なんなの？　あたしの客なんだけど」

「あのお兄さんのほうが、玄関には近いと思ってね。きみは座っててていいぞ」

「余計なお世話」と美春は噛みつくように言い、相棒のすぐ後ろを毒づきながら追っている。しかし月縞が玄関ドアを開けた瞬間、美春の金切り声が部屋中に響きわたった。

「プランBだよ！」

岩楯が反射的に立ち上がったときには、何者かがドアを横切るところだった。一瞬だ。蒼白い顔に、ロゴ入りの黒いキャップを目深にかぶっている。細くて鋭い目をした若い男だった。

僅差で出し抜かれた月縞は男を追って外へ飛び出し、岩楯も玄関へ駆け込んだ。けれども美春が行く手を阻むように、小柄な体で仁王立ちしている。腰を落とし、肩が上下するほど息が上がっていた。

「プランBってのは、おまわりさんと取っ組み合いをする暗号なのか？」

「うるせえんだよ！」

「ほら、そこをどいてろ。いくらなんでも、セーラー服と掴み合いはまずいだろ」

「やだね、おまわりは全員死ね！」

「あのなあ、口の利き方をお母さんに教わらなかったのか？　おまわりさんだって人間だし、すごく傷つきやすいんだぞ」

「知るか！」

猛々《たけだけ》しく躍りかかってきた美春の襟首を摑み、岩楯はあっさりと自分の後ろへ追いやった。外へ出て手すりから身を乗り出すと、黒いぶかぶかのTシャツを着たキャップ男が、通りの一本先を全力疾走しているところだった。その数十メートル後ろを、十月縞が怒鳴りながら追いかけている。岩楯は、携帯電話を出して応援要請をした。十分後。駆けつけた制服警官に、蒼白になっている新堂と、口汚いののしりをやめない美春を引き渡した。

すぐさまマンションの階段を駆け下り、エントランスを出て通りを見わたした。何台かのパトカーが徐行しながら、男の捜索に繰り出している。捜査車両に向かおうとしたとき、「おおい！」と頭の上から声がした。

2

「あんた、もしかして警察の人間か！」

最上階の十二階から、手を振って大声を上げている作業員がいる。白いヘルメットをかぶり、タオルを首に巻きつけた年かさの男だ。

「さっき、若いのが二人、ものすごい勢いで駆けてったけど、そいつらを追っかけてんのかね！」

「そうですよ！」と岩楯も大声で返した。

「そいつらなら、川沿いのほうへ行ったぞ！　亀戸《かめいど》天神があんだろ？　その裏のほうだ！」

屋上から下を覗き込み、しきりに右側のほうを指差している。岩楯は手を上げて礼を伝え、通りを渡ってレガシィのドアを開けた。急いで地図を広げる。亀戸天神の裏手は住宅地で、マンションやアパートなどが隙間のないほど密集している区域だった。岩楯は捜査員に無線で状況を伝え、番地表示を確認しながら慎重に移動した。それから十五分ほどかけて、ブロック塀の陰に背中をつけている相棒を見つけた。

「どんな具合だ？」

月縞は全身汗だくで、ネクタイを緩めて第一ボタンを外している。蛇行した通りの袋小路にある、白っぽいタイル貼りのアパートを指差した。

「連絡できなくてすみません。今さっき、あそこへ逃げ込みました。階段を上るのがちらっと見えたんで」

岩楯はすぐさま踵を返し、建物が密集する裏手へとまわった。錆びたガスメーターに体を圧迫されながら、向かい側のアパートに目を細める。形ばかりの狭いベランダが並んでいる中に、カーテンが揺れている部屋がひとつだけあった。そのわずかな隙間から、「F」という文字がはっきりと確認できる。男がかぶっていた、キャップについていたロゴと一緒だった。

よし、あとは逃げ道を塞げばいい。応援を呼ぶため携帯電話を出しかけたとき、月縞の怒声が聞こえて岩楯は何事だと走り出した。正面へまわると、あろうことか、相棒がひとりでアパートの二階へ突撃しているではないか。あいつは何をやっているんだ！　岩楯も寸詰まりの階段を駆け上ると、中ほどの玄関ドアで男二人が揉み合っていた。

「警察だ！　おとなしくしろ！」

かすれ気味の声で怒鳴っている月縞が、ドアに足を挟んで閉まらないようにしている。ただの先走りではなく、男の逃走を相棒がすんでのところで阻んだようだった。

岩楯は胸ぐらを掴み合っている二人のもとへ行き、玄関の扉を思い切り開け放った。その瞬間、男は室内に取って返して窓を開け、ベランダから飛び降りようとしている。月縞は猛烈な勢いで部屋に駆け込み、男の背中を掴んで床に引き倒した。

「ちくしょう！　離せ、ボケ！」

男は大暴れして抵抗を試み、近くにあった白木のテーブルを蹴り飛ばす。月縞は男の頭を床に押しつけ、腕を捻り上げた。

「離せっつってんだ！　てめえ、殺すぞ！」

「誰がおまえなんぞに殺られるかって」

岩楯はそう言って男をうつぶせにさせ、背中に膝を落とした。「ぐえっ」という声を耳に入れながら、後ろ手に手錠をかける。

「よし。午後一時四十八分な。公務執行妨害で現逮《げんたい》」

「ふざけんな！　ちくしょう！　殺す！」

抵抗をやめない男の足首にも手錠をはめ、窓際に転がした。すると、かぶっていたキャップが脱げて金色に脱色された髪が現れ、岩楯と月縞は思わず顔を見合わせた。

「これは、これは。意外なところにいたもんだ。ずっと捜してた想い人に、ようやっと出逢えた気分だよ」

「知るか！　死ね！　今すぐ死ね！」

「でもまあ、俺は心優しい模範警官だ。おまえの言い分も聞いてやろうじゃないか。なんで逃げたんだ？」

「逃げてねえ！　てめえらが勝手に追いかけてきたんだろうが！」

岩楯は、ぎゃあぎゃあとわめき立てている男を、意地の悪い微笑みを浮かべて見下ろした。そして、土足のまま金髪を踏みつけた。

「い、いてえ！　てめえ、足をどけろ！　ちくしょう！」

「ああ、これは失礼。足拭きマットと間違えた」

「間違えるか、ボケ！　てめえだけはホントに死ね！」

「まったく、口の減らない連中だよ」

部屋の間取りは２ＤＫで、リビングは八畳程度。フローリングの床には、ファンシーな苺模様のラグが敷かれている。白木の家具や調度品などを見ても、女の部屋であることは明らかだった。しかし、ピンク色の甘ったるい雰囲気を一蹴するようなものが、部屋の隅に固められている。五台のデスクトップパソコンのほかに、ノートパソコンとプリンターが四台。それに、ビデオデッキに似た見慣れない大型の機材もいくつか積んであった。

寝室の扉を開けると、ここにもパソコンが置いてある。紙袋に突っ込まれているいくつもの携帯電話は、すべて回線が通じている使えるものだった。月縞は機材をひとつひとつ確認し、険しい顔を向けてきた。

「これはＤＶＤを焼き付ける機材です。自分は、違法ＤＶＤ販売グループの摘発に立ち会っていますけど、内容がまったく同じですね」

「なるほど。悪党の巣ってわけだな。しかも、殺人に絡んでるかもしれんと」

ふてぶてしい態度は変わらないが、男は怯えを見せはじめている。岩楯は男の顔の脇にしゃがみ、そらそうとする細い目と目を強引に合わせた。

「しらばっくれで通ると思うなよ。おまえは若そうだから、徹夜には強いだろうしな」

「はあ？」

「今日から何日間、寝ないでいられるか。まあ、おまえ次第だが、きれいさっぱりと吐くまで耐久レースだからな」

「何きっぱりと言ってんだ、てめえ！　そんなもんは人権侵害だろうが！」

「なんだ、知らないのか？　日本は悪党の人権がなくなったんだぞ。嬉しい改正法が先月から施行されたんだ」

「うそつけ！」

唾を飛ばしてわめき散らす男のポケットを探っているとき、「岩楯主任」と呼ばれて振り返った。月縞が積み上げられた段ボール箱の蓋を開け、中から大量のＤＶＤを取り出している。コピーされたと思われるそれらは、すべてが児童ポルノらしく、年端もいかない少女や幼女の裸体がパッケージに印刷されていた。ポルノアニメも大量にある。すると月縞がつかつかとやってきて、いきなり男の金髪を鷲掴みして顔を上げさせた。

「こんなふざけたもんに手を出しやがって……」

歯の間から絞り出した声は低く、危ないほど目を据わらせている。気圧《けお》された男は言葉も出せずに、頭をぐらぐらと揺さぶられていた。

「てめえみたいなクズは、地獄へ送ってやるからな」

「は、離せって……」

月縞は摑んだ男の髪を離そうとしない。それどころか、さらに髪を引っぱり上げて、床に頭を叩き付けようとした。岩楯は咄嗟に相棒の腕を摑んだ。

「よし、もういい。月縞、そいつを離せ」

月縞は息を荒らげ、ぎりぎりと歯を喰いしばっている。岩楯が手首を摑んで引き剝がすと、相棒は流れる汗をぬぐって「すみません」とかすれた声を出した。さっきも、セーラー服姿の女に過剰反応していたように見えたが、未成年が絡む犯罪には思うところがあるのだろうか。岩楯はじゅうぶんすぎるほど相棒の様子を探り、すっかりおとなしくなった男に目を向けた。

「トランクルーム兼業の、わいせつ書画作成販売業者ってことか。どうりで、本業が儲かんなくてもいいわけだな」

金髪男は悔しそうに岩楯を睨みつけていたが、何も言わずにそっぽを向いた。

南葛西署にある三畳ほどの取り調べ室で、岩楯はパイプ椅子にもたれて前任がとった調書にざっと目を走らせていた。金髪男の名前は松江浩樹《ひろき》、二十歳。殺人以外の犯罪にはすべて手を染めているようなチンピラで、現在は麻薬の使用で保護観察中だ。セーラー服が似合う美春は浩樹の実姉ということだが、善悪の判断基準をもたない、そっくりな姉弟らしい。二人の尿からは、そろって大麻が検出されている。トランクルーム死体遺棄については完全否認で、新堂とのかかわりについても、のらりくらりとかわしている印象だった。

岩楯はぴしゃりと資料を閉じて、向かい側にだらしなく座る若造を眺めた。金髪頭はモヒカンふうに刈り込まれているが、ずっと帽子をかぶっていたせいで、ぺしゃんこに潰れている。見るからにたちが悪そうだが、反抗的な仕種にはまだまだ幼さが残っていた。

「さてと。一発目の聴取は優しい警官に当たったみたいだが、こっからはそうはいかない。おまえも覚悟を決めろよ」

「なんの話だ」

「おまえが逃げ込んだアパートは姉貴名義。あそこにあったパソコンやなんかは、事務所から運んだのか？　ほとぼりが冷めるまで隠すために」

若造は、ばらけたモヒカンの毛先にたびたび触れ、平静をよそおうのに必死なようだ。

「さっきも言われただろうが、おまえは今日からめでたく、殺しの容疑者になったぞ」

「ふざけんな、殺しなんかやるか」

「そうかい？　王手をかけてるような前歴だと思うがね」

斜に構えて睨みつけてくる浩樹を、真正面から見た。

「おまえはいつからこの集団に入ってる？」

「さあな」

「児童ポルノ中心のＤＶＤ販売、盗撮、それにおまえは、ヤクを使うだけじゃなくて売りさばいてるはずだ。持ち物から、小分けされた大麻が見つかったぞ」

「知るか」

「で、シラを切ってるみたいだが、トンズラした三人の男も知ってるんだろ？　おまえは家まで訪ねてるそうじゃないか。場所はどこだったっけ？」

奥で調書を作成している月縞に声をかけると、「江戸川六丁目です」と間髪入れずに返された。

「ああそうだ。六丁目にあるボロアパート。おまえ、そこに住んでるデブの男に絡んだだろ。ブツを預かったとか預からなかったとかで」

そっぽを向きつつも、浩樹は思い当たった顔をした。

「そんな頭してっから、あっさり足がつくんだよ」

「オレだっつう証拠は？　今どき金髪なんてそこらじゅうにいんのに、バカじゃねえの」

せせら笑う浩樹に目を据え、岩楯はため息を吐き出して、やれやれと首を横に振った。

「おまえ、こまごまと悪事を働いてるわりには、世間知らずのガキだな。どうしようもないアホだ」

「はあ？」

「今の時代、状況証拠だけで殺人起訴できるんだ。そうやってブタ箱にぶち込まれたやつがどれだけいるか、考えたこともないだろ」

「だからなんだ？　もったいぶってねえで、さっさと言えよ」

「なんだも何もない。おまえがいくらしらばっくれても、殺人罪をくれてやることは簡単だっつう話だよ。姉貴も同じだが、くだらないことに情熱を燃やすな」

とはいえ、この男が殺人の実行に絡んでいるとは考えにくい。犯人の人物像には未だ迫れていないが、容赦のない人間だということだけははっきりしている。髪を金色に染め、チャラチャラした格好の虚勢張りとは、明らかに一線を画していた。新堂を筆頭とする犯罪者集団も、殺人を犯せるかといえば首をひねらざるを得なかった。女を殴り殺す凶暴性というより、小悪党の印象しかない。

さて、こいつを落とすには、どの作戦でいくのが最短だろうか。岩楯は、浩樹の様子を窺いながら考えた。そして、わざとらしく欠伸《あくび》をしている顔を一瞥してから、「無知な若い犯罪者専用」のやり方に切り替えることにした。

「よし。特別サービスとして、これだけは言っておいてやろう。おまえの場合、この状況で反抗すればするほど条件は悪くなる。あとで泣き入れても遅いってことになりかねないから、よくよく考えることだな」

「考えるって……」

「知ってることを素直に吐けば、検察が優しくなる魔法のメモを、こっそり調書に挟んでやってもいいんだがね」

「デカが堂々と裏取り引きかよ。汚ねえ野郎だ」

「なんだ、まさか警察が善良で真っ白だと思ってんのか？　まだまだかわいい子どもだな」

岩楯ははっと笑った。

「ただし、おまえに選択権はない。取引に応じないなら、殺人罪一本で追い込みをかける。おまえもふた月前に成人したんだから、そろそろ大人の責任の取り方を学んだほうがいいかもな。少年院なんかと違って、ムショは楽しくないぞ。でもまあ、何事も経験だ。行ってみる気があるなら、無理に止めはしない」

威圧的に見下ろすと、浩樹は微かに震える息を嚙み殺した。細い目でじっと机の天板を見つめ、貧乏揺すりをしながら拳を握り締めている。自由を奪われることが、この男にとっていちばんの恐怖なのは調書を読んだだけでもわかった。前任には、勾留の日数をしつこいほど問うている。岩楯は、めまぐるしく言い逃れを模索している男を、しばらくほったらかしておいた。破綻なくうそを練り上げるためには、時間と知恵が足りないだろう。かと言って、完全黙秘ができるほど肝も据わっていない。

葛藤の時間はまだまだ続くのだろうと思っていたが、意外と早く顔を上げた浩樹は、踏ん切りをつけるようにごくりと喉を鳴らした。駆け引きは無理だと悟ったらしい。

「あんたは、オレを殺人犯に仕立て上げる気か？」

「まあ、状況によりけりだ。ほかに適当なのがいなけりゃそうなるが」

「それがおまわりの言う言葉かよ！　オレは殺しなんてやってねえ、これは誓って本当だ。だいたい、新堂さんに使われてるわけじゃねえんだ。オレは美春の手伝いをしてただけで、あの連中とはかかわってねえんだよ」

「倉庫へ行ったことは？」

「それはある。姉貴に頼まれたもんを、取りにいっただけだ。生ＤＶＤとか」

どうやら、うそを織り交ぜる気はないようだ。荒々しくパソコンのキーを叩いている月縞が気になるようで、浩樹はたびたび振り返って様子を窺った。

「新堂が率いる犯罪集団は、主になんの商品を手がけてるんだ？」

「ロリオタ向けの裏ＤＶＤがメイン。あとは盗撮データの販売とか。プールの更衣室とか温泉とか、小学校の運動会まわったりして、美春が子どもを狙って撮ってくる。これは女にしかできねえ役割りだから」

月縞が舌打ちするたびに肩を震わせ、浩樹は落ち着きなく体を動かした。

「性犯罪の手引きとは、姉貴は最悪の女だよ。おまえ以外はマエもないし、たいした初犯だ。いつからかかわってる？」

「十六」

岩楯は呆れ返って目頭を揉んだ。

「なんでおまえは集団に入らなかったんだ？」

すると浩樹は口をつぐみ、拗《す》ねたように唇を尖らせた。その表情が無邪気な子どものものだったから、岩楯の庇護心みたいなものが少しだけ刺激された。

「んな集団はめんどくせえんだよ。ひとりが楽だ。それに……」と言葉を切り、再びねずみ色の机を凝視した。「真面目にやっててつかどうか、ちょくちょく探り入れにくる、うるせえおっさんもいたから」

「おっさん？　親父か？」

「親父なんて、そんなもんは一度も見たことがねえって。保護観察官とつるんでたおっさんだ。とにかく更生更生しつけえから、単独行動してたっつうか」

「単独行動のなれの果てがこれか」

「犯罪組織にだけは絶対入るなっつうことを、あいつらはしつこく騒いでたんだよ。大人の悪党はガキを都合よく使う。使い捨てる。だから、知らねえうちにドツボにはまって、人生めちゃくちゃになるってな」

それなりに浩樹も考え、手前勝手だが悪事にも一定の基準を設けていたのだろうか。保護観察官に対しても、面倒くささの裏側に仄かな信頼の情が見て取れた。この男は、まだ更生ができるだろうと岩楯は思った。

「あのなあ、新堂集団に入らなくたって、手伝ったりヤクやってたら同じだろうが。観察官も悲しむぞ。おまえは売人なんだろ？」

浩樹は身じろぎを繰り返し、ふてぶてしく頷いた。

「新堂はヤクも売りさばいてるのか？」

「ルートがねえから、そこには手え出してない。ヤクは、オレがやってるただのバイトだよ。手軽だし簡単に稼げっから」

「手軽に稼げるだと？　ふざけんのもいい加減にしろ！」

岩楯はずっと留め込んでいた怒りを爆発させ、報告書のファイルを机に叩き付けた。浩樹は跳び上がるほど驚いて、椅子から腰を浮かせかけた。

「おまえみたいになんにも考えてねえガキが、そこらじゅうに害を撒き散らしてんだ。最初はただで子どもらに配ってるだろ。で、中毒に追い込んでから買わせるんだよなあ。しかも、安くしてやるって誘いをかけて、新しい客も紹介させるんだろ？違うか？」

「知ったこっちゃねえよ……」

「やったぶんの償いは、きっちりとしてもらうからな。酌量とかそんな甘いもんはないと思え」と岩楯は、至近距離から浩樹を睨みつけた。「で、東西線の下にある五ヵ所の倉庫。これは、どういう使い方になってるんだ」

最初の勢いはほとんど消え失せ、パニック寸前の浩樹は目先の損得しか勘定できなくなっている。額に浮いた脂汗を指先でぬぐった。

「どうなんだ、さっさと答えろ」

「そ、倉庫は二階だけホントに貸し出してると思う。一階は商品を入れんのと、DVDのコピーを焼く作業場になってる」

「五ヵ所とも全部か？」

「そうだ。とにかく、ブツはバカみたいに売れてた。新堂さんは初め、コピーを焼く作業部屋を別に借りてたんだ。だけど、サツの手入れが続いてたし、表向きの商売がないと、パクられる可能性が上がるっつってた」

「なるほど。それで貸し倉庫を思いついたわけだ。堅気の仕事に絡めてブツも保管できるってか？」

「倉庫はみんな別名義だし、一般人の利用者も混じってる。だから、もし見つかっても、すぐにガサかけんのは難しいんだっつってたよ」

「まったく、小賢しい野郎だよ」と岩楯は、湯呑みから冷え切ったお茶を飲んだ。

「行方をくらましてる三人は、どういうわけでそうなってる？」

「あいつらは名義を貸してるだけなんだよ。オレの常連客だ」

浩樹は、岩楯の顔色を窺いながら忙しなくまばたきをした。

「金払いが悪い連中だから強制した。戸籍も台帳屋に売っぱらってるようなやつらだし」

「どうしようもない連中の集まりだ。なんでそいつらは逃げてる？」

それは……と浩樹は言い淀んだ。額の汗をたびたびぬぐう。

「よくわかんねえけど、ヤバい臭いでも嗅ぎ取ったんだろ」

「そういうのを与太話っつうんだ。ヤバい臭いを嗅ぎ取ったんなら、警官がくる前にトンズラしてるんだよ」

「そんなの知らねえって」

「知らないはずないだろ。あの三人に聴取を受けさせたのは、新堂じゃないのか？」

びくりと反応して押し黙った浩樹に、岩楯はたたみかけた。

「倉庫からホトケが上がったなんてことになれば、まず考えるのは自分らの悪事がバレるかもってことだ。借り主の聴取は必須だし、名義はあるのに人間がいないじゃ済まされないからな」

「そうだったとしても、オレは聞いてねえ。これはホントだって」

「うそつくな。それで、聴取が済んだら、今度はトンズラするように指令を出した。いつまでも居座って、万が一そいつらからボロが出ると困るだろう？」

岩楯がまっすぐに目を合わせると、浩樹は波打つように体を震わせた。

「おまえに、もう一個だけいいことを教えてやる。死体が挙がった倉庫からな、金髪が何本か見つかってるんだよ」

浩樹はひゅっと息を吸い込み、みるみるどす黒い顔色に変わっていった。

「おまえのもんかどうか、数日後にははっきりする。ＤＮＡ鑑定ってやつだ。言葉ぐらい、聞いたことはあるだろ？」

「ふざけんな！　オレは関係ねえ！　殺しなんかできっかよ！」

「じゃあ、なんで現場にあった？　しかも死体にくっついてたんだがね」

大量の汗を流す浩樹は、ぶるぶると震える手をぎゅっと組み合わせた。

「そうやってごねるのは勝手だ。殺人と死体遺棄の罪を、おまえひとりでかぶればいいわけだからな。こっちにすれば不足はない」

浩樹は歯嚙みし、一重の細い目にうっすらと涙を浮かべた。

「ちくしょう……。だから嫌だったんだ。こんなもんは、とばっちりもいいとこだ」

と吐き捨てて、目許をごしごしとこすった。「あの女を殺ったのは、ホントにどこのどいつかわかんねえんだ。あの夜、美春が半狂乱でアパートに戻ってきた」

「日時は？」

「八月二十四日の九時過ぎ」

「ずいぶんはっきりと覚えてるじゃないか」

「この日だけは忘れねえ、忘れられるわけがねえ。美春は口も利けねえぐらいパニック状態で、泣き叫んで大変だったんだ。地獄の時間だよ」

「何があった？」

「なだめて話を聞いたら、倉庫で人が死んでるって……」

浩樹は、何度も喉を鳴らした。

「姉貴が倉庫へブツを取りにいったとき、角の鍵が壊されてんのに気づいて開けてみた。よく見たら奥に裸の女が座ってるって。きっと死体だって半狂乱だったんだ」

「それで？」

「それで……新堂さんに電話したんだよ」

「馬鹿かおまえは！　死体が転がってんのに、なんで新堂だよ！」

「だ、だって、新堂さんが殺ったのかもしんねえし」

「なんの義理立てだ！」

岩楯は怒鳴りつけ、どすんと机に拳を振り下ろした。浩樹は「ひっ」とか細い声を出し、大粒の涙をぽたりと落とした。

「そのあとはどうした？」苛々と吐き出し、湯呑みを空にした。

「そ、そのあと、すぐに新堂さんがすっ飛んできて、三人であそこへ行ったんだ。したらやっぱり女が死んでたんだよ」

浩樹の記憶は鮮明で、二日前の二十二日、倉庫の戸が壊されていなかったことを覚えていた。真っ昼間に死体を運ぶわけがないことを考えれば、置かれたのは二十二日か二十三日の夜間ということになる。

「あとから追及はするが、新堂と姉貴が殺ったってことは?」

「……それはねえと思う。新堂さんも美春もマジでビビってたし、ワルだけど殺しをやれるようなタイプじゃねえし」

「よし。三人そろって死体を見物したわけか。それで、そのあとは何やったんだ?」

とたんに浩樹は押し黙り、小刻みに貧乏揺すりを開始した。岩楯は、発作的なうそをつかせないよう、真っ向から合わせた目を離さなかった。

「オ、オレはやめたほうがいいっつったんだ。サツにバレねえはずがねえし、巻き込まれんのはごめんだったしよ。倉庫にあるもんを全部運び出して、死体だけにした。他の倉庫のブツも全部移動して、ガラクタみてえなもんに詰め換えたんだ」

「なるほどな。それで読書好きの空間を作り上げたと」

「……そうだ。そこらじゅうの古本屋に、手分けして買いに走らされたよ。そんで、やったことがバレねえように、掃除機もかけたほうがいいって新堂さんが。死体を別の場所に捨てに行くって初めは言ってたんだ。だけど、もし見つかったら殺しまでオレらのせいになる。すげえ危ねえ橋だし、細工が必要だったから通報なんかできねえし……」

「で、現場を偽装して、気づかないふりを決め込んだわけだ。発見から一週間以上も放置した挙げ句に、ふた目と見れないほど腐らせたってことか」

岩楯は声を低くして言った。

「おまえらは大馬鹿だ。どっちの罪が重いか、考える頭もないんだからな。関係ないとこで殺しの証拠隠滅しやがって。ホトケに見覚えは？」

浩樹は身を乗り出して、ぶんぶんとかぶりを振った。

「まともに見れるわけがねえ。体中に真っ黒い痣があって、ひでえもんだったんだ」

死斑だろう。三人が見たときは、まだ腐敗のほんの初期段階。人相に当たりがつけられた時期だと思われる。岩楯はファイルから遺体写真を抜き、無造作に机の上へ滑らせた。眼孔がぽっかりと開き、舌先はウジにまみれている。驚愕のあまり悲鳴のような声を上げた浩樹は、がたりと椅子を鳴らして口を押さえた。

「よく見ろ。それが倉庫にいた女だ」

「知らねえ！　こ、こんなのはねえ！　この顔は……」

「今さら何言ってんだよ。おまえらが画策したから、ホトケはこんな顔になっちまったんだぞ。さぞかし恨んでるだろうな」

「か、勘弁してくれ。それをどかしてくれよ！」

「おまえも含めてだが、今までに取り引きでトラブったことはあるか？　要は、誰かに恨まれてるかってことだが」

「……け、見当もつかねえよ」と浩樹は汗を流しながら、首を横に振った。

「おまえが倉庫に入ったとき、窓は開いてたかどうか」

「開いてなかった。早く誰かに発見されるように、新堂さんがわざと開けたんだ」

　ずっと引っかかっていた違和感の意味が、ようやくわかったような気がした。二組の犯罪者の思惑が入り混じっていたからこそ、統一性がなく無秩序に見えていただけだ。が、結局、殺人者は何がしたかったのだろうか。岩楯は剃り残した顎鬚を触りながら考えた。おそらく、あの倉庫が犯罪に使われていることは知っていたのだろう。もちろん、新堂のことも知ったうえで、計画的に死体を遺棄したと思われる。

　このあたりをじっくりと検討してみた。殺人後のいちばんの問題は何か。もちろん死体の始末だ。自分が殺人者ならば、なんの目的があって倉庫などに捨てるだろうか。

　岩楯は、検討の触手をさらに先まで伸ばしていった。やつらは何を思った？　新堂が通報できないことを見越して、死体を始末させればいいと考えたのではないか。けれども新堂は、予測に反して死体を処理しなかった。それどころか、わざと見つかるように工作し、自分たちが被害者のポジションに収まるように仕向けた……。

　そこで思考をぷつりと停止させ、岩楯は息を吐き出した。この仮説に穴があることはわかっている。ＤＶＤをちまちまと売りさばいているような小悪党どもに、死体の始末などできようはずもない。犯人も、そのぐらいは承知しているだろう。まだ自分の向かっている先がわからないが、頭の中にかかっていた濃密な靄《もや》が、少しだけ晴れてきたような気がした。犯人どもは、新堂グループを捨て駒に使っているのは間違いない。連中をよく知る、近いところにいる人間だろう。

「ちなみにおまえは、湿原へ行ったことがあるか？　沼地みたいなとこだ。で、こんな花をどっかで見かけなかったかどうか」

　報告書の束からサギソウの写真を抜いて机に置くと、また死体写真ではないかと思った浩樹が体を仰け反らせた。

「こんなのは知らねえよ。沼地なんかにも行ってねえし」

「もしかして、おまえはトンボ捕りが趣味か？　池で無邪気にヤゴ捕ってきたり」

「んなわけねえだろ」

新堂たちがトンボに絡んでいないとすれば、タネと抜け殻は殺人の犯人が持ち込んだものだ。赤堀の見立てで間違いないだろう。

調書に署名捺印させてから、浩樹を担当警官に預け、月縞と連れ立って取り調べ室の外へ出た。すると、「岩楯主任」と月縞が廊下で立ち止まった。ずいぶんかしこまった顔をして、深々と頭を下げている。

「さっきは本当に申し訳ありませんでした」

「なんだよ、急に」

「主任の読みは完全に当たっていました。ほかの捜査員が見限ったものを、主任は自分の目で見て疑わしいとした。新堂の聴取を一日でやめていたら、この事実は割れなかったかもしれません。人の好き嫌いで本質を見極めた気になっていたのは、自分のほうです。申し訳ありませんでした」

月縞はしばらく頭を下げてから、いささか引き締まって見える顔を上げた。

「素直なら素直で調子狂うやつだな。まあ、あれだ。これで雑音がだいぶ消えただろ」

「はい。サギソウと変異種のトンボが生息している環境に、ホシはいるということです。赤堀先生もはずしていません」

岩楯は、廊下を歩きながら小さく笑った。殺人者につながるもうひとつの鍵がトンボだ。が、新堂があぶり出された今、そっちはしばらく棚上げになるかもしれない。捜査本部は、当面の方向性を新堂一本にしぼるはずだった。ならば、法医昆虫学の領域が立ち消えてしまわないよう、自分が気を配る必要がある。

窓から見える夕焼け空には、透けるような白い月が出ていた。厚かった雲はいつの間にか消え、夏とも秋ともつかない高い空が広がっている。なんとなく物悲しい。岩楯はひとしきり眺め、明日も晴れるらしい、と呟いた。

「どれ、主犯を追い込みにいくぞ」

長く伸びた影を踏みながら、二人の刑事は足早に進んだ。

3

赤堀は、これといった特徴のない一戸建ての前に立ち尽くしていた。五分ほど前から呼び鈴を鳴らしているのだが、家の者が出てくる気配はない。携帯電話の番号を押して耳に当てる。こっちも無反応で、何度かけ直しても相手が応答することはなかった。

腕時計に目を落とすと、午後四時半をまわっている。どうやら自分は、約束を完全にすっぽかされたらしい。赤堀は、ふうっとひと息をついた。もっとも、相手は初めから会うことを嫌がっていたし、一筋縄ではいかないこともわかっていた。話を聞く耳さえないのだからしょうがないか……。

赤堀は、空の駐車スペースに居座る隻眼《せきがん》のキジトラ猫を眺めつつ、六時まで相手の帰りを待ってみた。けれども、家主が帰宅することも家の電気が灯ることもなく、今日の接触は諦めるしかなかった。よし、仕切り直そう。赤堀は警戒心を剝き出しにしている猫と目を合わせてから、来た道を引き返した。

翌日の金曜日。赤堀は大吉と連れ立って、川崎《かわさき》中央卸売市場の裏手にある住宅街を歩いていた。大吉は、ダークグレーのスーツを着てかしこまっているが、とても勤め人などには見えなかった。国籍、年齢職業とも不詳で、いつもより格段に胡散臭さが増している。

「それで、急に僕が呼ばれた理由はなんなんですか？　できるだけきれいなカッコしてこいとか言うし、先輩も珍しくスカートなんて穿いてるし」

「なぜならば、わたしのボディガードになってほしくてね」

赤堀がシフォンスカートの裾をひらりと揺らすと、大吉はなぜか警戒するような顔で鼻をこすった。

「昨日もここへ来たんだけど、ターゲットに逃げられちゃったわけ。それを岩楯刑事に報告したら、めちゃくちゃ怒られてね。金輪際、ひとりで捜査活動をするな。前もって何をやるか予定表にまとめて出せとか言ってんの。まるで融通の利かない役所だよ」

「だって警察は役所でしょう。それに、事件に絡めば、どこに危険が転がってるかわからないわけだし。岩楯刑事の言うことはもっともですよ」

ちょっとした油断が、取り返しのつかない事態を招く。頭ではわかっているのに、いつも行動が先走ってしまうのは、犯罪に対する認識がまだまだ甘いせいだろうと思う。いい加減、自分はこの無鉄砲な軽卒さをなんとかしなければならなかった。

「ハッチョウトンボの変異種が、過去に兵庫と広島で発見されている。しかも、繰り返し同じ場所で性モザイクが確認された。小坂くんが洗い出してくれたんだけど、この話はしたっけ？」

「ええ、はい。ずいぶん前の会報に載ったとか」

「そのあたり、警察が速攻で調べてくれたんだけどね。今は性モザイクどころか、その場所のハッチョウトンボは絶滅してることがわかったわけ。もう十年以上前に、保護区域も解かれてる」

「うわ、それはがっかりというかなんというか。貴重な手がかりだったのに残念ですよ」

大吉は神妙な顔をして、首を左右に振った。

これで、トンボの変異種につながる道は、ぷっつりと途絶えたことになる。あとは全国の生息地をしらみ潰しに当たるしかないですね、と赤堀が言い切ったとたん、捜査本部はあからさまに後手にまわった。トンボの抜け殻が、トランクルームからアリによって運び出された確証がない。そこを衝かれてしまえば、返す言葉もなかった。捜査に大きな進展があったことも原因らしく、単純にこっちに割ける人員などいないというわけだ。まあ、自分の扱いなんてこの程度がせいぜいだろうし、むしろ今回は恵まれすぎたと思っている。だから、ここからだ。八方塞がりになってからが、自分と虫の本領が発揮されるときだった。

独り言をぶつぶつと呟いている赤堀を、大吉はちらちらと盗み見ている。突然がばっと横を向くと、彼は蹴つまずいてたたらを踏んだ。

「ちょっと、いったいなんなんですか。動きがいちいちこわいんですよ」

「ものすごく張り切ってんの」

「そんなのいつものことじゃないですか」

「岩楯刑事がね、悪党締め上げげんのに忙しくて、今日もこっちにこられそうにないの。でも、ひとりでは動きまわるなってことだから、大吉に頼もうと思って」

「まさか、なんか危険なことをしようってわけじゃないんでしょう？」

「もちろん。一昨日、五反田《ごたんだ》にある標本用具屋に一日じゅういたらさ、いろんなおもしろい情報が入ってきてね。ぜひとも会ってみたい人ができたわけ」

「標本用具屋？　なんだってそんなとこで情報収集してんですか？　性モザイクを研究してる学者なんて山ほどいるんだから、そっちを当たるのが先だと思うんですけど」

「大吉、甘いよ」と顔の前で人差し指を左右に振った。「研究者とか学者なんて、わたしの中ではとっくに用なしだからね」

「用なしって……」

赤堀が道の先を指差し、二人は植木鉢だらけの平屋を右に曲がった。

「性モザイクのハッチョウトンボは、全国で二例しか報告されてない。これは動かない事実だから、いくら研究者を訪ね歩いたところで先が見えてるわけ。新しい情報なんて出るわけがないね」

「そうか、あればすでに会報に載ってるってことですね。保護する必要もあるし」

「でしょ？　だから、こんなときこそ『虫屋《むしや》』なんだよ」

赤堀は顎を上げて笑ったが、大吉はあまりいい顔をしなかった。

虫を愛《め》でる人間というのは、だいたい大きくは二つのグループにわかれると言っていい。なんらかの研究にのめり込む赤堀側にいる人種と、いわゆる虫屋と呼ばれるコレクターだ。後者の人口はかなりのもので、チョウ専門ならチョウ屋、カミキリムシ専門ならカミキリ屋と呼ばれるぐらい幅が広い。どれだけ希少な種を集めたかで勝敗を競っているところがあり、虫捕りにかける情熱は半端ではなかった。

赤堀は、ハッチョウトンボが変異種だとわかったときから、いちばん情報をもっているのは虫屋だろうと踏んでいた。こつこつと探し歩いて見つけた虫の生息地を、誰にも教えず独占している。そのわりに、捕った獲物を自慢せずにはいられない。こんなわけで、虫屋界隈《かいわい》で凄腕だと名を上げている者は、簡単に足がつくのだった。

細々と角を曲がった先に、その家はある。低いアルミのフェンスが巡らされた、ねずみ色のモルタル二階建てだ。ナマコ板で囲った手狭な駐車場には、真新しいエコカーのワンボックスが入れられていた。訊き込みの通り、今日は在宅らしい。

「あの家だよ」と顎をしゃくって足を進めると、男の甲高いののしり声が聞こえてきた。見れば、庭先で竹箒《たけぼうき》を振りまわしているひょろりと背の高い男がいる。庇《ひさし》の上では二匹の猫が背中の毛を逆立てて、フーッとうなって威嚇していた。一匹は昨日もいた隻眼だ。

「こいつめ！　この馬鹿猫！　向こうへ行け！　何回追っ払えばわかるんだ！　薄汚いやつめ！　しっ！　しっ！」

男は竹箒を高々と上げて、庇をばんばんと叩きまくっている。けれども猫は一向に場所を譲らず、低い濁声《だみごえ》で、柄の悪い鳴き声を上げていた。

「あの片目のキジトラ、堅気じゃないね。肝が据わりすぎだし、完全にイッちゃってるよ」

「若頭クラスですかね」

大吉は生真面目に返してくる。赤堀は門まで進み、こんにちは、と声をかけた。

よろめきながら振り返った男は、はあはあと息が上がっている。上気した顔には汗が流れ、鼻先からメガネがずり落ちそうになっていた。禿げ方が落ち武者そっくりではあるが、まだ四十の半ばぐらいだろうか。

「一昨日、お電話した赤堀という者なんですが、風間《かざま》さんですよね？」

「赤堀？」と男は息を整えるように深呼吸をし、小さく舌打ちも加えた。「なんとかいう学者の人ね。十回も二十回もへんな電話かけてきた」

「昨日、約束の四時にお伺いしたんですけど、お留守のようだったので出直してきました。お仕事の休みは、金曜だよってご近所さんに教えてもらったんで」

風間は、教えたのは誰だと言わんばかりに周りを見まわし、唇を引き結んで不愉快を伝えてきた。そして時間がないと何度も呟きながら、時計をはめた腕を顔の高さまで上げている。仕種のひとつひとつが機械的で、いかにも神経質な印象だ。

「電話でお話しした通りなんですが、いろいろとお訊きしたいことがあるんですよ」

「悪いが、今日もちょっと忙しいんだよ。それにあんた、本当に学者か？　そんな年齢じゃないと思うんだが、まさかスパイじゃないだろうな」

「そんな年齢だし、虫スパイでもないですよ」

「だいたい、連れがいるとも聞いてないぞ。なんだ、このインチキくさいガイジンは」

「ウズベキスタンから来た、ダイーキ、ツジョーカです。昆虫生態学博士なわけでして」

大吉は赤堀の軽口に合わせ、風間の手を取って「コニチワー」と言いながらぶんぶんと振った。

「どういうことだ、まったく……」

風間がメガネを中指で上げたとき、玄関ドアが開いて白髪頭の老婆が顔を覗かせた。桃色のふわふわした寝間着をまとっている。

「まあ、まあ、お友達がたくさん！　遊びにきてくださったの？　何して遊ぶ？」

「母さん！」といきなり風間は一喝し、玄関に取って返した。「中に入って。さあ！」

「なぜ？　お外で遊ぶんでしょう？　お友達と石蹴りするんでしょう？」

「いいから黙って！　さあ、早く入って！　靴も履かないでなんて不潔なんだ！　まったく、足を拭くまで上がっちゃダメだからね！」

まだ喋り続けている老女を中へ押し込み、風間はくるりと振り返った。反り返るぐらい背筋がぴんと伸びて、眉間に刻まれたシワが深い。母親を恥じているが、それを気取られたくないと思っているのがわかった。

「申し訳ないけど、帰ってくれないか。母があんな調子でね、今日はデイサービスも休みだから、のんびり人と話せるような状態では……」

そこでまた、老女がにゅっと顔を出した。

「清和《きよかず》のうそつき！　デイサービスは遅れてるだけですよ。電話がきたもの。すぐにうそつくんだから。算数のテストも四十点だったし。悪い子、清和は悪い子」

「母さん！」

風間は玄関ドアを閉めて、今度は開かないように前へ立ち塞がった。

「とにかく、今日は帰ってくださいよ。だいたい、知ってることは電話でほとんど話したんだし、もう喋るようなこともないんだからね。じゃあ」

そう言うが早いか風間は家の中に入り、がちゃりと鍵をかけた。見ているこっちが疲れるほどの警戒心だ。赤堀と大吉は、ぽかんとして顔を見合わせた。

「なんですか、あれ」

「トンボ屋の風間さん」

「いや、トンボ屋の風間さんって」

来た道を引き返し、二人は最初の角を曲がった。そのまま駅へ向かおうとする大吉の腕を引いて止める。

「ここで張るよ」

「はい？　張ってどうすんですか」

「もちろん、今日こそはトンボ屋から話を聞くの。こんなときこそ、岩楯刑事のしつこさを見習うべきだね」

「しつこさなら先輩のが上でしょうよ。でもあの人、取りつく島もない感じでしたけど」

「そうだねえ」

「いやいや、ちょっと待ってくださいよ。涼子先輩は一昨日、いったいどういう電話のかけ方をしたんですか。最初からかなりむっとしてましたけど、もしかして、原因はそこにあるんじゃないんですか？」

「なんかすぐ切れちゃうから、五分置きに二時間ぐらいかけ続けただけだよ。そしたら、『わかったから』って息も絶え絶えみたいな感じで、やっと住所を教えてくれたわけ」

「それ、何かの嫌がらせ、いや、犯罪じゃあ……」

大吉は、信じられないという言葉を繰り返した。

「五反田で訊き込んだんだけど、彼は日本でダントツのトンボ屋なの。もう、二十年以上も前から独走状態で有名らしいよ。だから、あんなふうに警戒してピリピリしてんの。目当てのトンボの居場所が知りたくて、全国から風間宅を訪れる人が大勢いるほど」

「異常ですよ」

「まあ、コレクターなんてそんなもんでしょ。それにほら、普通虫屋って、目当ての獲物を捕り尽くして全種類クリアしちゃうと、別の虫屋に変身するじゃない？　チョウ屋がセミ屋になって、さらにクワガタ屋になってみたり。でも彼はトンボ一本でブレがない。日本中の種をとっくに網羅してて、そのあとは性モザイクだけにターゲットをしぼってるらしいの。かなりの有望株だよ」

大吉は、ふんっと盛大に団子鼻を鳴らした。

「だいたい僕は、虫屋って人種が大嫌いなんです。ここにオオクワがいるぞって聞けば、大発生したバッタみたいに大挙して押し寄せて、根こそぎ捕っていく。連中が去ったあとの森を見てくださいよ。パンストに腐ったバナナ詰めた罠がそこらじゅうにぶら下がってて、ナイター用の白いボロ布もそのまま放置だし」

興奮すると勝手に手が動いてしまう大吉は、指揮者のように振りまわしながら捲し立てている。彼は何も自然崇拝者というわけではない。それにあり得ないほど温厚なのだが、むやみに生態系を壊してまわる者を見つけたときは、いきなり喧嘩を売るぐらいの攻撃性を見せることも稀《まれ》にあった。つまりは、行動が読めない「アブナイやつ」に分類されるだろう。

大吉は、息継ぎする時間も惜しいといった具合に、早口で喋り続けた。

「オオクワを見てくださいよ。連中が幼虫まであさったせいで、ある意味絶滅に近い。なんせ、日本にいるオオクワのほとんどが、今じゃ家の中にいるんですからね。ケージの中で生まれ育って、交尾して卵を産んでケージの中で死ぬ。ただひたすら与えられた餌を食べて、七センチオーバーの成虫になることだけを求められる一生って、いったいなんなんですかね。挙げ句、標本にされて殺される。人は何様ですか？僕は間違ってますか？」

感情が入るあまり目を潤ませている大吉の腕を、赤堀はぽんと叩いた。

「あんたは何も間違ってないよ。でも、狭いところを見すぎてる。生き物は基本、人の思い通りになんてならないからね。この先、オオクワの反撃が見ものじゃん。大きく育てば殺されるサイクルから抜け出すには、小さく進化すればいい。そうすると、人は興味を失って放り出すでしょ。で、自然界に戻って、また遺伝子に組み込まれた大きさを取り戻していく……なんて未来予想図はどう？」

「なかなかです」と大吉はむっつりと言った。

「それに、あれ見てみなよ。すでに反撃が始まってるから」

赤堀は風間宅を指差した。家主との激しい攻防を見せていた隻眼のキジトラ猫が、ぴかぴかのエコカーのボンネットで、大きく伸び上がっている。爪を出して車体を引っかき、足踏みしている姿が勇ましい。

「ああやって進化を遂げるわけ」

「ちょっと！　ナイスじゃないですか！」

後輩は笑いながら手を打ち鳴らした。

「でも、ここで張ってどうするんですか？　トンボ屋の彼が言うように、あのお母さんがいたら話にはならないと思いますけど」

「ああ、それは大丈夫。もうすぐデイサービスのお迎えがくるから」

「だって、今日は休みって言ってたでしょう」

「そんなの、わたしらを追っぱらう口実だよ。あの愉快なお母さんが言ってることが正しいね。彼女、遊びたくてうずうずしてるんだから、デイサービスの休みを間違えるわけないしさ」

それから十五分と経たずに、福祉施設のミニバンがやってきた。白髪頭の彼女は嬉しそうにはしゃいで、花柄のワンピースを翻《ひるがえ》している。本当だ、と大吉は感心して目を丸くした。

さて、ここからが本番だった。大吉に行くよと目配せし、風間宅へ取って返す。母を送り出して外門を閉めようとしているところに、赤堀は勢いよく駆け込んだ。

「ああ、よかった。言い忘れたことがあって戻ったんですけど、やっぱりデイサービスの迎えが来たんですね。ナイスタイミング！」

「ちょっと、なんなんだよ、あんたらは」

「お話を聞かせてほしくて」

「ダメだ、ダメだ。今日は用事があるんだから」

男は門を閉めようとしたが、赤堀はずいと一歩を踏み出した。

「それなら、明日はどうですか？」

「仕事だよ」

「わたしは、仕事が終わってからでもかまいませんけど」

「こっちがかまうんだよ。さあ、どいてくれ。あんまりしつこいと警察を呼ぶぞ」

よほど話をしたくないことがあるらしい。赤堀は笑顔のままジャケットのポケットに手を突っ込み、パスケースを取り出した。

「わたしは法医昆虫学者なんですが、特別出向捜査官として、警察の仕事も兼任してるんですよ。だから警察を呼ばれても、ただ世間話して帰ってもらうことになっちゃいますけど、それでもよければ通報をどうぞ」

「警察だって？」

風間はぴたりと動きを止めて、期限つきの身分証をまじまじと見つめた。そして赤堀に目を移し、またパスケースを落ち着きなく見やった。平静を取り繕うのに必死だけれど、警察と聞いた瞬間の焦りや怯えが尋常ではない。相当後ろ暗いところがある証拠だった。

「そういうわけなので、ご協力をお願いしますよ」

「いったいどういう用件だ？　いや、なんの捜査なんだ」

「詳しくは中でお話しします」

しばらく目を泳がせていた風間だったが、急にふてぶてしい態度を呼び戻した。しきりに二人を盗み見ながら、門を開けて招き入れる。玄関を開けると、ナフタリンと老人特有の臭いがした。三和土も廊下も過剰すぎるほど清潔で、埃ひとつ落ちてはいない。

緊張が見える風間に続き、赤堀と大吉は靴を脱いで家に上がり込んだ。彼は居間へ続くドアを開けたが、ため息をついて後ろを振り返った。

「標本作りの最中だったんだけど、続けてもいいかね。途中で時間を置きたくないんだよ。虫の状態が悪くなるから」

どうぞと赤堀が手を向けると、風間ははす向かいにある部屋のドアを開けた。たたみ敷きの六畳間は、背の高い書棚に囲まれていて薄暗かった。突っ張り棒で固定されているが、崩れてこないかと心配になるほどだ。部屋の真ん中には丸い卓袱台《ちゃぶだい》があり、虫針や展翅板《てんしばん》などの標本道具が散乱している。

二人は卓袱台と棚の隙間に体をねじ込んだ。今まで赤堀が出会った虫屋たちは、標本を部屋に飾っていたためしがない。風間と同じで本棚に差し込んでおくのが常識らしかった。標本箱の側面が、ずらりと並んでいるのが爽快なのだと言うが、何億もする絵画を落札して、金庫にしまい込むのと同じ心情だろうか。そんなことを考えているとき、風間がかすれた声を出した。

「ここへは滅多に人を入れないんだ。彼は向かい側にどすんとあぐらをかいた。はぐったガーゼの下には、コバルトブルーの美しい複眼をもつ、マルタンヤンマが横たわっている。風間は、エノコログサの茎を体長に合わせてハサミで切った。

「へえ。マルタンヤンマのオスを捕まえるなんてすごいですね。日の出前か日の入り直後しか飛ばないし、しかも網が届かない高いところにしかいないでしょう」

風間はがさがさに乾いた唇で、にやりと笑った。

「マルタンのオスというだけで価値がある。だが、これはそんなもんじゃない。いくら金を積んでも欲しい人間がわんさといるんだよ」

彼が胴体をつまんで裏返すと、複眼も体の模様も黄色に変わる。背中のちょうど中央から、左右均等にオスとメスの特徴がわかれていた。こんなものは初めて見た。赤堀は目をぱちくりさせ、大吉は、うわっと言って身を乗り出した。

「マルタンの性モザイクですか！　しかも、ぴったり真ん中からきれいに半々になってるなんて、すごく神秘的！」

「コバルトと黄金の目をもつマルタン。こんな上玉を見つけられる人間が、日本中探してもいるかどうか。というかあんた、日本語が喋れたのか」

風間はふふっと含み笑いを洩らし、エノコログサの細い茎を、トンボの首から尻尾に向かって挿し込んでいった。こうすることで、尻尾がぴんと伸びた美しい形状が保たれる。

結局この男は、獲物を見せびらかす欲求を抑えることができないようだ。警戒してはいても、虫屋の性《さが》が疼いている。得意満面だが、それが表に出ないように苦労していた。

「風間さんはトンボ屋で、性モザイクを専門にしていると聞きましたけど」

「まあね。日本のトンボは捕り尽くしたから、今度は性モザイクで全種制覇を目指してるわけだよ」

「全種となると、簡単ではないでしょうね」

「でも、時間はいくらでもある。母は痴呆であの通りだけど、僕は独り身で嫁子どもはいないからね。人生において、無駄な労力と金を使わない主義なんだよ。今こうやって喋ってる時間も惜しいぐらいだ」

唇をあまり動かさないで話し、トンボ屋はマルタンヤンマの胸に虫針を貫通させた。すぐに展翅板に刺して、四枚の翅を左右に開く。紙テープで固定しながら、対称になるようにマチ針を打っていった。さすがに手際がよく、素人のようにやたらピンを打ちすぎることもない。ピンセットを使って六本の肢を形よく広げ、頭もまっすぐに整えた。

「電話でもお話ししましたけど、わたしはハッチョウトンボを調べてるんですよ。しかも性モザイクの」

「それだけか？」

「ええ、それだけです」

うそではないと納得したらしいトンボ屋は、どこかほっとした様子で、「兵庫と広島にいるよ」と手を動かしながら即答した。

「その二ヵ所は、ハッチョウトンボ自体が絶滅していました。というか、あなたならこんなことは、とっくの昔にご存知でしょうけど」

「初耳だよ。もったいない話だ」

この男が現地へ行っているのは、落ち着き払った態度からも明らかだった。

「風間さんは、トンボの性モザイクだけを探して全国を歩いている。ハッチョウトンボに出くわしたかどうかはわかりませんけど、噂程度でも何か知ってると思うんですよ」

「さあね。そもそも、ハッチョウトンボは生息地を見つけるだけでもひと苦労だ。そのうえ変異種となると、やみくもに歩いて出くわすものじゃない」

「じゃあ、ほかのトンボ屋が捕った標本を見たことなんかは？」

赤堀は、トンボ屋のプライドをくすぐってみた。それにつられた風間は引きつったように笑い、特徴のないのっぺりとした顔を撥ね上げた。

「この僕が見つけられないのに、ほかの誰が見つけられるって言うんだか！　あんたはおもしろいことを言うなあ。いや、実におもしろい！」

トンボ屋は耳障りな引き笑いをしながら立ち上がり、棚からいくつもの標本箱を抜き出した。床に並べられたそれらは、すべて性モザイクのトンボの標本だった。タイリクショウジョウトンボは、紅白の色が市松《いちまつ》模様に配置されているし、チョウトンボは黒とブルーの翅が互い違いについていた。どれも現実味のないオモチャの模型のようで、自然界に存在しているとは思えない不可思議さだった。

それにしても、よくも変異種ばかりをこれほど集めたものだ。赤堀はあっけに取られ、半ば感心しながら標本に見入った。風間は胸を張って腰に手を当て、二重にたるんだ顎を上げた。

「僕がもってる性モザイクの獲物は、これで全部。どうだい、圧巻だろう？　去年なんて、これを盗もうとして、家に忍び込んだやつがいたぐらいだ。まったく、どうしようもない愚か者だよ」

「そりゃあ、愚かにもなるでしょうね。これは、こんなとこに押し込んでおくべきものじゃない。しかるべき研究施設に貸し出したほうがいいし、捕獲した場所も明かしたほうがいい代物ですって。あなたが論文をまとめてもいい」

「馬鹿馬鹿しい」と風間は語気を強め、定位置にあぐらをかいた。「虫は捕まえて遊ぶものだ。そのために、地球上には何千万種もいるんだからな。あんたら昆虫学者は、いったいなんのために研究なんてやってるんだよ。ほとんどなんの役にも立たない穀潰し集団じゃないか。特に分類学者なんてのは、お話にならないやつばかり。あんたもだよ、赤堀先生。法医昆虫学だって？　それこそ、使い物にならない変人の代名詞みたいなもんだ。何を考えて、薄汚いウジ虫に一生を捧げるつもりなのかね」

むっとしていきり立つ大吉を制し、赤堀はにっこりと笑った。

「ホント、役立たずで困っちゃう。ウジもいいイメージはないしね。決め台詞も最悪なのばっかだし。『このウジ虫野郎！　きさまはウジ虫以下だ！』」

「それは僕に言ってるのかね」

「あれ、そう聞こえちゃいました？　まあ、研究者もがんばってるんですけどね」

「無駄な努力って言葉をあんたに贈ろう」

トンボ屋はにやにやと勝ち誇ったように笑いながら、標本作りを再開した。電話で話したときのうろたえようからして、風間は、ハッチョウトンボの変異種がいる場所に当たりをつけているはずだった。話したがらないのは、単に自分の欲を満たすためだろう。

よし、そろそろ頃合いだ。勢い込んで反撃に出かけたとき、かさかさという、虫の動くような音を鼓膜が捉えた。なんだろう。赤堀ははたと動きを止めて、虫の囁きに耳をそばだてた。時折、羽ばたきのような震えが入り込む。どうやら風間の脇にある菓子箱の中から聞こえてくるようだった。

「その箱の中には何が？」

　赤堀が指差すと、風間はそっけなく箱を卓袱台に上げて蓋を開けた。そこには、薬《やく》袋《たい》のように三角に折られた薄紙が大量にあり、そのひとつひとつにトンボが横向きで入れられていた。しかも、すべて生きたまま……。

「ちょっと、こんな大量になんてことしてんですか！」

　大吉が目を剝いて卓袱台に両手をついた。

「標本に使うんなら、ひと思いに殺してくださいよ！　殺虫管と酢酸エチル、これで一瞬でしょう！」

「あんた、この業界が何もわかってない素人だな。それとも、ウズベキスタンではこのやり方をしないのか？　トンボは腐りやすいから、体の中のものを完全に出させてから餓死させるのが常識だ」

「なんて残酷なんだ！　それに、こんなにたくさん、標本になんて使わないでしょう！」

「予備だよ、予備。標本作りには失敗がつきものだから、補修するために何かと必要になる。まあでも、トンボの生命力には感心させられるよ。三週間放置しても、脚を動かすやつがいるぐらいだ。そのまま標本にしてやったけどね」

「あんたって人は……」

尋常ではないほど顔を紅潮させている大吉は、全身を小刻みに震わせていた。が、爆発寸前の後輩を押し退けた赤堀は、いきなりトンボ屋の胸ぐらを摑み上げた。

「喧嘩売ってんの？」

「ち、ちょっと、なんだよいったい。離せ、無礼な！」

風間は赤堀の腕を摑んで引き離しにかかったが、さらに襟を締めて、鼻先がつくほど近くで睨みつけた。

「胸くそ悪いんだよ、あんたのやり方は。虫を大量に捕って、大量に殺してバラバラにしてパーツ売りしてるだろ」

目を据わらせている赤堀の横で、大吉が怒りを忘れてあたふたとした。先輩、まずいです、と言いながら汗を流している。

「わたしを完全に怒らせたね。あんた、今ここで虫屋をやめるか？」

「な、何言ってるんだ」

「ここにある標本全部押収して、トンボ屋を廃業させてやろうかっつってるんだよ」

「おかしいぞ、あんた。この女は狂ってる！」

風間は汚いものに触られたとでもいうように、全身を震わせて赤堀を振り払った。

「ここにある標本見ただけでも、保護指定されてる種がいくつもあるんだよ。条例違反で送検できる」

「どこで捕ったかもわからんのに、何が条例違反で送検だ！　いい加減にしろ！　もう出て行け！　無礼にもほどがある！　さっさと出ろ！」

「まだわかんないの？」

　赤堀はにやりと笑い、風間に近づいた。男は反射的に後ずさっている。

「どこで捕ったか調べるために、ガサ入れってもんがある。虫屋のあんたが、捕獲場所を控えてないわけないんだよ。ほかの連中を近づけないために、せっせとデマ撒いたりしてんだろうし。ああ、このあたりも裏は取ってあるからね」

「ふ、ふざけてる。まるでヤクザだ。こんなのは許されない」

「許されないのはそっちだっつうの。で、どうする？　命より大事な標本を押収されるか。それとも、取引するか」

「取引？　いったいなんの話だ」

「まずひとつ目。必要ぶん以外のトンボは逃がす。二つ目は、性モザイクのハッチョウトンボ。この生息地を教えてもらう」

　風間はぶるっと体を震わせ、目を泳がせた。赤堀は、なんとか逃げおおせようとしている男から、一瞬たりとも目を離さなかった。絶対に何かを知っている。しかも、核心に触れるような何かを。大吉はおろおろし通しだったが、覚悟を決めたように正座した。

トンボ屋に決断させるのに、そう時間はかからなかった。それはそうだろう。何十年もかけて集めた家宝を人質に出されれば、割に合うものなど何もない。風間は憤りに震えながら本棚を探り、表紙が黄色くなった大学ノートの中から一冊を引き抜いた。

「……情報が虫屋界隈に流れたら終わりだ。生息地が荒らされて絶滅する」

「そんなことはわたしがさせないから。学者生命を懸けてもね」

赤堀が不敵に笑うと、トンボ屋は悔しそうに舌打ちをした。

「六年前の話だ。猪苗代《いなわしろ》までトンボ捕りに行ったとき、沼に落ちて泥だらけになったことがあった。近くに高校があったから、校庭の隅にある水飲み場で、服とか靴を洗わせてもらったんだ。その水道の後ろが実験室で、夏だったから窓が開けっ放しになっていたよ」

風間は座布団の上で何度も身じろぎをし、自身を落ち着けるように深呼吸をした。

「その実験室の壁に、何枚も四つ切りの写真が貼ってあった。赤いトンボの写真だ。

全部ハッチョウトンボで、しかも性モザイクの特徴がはっきりと出ていたんだ」

「福島県か……」と赤堀は腕組みをした。

「それが、性モザイクという変異種にのめり込むきっかけだった。ハッチョウトンボの写真をどこで撮ったのか学校に聞いたんだ。退職した生物教師が撮ったものらしくて、僕はすぐ教師に会いに行って話をした。その教師は、独自に地域固有の動植物を調べている最中、偶然に見つけたらしい。しかも、四世代にわたって、性モザイクのトンボが生まれていることを確認していた」

「変異種が固有化したと」

「ああ、そうだ。ある意味、新種だよ。限られた狭い場所だけで、毎年、性モザイクのハッチョウトンボが飛んでいる。その光景を夢にまで見たよ、何度も、何度もね。僕は生物教師に、場所を教えてくれるように頼んだ。何回も通って、電話もかけたし手紙も書いた。でも、その男は頑として教えなかったよ。完全に独占だ」

思い出すだけでも我慢がならないらしく、風間は自分を棚に上げて腹を立てていた。

「その場所が破壊されていなければ、おそらく変異種のハッチョウトンボは、今でもそこにいるだろうな。飛翔力が弱いから生息範囲が極端に狭い。よそに移動はできないだろう。これから先、僕はこつこつと探そうと思ってたのに、とんだ災難だよ」

「それが猪苗代のどこかということなんですか？」

「さあね。それは当人しかわからない。まあ、あんたらが行っても警察が尋問しても、あのジジイは喋らんだろうよ。そういう小難しい偏屈じいさんだ」

吐き捨てるように言った風間は、陽に灼けたノートを開いて赤堀のほうへ滑らせた。そこには、生物教師の住所が載っている。三桝忠雄《ただお》。福島県青波郡枯杉村大字鮎《おおあざ》沢字水野《あざみずの》。赤堀は素早くメモし、たちまち満面の笑みに戻して敬礼した。

「風間さん、ご協力たいへん感謝しますよ。お互いにちょっと熱くなっちゃいましたけど、きれいさっぱり水に流しましょうね。これからも赤堀と警察をごひいきに」

「ごめんだね」

トンボ屋は唇を歪め、生きたトンボの入っている箱を大吉に押し付けた。そして、それを持ってさっさと帰れと言わんばかりにドアを全開にした。

4

トランクルーム経営陣の悪事が暴かれ、事件は一気に真相へ向かうかと思われた。

俄然、捜査本部は熱を帯びたが、そこでぱったりと動きは止まり、ほとんどなんの進展もないまま一週間が過ぎている。事件発生から、十八日が経過してしまった状態だ。

月縞がハンドルを握るレガシィは、青波インターを抜けて田園の広がる村道を走っていた。黄色くなった稲穂が一面に広がり、風にそよぐ姿に妙な懐かしさを覚えている。トンボの地の内偵を命じられた岩楯は、穂の海を感慨深く眺めていた。

赤堀が探り出した虫に関する情報は、そもそも、犯人の居場所を示す根拠にはならない。あいかわらず、捜査本部は後ろ向きにこう切り捨てたのだが、岩楯は裏を取る必要性を強硬に主張し続けた。赤堀があそこまで確信しているものを、捜査対象から外すなど論外だと思っている。それに、捜査員たちの間で彼女に一目置く雰囲気も、わずかながらでき上がっていた。じわじわとだが、誰も知らなかった法医昆虫学という分野が、排他的な組織に入り込んでいる。

それにしても、赤堀の着眼点は常人のそれとは違う。岩楯は、昆虫学者の気転に素直に感心していた。サギソウのタネからアリの巣までの経路を洞察し、さらに巣から出たヤゴの抜け殻を手がかりに、この地を割り出したというのだから驚く。どうやってたどり着いたのかは、同行した大吉の歯切れの悪さからして推して知るべしだ。

が、まあいい。岩楯は、後部座席で眠りこけている赤堀を一瞥した。

時刻は午後三時五十分。事故渋滞に出くわして、ずいぶんと時間を食ってしまった。

「ナビは使いものになりませんね。満足に道表示も出ない」

ゆっくりとステアリングを切る月縞が、しばらくぶりに声を出した。ここ最近は、ぶっきらぼうだが、過度に尖ったところがなりを潜めている。

「山がこれだけ深いと、いろんな障害がありそうです。それにしても、全員が身内みたいなこんな村に、殺人集団がいるんでしょうか」

「さあな。この村に何かあるって言ってんのは、なんせ虫博士だけだから」

「自分は、言うほど荒唐無稽《こうとうむけい》ではないと思っています。科研はブツの解析にかけては一流ですが、こんなふうに、独自の視点で先々を詰めていくことはないですし」

「連中は、こっちの領域には踏み込まないし、一線を引く場所をわきまえてる。だが、この先生はまったくおかまいなしで、ずけずけとどこへでも入っていくと」

「そういうやり方じゃないと、法医昆虫学は生きてこない。主任も当然、そう思っているはずですが」

相棒は、赤堀が次々と新たな見解を打ち出すたびに、興奮を覚えているようだった。今までに出くわしたことのないタイプなのだろう。誰だってそうだ。月縞のような反応をする者と、戯言《たわごと》だとはなから相手にしない者。捜査会議でも半々というところだろうか。

「まあ、先生の読みが当たってたとしてだ。見ての通り、死体を始末するには打ってつけのど田舎なのに、ここから葛西までホトケを運んだわけだよ」

「それは、新堂に対する敵意のように思えます。許せないという感情が根底にある」

「何に対して許せないんだ？」

月縞は、対向車が一台もこない県道をまっすぐに見据えた。

「子どもやなんかを犯罪に巻き込んだり、ターゲットにしているところじゃないでしょうか」

「なるほど。おまえさんは、ずいぶんと子ども絡みの犯罪を憎んでるらしい」

岩楯はマルボロを抜き出して、箱にとんとんと打ちつけた。ガス切れ寸前のライターで火を点け、窓を細く開けて煙を吹き飛ばした。予告もなく本質に踏み込まれたらしい月縞は、得意の仏頂面を決め込んで、また自分の世界にこもろうかどうしようかと迷いはじめている。部下を育てるマニュアル本なら、気難しい人間の心を開かせるような、懐《ふところ》の深い上司像がいくつも描き出されていることだろう。まあ、岩楯はひとつも当てはまっていなそうだし、そこを目指すつもりもない。

ほったらかして煙草をふかしていると、月縞が何かに踏ん切りをつけたように、ぼそぼそと口を開いた。

「自分が警官になって初めてかかわった案件が、繁華街での未成年の補導でした。保護した少女はまだ十四なのに売春までしていて、手がつけられないほど荒れていた。でも中身はまるで子どもだった。当然、まだ中学生だし世の中なんて何もわかっていない。相手の男を淫行《いんこう》でしょっぴいても、その手の輩《やから》は次から次へと際限なく湧いてくる。家庭環境にも問題があった少女は、いくら諭《さと》しても破滅的な生活を変えないんですよ」

月縞はごくりと喉を鳴らした。

「何回も補導して説教してるうちに、その少女は、自分がいる交番に通ってくるようになったんです。からかい半分みたいな感じでしたが」

「おまえさんみたいな二枚目警官なら、そりゃ喜んでなつくだろうな」

「それはどうだかわかりませんけど、毎日くるようになって、話し相手になっているうちに、学校にも行くようになったんですよ。ちゃんと制服着て、学校帰りに寄るようになった。自分は、子どもを更生させるなんて、案外簡単なんだと思いました。誰かがちょっと話を聞いてやるだけでこんなに変われるのに、世の大人たちは、いったい何を難しいと騒いでるんだろうと。でも、そうじゃなかった。彼女はあいかわらず売春を続けていて、薬物にも手を出すようになっていた。むしろ悪くなっていたんです。だけど、自分の前では、そんな素振りも見せないんですよ。無邪気で屈託がない普通の子どもでした。彼女の中では、はっきりと区別されていたんです。現実と非現実。警官の自分と親しく話すことが、あり得ない非現実なわけですよ。漫画を読むのと同じような感覚だったのかもしれません。ちょっとした息抜きで、楽しくて少しは感動もするけど、所詮は絵空事。結局、少女は初等少年院へ送致されました」

「それで関係は終わったのかい？」

岩楯は、くわえた煙草を揺らしながら問うた。月縞はしばらく黙り、はいと答えた。

「裏切られたと勝手に思いましたけど、自分が表面しか見ていなかったことにも気づかされた。月並みですけど、彼女が助けを求めているような気もしました。だから面会できないかどうか、当時の上司に相談したんですよ。答えは、かかわるな、それだけ」

「まあ、俺でもそう言うと思うぞ。深入りは互いのためにならない」

「ええ、それはわかります。でも、ここからが最悪だった。下っ端警官に惚《ほ》れたヤク中の小娘が、淫売から足を洗えるかどうか。または、そのうち僕が、彼女の誘いにのって淫行で挙げられるかどうか。こんな下衆《げす》なことをネタにして、上司と同じ交番勤務の連中が、ずっと前から笑い話にしていたことを知ったわけです」

岩楯は、耳を傾けながら煙草を潰した。

「悪党とか悲惨な犯罪を見慣れて、警官は普通の感覚が麻痺《まひ》していくと僕は思った。事実、周りにはそんな連中しかいなかった。被害者の遺体を見て、体がどうだとか冗談を言ってみたり、犯罪被害者を面倒でしつこい人間として扱ったり。人を見下す特権が与えられている、最悪の集団なんですよ」

「じゃあ、警察なんてさっさと辞めて、青春電話相談室でも始めればいいだろ。なんでまだ、薄汚い警官なんてやってんだ？」

「意地です」

岩楯が笑うと、月縞もつられて笑った。

「最低の人間なんてのは、どの世界にも必ずいる。警察だって例外じゃない。そんなこともわからんほど、おまえさんは世間知らずなのかね」

「経験は不足していると思います」

「なら、こつこつと経験を積むんだな。それに、過去で自分を縛るな。それだけだ」

月縞は素直に頷き、なんでこんなことを話したんだろう、と言って照れ笑いを浮かべた。憑き物が落ちたような顔をしているし、相棒の中では、すでに何かの消化が始まっているようだった。

しばらく見通しのいい道を進むと、赤色灯のついた駐在所が見えてきた。冬はだるまストーブが似合いそうな、古めかしい木造だ。車から降りると、エンジンオイルの焼ける臭いが鼻を刺してきた。

入り口へ歩いている途中で、出迎えるように扉が開かれた。顔を出したのは年かさの警官で、小柄で丸っこい風貌がなんとも愛嬌あふれる男だった。岩楯は左胸の階級識別章を見て、巡査部長であることを確認した。

「東京ナンバーは、この辺りでは珍しいなあ。道に迷ったんですかね」

「いや、我々はこういう者です」

岩楯が手帳を提示すると、制服警官は目を丸くした。

「ああ、これはどうもご苦労さまです」

巡査部長は敬礼をしてから、あたふたと名刺をわたしてよこした。

「竹田と申します。いらっしゃる連絡は受けていませんが」

巡査部長に促されて駐在所へ入り、ビニールテープで補修されたパイプ椅子に腰を下ろした。

「ある事件の内偵です。確認したいことがありまして」

「いやいや、そうですか。内偵ということは、青波警察署へも行かれてないと？」

「ええ。まだ協力依頼をする段階ではないので」

「承知しました」と竹田は、緊張した面持ちで大きく頷いた。

「それでですね、この近辺の不審者前科者リストは調べてきたんですけど、ここ最近で変わったことは起きていませんか？」

「変わったことですか？　そうですねえ……」

竹田は顎に手を当て、眉間にシワを寄せた。

「なんせこんな田舎ですから、村内で特別何かが起きたということはないですね。酔っぱらって、隣近所が喧嘩するぐらいで。まあ、今の時期は毎年なんですけど、畑の作物を盗まれる事件は頻発します。違法にアユを捕ったり、山に入って勝手に木を切り落としたり」

「そういうのは、だいたいよそ者の仕業ですよね」

「そうですね。でも、なかなか捕まらんもんで、川沿いなんかには防犯ビデオをつけたんですよ」

困ったように首を振った竹田は、窮屈そうに何度も身じろぎをした。

「最近村に越してきたような人間は？」

「ああ、それはたくさんいますよ」

「たくさんですか？」

「そうです。枯杉は村興しの一環として、農地つきで民家を安く貸し出してるんですよ。定住促進空き家活用事業という、国の政策なんですけどね。補助金で家の修繕やなんかをしてもらえるんです。この村も年寄りばっかりだから、屋敷の離れとか畑が放置されてることが多いんですよ。ええと、今は五十二世帯だったかな」

月縞が書き取ったのを確認してから、話を進めた。

「かなり多いですね」

「そのぶん、入れ替わりも激しいんですよ。やっぱり田舎は、なんだかんだで付き合いが大変ですから。だいたい脱サラした人とか、定年後の夫婦。まあ、本当は若者を呼んできたいんだろうけど、なかなか集まらんのですわ」

「身元調査は？」

「そこは役場も慎重に見てますから、不審者はいません。もちろん犯罪歴のある者もです」

こんな小さな村では、逃亡者がいたとしても逆に目立つだろう。が、過去にさかのぼって転入者リストには目を通したほうがよさそうだ。よそ者ならば、どこかで新堂とのつながりがあってもおかしくはない。

そのとき、白い軽自動車が建物の前で駐まり、いかつい骨格をした大柄な若者が降りてきた。真っ黒に日灼けし、角張ったスポーツ刈りにしている。男は駐在所のガラス戸を、がたがた言わせながら開けた。

「竹田さん、頼まれてたパソコン診にきたんだけど……」と言った男は、岩楯と月縞に素早く目を走らせた。「もしかして、今取り込み中?」

「ああ、夏川くんか。わざわざ来てもらったのに悪いねえ。ちょっと手が離せないから、また後日にしてもらえっかい」

「それはかまわないけど、パソコンのほうは大丈夫なんですかね。プリンターもフリーズするってことだし」

「まあ、今すぐどうにかなることはないと思うけどな」

夏川という男は、また電話してくださいと茶目っ気のある笑顔のまま走り去った。岩楯は話を戻した。

「だいたい状況はわかりました。実は、ある場所へ行きたいんですけど、地図を見てもわからないんですよ」

相棒に目配せすると、住所を書いたメモを差し出した。

「この『沼アガル』っていうのは住所なんですか？」

竹田は老眼鏡をかけ、メモ帳に目を凝らした。

「ああ、三桝さんとこね。あの辺りには沼があって、その脇道を入るっていう意味なんですよ」

「水野という地名自体、地図には載ってないもんで」

「この村は運送屋も苦労しますからねえ。家が見つかんなくて」

言葉を切った竹田は、メモ紙に再び目を落とした。

「でも、ここに書かれてる三桝忠雄さんは、もう亡くなってますよ」

「ええ、それは調べがついています」

「そうですか。八十過ぎの元気なばあちゃんがひとりで住んでるもんでね」

「忠雄さんの連れ合いですね。ちなみに家族は？」

「確か息子がひとりいて、今は海外に住んでるんじゃなかったかな」

わかりました。そう言って引き揚げどきを月縞に合図したとき、また扉が開かれる音がした。

「おまわりさん、自転車を取りにきました」

振り返れば、つばの広い帽子をかぶった女が立っていた。黒っぽいワンピースをまとい、肌の色が透けるように真っ白だ。何より、目が離せなくなるほど美しい女だった。

「ああ、瑞希ちゃんか。奥に駐めてあるからね」

「いつもすみません」

「かまわないよ」と竹田は満面の笑みを浮かべている。月縞にいたってはポーカーフェイスが完全に崩れ、口をぽかんと開けて彼女に釘づけにされていた。女にうるさい月縞は、どうやら、この手の神懸かった美女が好みらしい。にやりとして肘で小突くと、相棒は咳払いをして前に向き直った。すると今度は、薄汚れた軽トラックが駐在所の前に横づけされた。刈り取った青い草が、荷台に山と積まれている。運転席から、作業着姿の小さな年寄りが降りてきた。

「竹田さん、まあたやられたよ」

赤黒く陽灼けした顔を手ぬぐいでこすり、黒い長靴にこびりついている泥を落とした。

「吉村《よしむら》のじいちゃんか。なんかあったのかい？」

「なんかあったじゃねえって。笹裏《ささうら》んとこの地蔵さまが、ごっそり全部なくなってんだ。今さっきの話だぞ」

「またか！」

「草刈りで畦に入ったときはあったんだ。んだから、盗ってったのはほんの何十分かの間だな。まあだそのへんをうろついて物色してっぺよ」

「わかった。じいちゃん、地蔵んとこへ行っててくれっか？　すぐ追いかけっから」

年寄りは片手を上げ、黒煙を吹き上げる整備不良のトラックで去っていった。表に出ると、竹田が制帽を脱いで頭をかきながらやってきた。

「地蔵が盗まれたんですか？」

「そうなんです。なんでも都会の骨董屋が高値で欲しがってるみたいでね、海外の金持ちに売ってるらしいんですわ。まったく、こういうバチ当たりなことをしでかす輩がいるんですよ」

この村には日々細々と、雑多な問題が持ち上がるのだろう。それに都会とは違う、濃密な人間関係がクモの巣のように張り巡らされている。こんな閉じた環境の中で、犯罪を企てることができるものだろうかと岩楯は思った。

「竹田巡査部長、三桝さん宅の道順だけ教えていただけますか？　なんとか自力で行ってみますんで」

「いやあ、申し訳ないです。本当ならわたしが案内するべきなんですが。しばらくはこの国道をまっすぐ行くんだけど、曲がる場所になんか目印があったっけかなあ……」

地図を取りに戻ろうとした竹田に、「あの」と声がかけられた。見れば、先ほどの女が赤い自転車を手に立ち止まっている。

「わたしが案内しましょうか？　鮎沢の辺りは、きっと地図を見ても曲がる場所がわかりませんよ」

にっこりと笑う瑞希に、岩楯も顔がほころんだ。

「じゃあ、遠慮なくお願いしてもいいかい？」

「もちろん。わたしの後ろについてきてくださいね」

言うやいなや、自転車にまたがった彼女を岩楯は慌てて止めた。

「ちょっと待て。いくらなんでも、自転車の後ろは追えないって」

「結構スピード出しますよ」

「いや、そういう問題じゃなくてな、道徳的なことだよ」

不思議そうな顔をする瑞希に、竹田が笑いながら言った。

「自転車は、お父さんに拾ってもらえばいいんじゃないかい？　置いてっていいから」

「ああ、そっか。じゃあ、また置かせてもらいますね」

「こっちが片づき次第、わたしも三桝へ向かわせてもらいますんで」

敬礼をよこす竹田に礼を述べ、助手席を開けて瑞希を促した。さっきから月縞のテンションが上昇しているのは、きっと思い違いではないだろう。後部座席を開けて乗り込もうとしたとき、汗だくでだらしなく寝そべる女が目に入ってきた。Tシャツがめくれ、白い腹が見えている。

「ヤバい、すっかり忘れてた。まさか熱死してるんじゃないだろうな。おい、先生、生きてるか？」

肩を摑んでぐらぐら揺すると、赤堀は唐突にがばっと起き上がった。

「ガ、ガサ入れ！」

「いったいなんの夢を見てたんだよ。ガサかけられてまずいもんでも家にあるのか？」

「ワシントン条約違反の密輸」と月縞がぼそりと間の手を入れる。

「ああ、びっくりした。何、もう着いたの？」

「もうすぐだよ。彼女に案内してもらうから」

岩楯が乗り込んですぐ、月縞は車を発進させた。赤堀は瑞希に気づいて、隙間から身を乗り出している。

「あなたは？」

「日浦瑞希といいます」

「枯杉村に住んでるの？」

「はい」と言って彼女は帽子を取った。岩楯が今まで出逢った女の中でも、一、二を争う端整さだった。月縞は無感情をよそおいながらも、ちらちらと横を盗み見ている。この男は同性愛者じゃないかと疑いはじめていたところだったが、どうやらそうではないらしい。

「羽化したてのセミみたいに真っ白じゃない。すごいきれいだね」

「はあ、どうも」

「きみは、育ちはこっちじゃないだろ？」

東北訛《なま》りや、独特の語尾上がりがまったくない。

「父の実家があって、越してきたんですよ」

「そうだろうな。やけに垢抜《あか》けてるし」

「あの、あなたたちは刑事さんですよね？」

瑞希はきらきらと目を輝かせ、好奇心のにじむ顔をした。

「まあ、そうなんだが、人には言わないでほしいんだよ。いろいろと込み入った事情があってな」

「へえ、初めて会ったかも。赤いライトはこんな下に入ってるんですね。無線もちゃんとある。こっちはナビですか？」

あちこちを覗き込む彼女の表情は、子どものようにくるくると変わる。取りすましたところはないのだが、どこか緊張を抱かせる雰囲気をもっていた。

「なんだかかっこいいですね」

「悪いが、かっこいいことは滅多にしないんだよ」

「そう、そう。刑事はかっこ悪くてなんぼだからね。怖がったり泣いたり騒いだり吐いたり……」

さらに余計なことを口にしそうな赤堀を、月縞はバックミラー越しにねめつけた。

「あそこにあるバス停を右に入ってください」

錆びて曲がったバス停の少し先を、レガシィは滑るように折れた。すると彼女はいささか神妙な面持ちをし、振り返って岩楯と目を合わせた。

「あの、つかぬことをお伺いしますが、もしかして藪木さんを捜してるんですか？」

「藪木？　いや、捜してないよ。誰だい？」

「ああ、いえ。違うならいいんです。知り合いなもので」

なぜか彼女がほっとしたような顔をするのを、岩楯はとりあえず頭の隅に刻み込んだ。

それから瑞希の指示通りに蛇行した道を進み、舗装されていない小径へ車の鼻先を突っ込んだ。砂利道の両側には田畑が広がり、藁床にはスイカやカボチャがごろごろと実っているのが見える。

「あそこの、竹の垣根がある家ですよ。母屋は手前です」

「ありがとうな、本当に助かったよ。これは、案内がなけりゃこられなかった」

「いいんですよ、暇だから」と瑞希は涼しげな笑みを浮かべた。

年季の入った石柱には「三桝」という御影石の表札がはめ込まれている。玄関先まで乗りつけ、車を降りて周りを窺った。縁側は開け放たれ、座敷の奥では振り子のついた柱時計が時を刻んでいた。

「じゃあ、わたしはこれで失礼します」

た。

「送っていくよ」

月縞が喜びを悟られないように申し出たが、彼女は帽子をかぶって首を横に振った。

「すぐそこだから、大丈夫です」

「家は交番のほうだよね？　かなり距離があるよ」

「散歩しながら帰ろうと思ってたから。それじゃ」

結局、瑞希は再三の申し出を遠慮し、最後まで涼しげな雰囲気のまま立ち去った。

「月縞巡査、押しが弱いよ。何あっさり引いてんの」

赤堀の無遠慮な指摘に、月縞は一瞬口ごもった。

「なんの話ですか」

「そういう諦めの早さが、美女を取り逃がすの。今に見なさい、ずうずうしいだけのアホな男がもってっちゃうから」

「まったくなあ。よりにもよって、チンピラみたいなやつだったりな」

岩楯も同調すると、月縞は天を仰いで息を吐き出した。

「話を飛躍させすぎです。仕事に戻りましょう」

真面目くさった月縞の発言にかぶせるように、作業場の裏手でか細い声がした。

「どちらさんですかあ?」

5

顔を覗かせたのは、全体的に色素の薄い老婆だった。白髪を撫でつけ、花模様の割《かっ》烹着《ぼうぎ》を引っかけている。腰が曲がっているせいで、赤堀よりも頭ふたつぶんは小さかった。

「勝手に入ってすみません。ここは三桝さんのお宅ですよね?」

「はい、そうですよ」と老婆は腰を叩きながら、おぼつかない足取りで歩いてきた。

岩楯は名刺を抜いて、彼女に手わたした。

「警察の者です。ちょっとお話を伺いたいんですけど、お時間はありますか?」

「時間ならいくらでもあるよ。町の警察の人かい?」

「いえ、東京から来たんですよ」

「東京?」と老婆は名刺をかざして目を丸くした。「それはまたご苦労さんだったねえ。歳とっと、こういうちっこい字は見えねえんだ。どれ、こんなとこで喋っててねえで、どうぞ上がってちょうだい。車できたんなら、ずいぶんと疲れたっぺ」

親しげに話す老婆のあとに続き、三人は年代を感じさせる古民家に足を踏み入れた。たたみ替えをしたばかりらしく、い草の匂いが家中に立ちこめている。彼女は座布団を抱え、茶の間によたよたと入ってきた。

「ああ、おかまいなく。三桝さんも座ってください」

「ちょいっと待ってねえ。お茶もってくっから」

踵を返した老女を追って、手伝いますよと赤堀がさっと立ち上がる。それから数分後、テーブルには麦茶の入ったグラスと、漬け物を盛った鉢などがずらりと並べられた。岩楯は会釈をし、冷たい麦茶で喉を潤した。

「それで、早速ですがお名前を教えていただけますか？」

「三桝タエだよ」

「失礼ですが、お歳は？」

「八十六だっけかなあ。すぐ忘れっちまうんだ」

「離れもあるし広い家だから、管理するのも大変ですね」

「んだなあ。でも、できっとこしかきれいにしねえから、すぐゴミ屋みてえになっちまうんだよ」

タエは恥ずかしそうに手をひと振りしたが、まったくそんなことはない。ものは多いがきちんと整頓され、こぢんまりと居心地のいい空間だった。

「実は、旦那さんにお伺いしたいことがあってきたんですよ」

「それは遅かったねえ。もうあの世さ逝っちまったから」

「ええ、亡くなられたことは聞きました。高校の生物教師だったとか」

「んだよ。死ぬまで難しい勉強してたかんね。変わりもんだったんだ」

「ちなみに三桝さんは、ハッチョウトンボという虫をご存知ですか？　ご主人が調査されていたようなんですが」

ハッチョウトンボ？　タエはつっかえながら反芻《はんすう》して、小首を傾げた。すると赤堀が、ファイルから図鑑のコピーを取り出した。

「このトンボのことなんだけどね。二センチもないぐらい小さくて、オスは赤トンボみたいに真っ赤。おじいちゃんが撮った写真かなんか、見たことないかなあ」

赤堀がコピーを掲げると、タエは長いことしげしげと見つめた。そして突然、何かに思い当たったように驚いた顔をした。

「そうだ、そうだ。じいちゃんは、確かにこれに似たちっこいトンボの写真を撮ってきたよ。毎日山さ出かけて、虫にかかりっ切りだったときがあんだ。いやあ、懐かしなあ」

「そのちっこいトンボは、もしかして、こんなふうに変わった模様じゃなかった？」

赤堀は性モザイクのトンボを推測して、いくつかのスケッチを用意していた。タエは白く膜がかかった目を大きく見開き、その中の一枚を手に取った。指先を微かに震わせ、過ぎた日へ想いを馳せているような、なんとも言えない表情をしていた。

「久しぶりに見たなあ……。うん、うん、そうだ。この絵みたいに、おかしな柄だったよ。じいちゃんはこのトンボを見っけたとき、子どもみてえに喜んでた。何年も何年も通い詰めてたんだよ」

「おばあちゃん、写真なんかは残ってない？」

「ああ、あったな。神様がいたずらして創ったみてえだっつって、アルバムにきれいにまとめてた。オレももってんだ。もうずうっと忘れてたよ」

そう言うとタエは、脇に置いてある小さな物入れを開けた。細々とした雑貨を全部出して、奥のほうから半紙に包まれた写真を抜き出している。中身は、尾の先だけが縞模様になった性モザイクだった。目はそれぞれが赤と茶色で、四枚の翅も互い違いに色分けされている。赤堀は息を飲んで、岩楯と月縞に頷きかけた。タエは薄く色褪せた写真を愛しげに眺め、割烹着の裾で目頭をぬぐった。

「東京からきなさったってことは、きっとたいへんな事件が起きたんだろうねえ」

「はい。とても凶悪なものです。このトンボにも関係がありまして、生息している場所が知りたいんですよ。三桝さんはご存知ないですか？」

「おっかないことになってんだねえ。じいちゃんもあの世でびっくりしてっぺよ」

タエは大事そうに、写真を引き出しの奥へ収めている。事件の内容を詮索するようなことはせず、テーブルの上で節くれ立った手を組んだ。

「このおかしなトンボが棲んでっとこは、奥御子《おくみこ》だなあ」

「それは猪苗代ですかね？」

「いや、いや。この村のずっと山のほうだよ。オレはなんべんもじいちゃんと一緒に行ったから、よっく覚えてる」

よし、一歩前進だ。

「今からその場所へ行きたいんですが、ぜひ案内していただきたいんですよ」

「今からは無理だっぺ。もう日暮れだし、奥御子は夜に河童が出っかんな。とても生きては帰れねえよ」

「河童……」

岩楯は腕時計に目を落とした。五時半をまわっている。家の中が薄暗くて気づかなかったが、外はすでに夜の帳《とばり》を下ろす準備を始めていた。

「明日にしたほうがいいんべな。それに、そんな格好じゃ奥御子なんて行けねえぞ」

ネクタイを締めた二人に視線を送り、タエは「よっこらしょ」と言いながら立ち上がった。廊下の奥へと姿を消したかと思うと、唐草模様の大風呂敷包みを抱えて姿を現した。包みを解いて、たたんである衣服を広げはじめている。

「じいちゃんが着てたやつだから、明日はこれに着替えたほうがいい。一張羅《いっちょうら》を駄目にしちまったら困んべ？」

「いや、一張羅じゃないですから。それに、作業着は持参してるんですよ」

「いいから、遠慮すっことねえ。どれでも選んで着っといいよ」

シャツやズボン、作業着などが山となっているが、とてもサイズが合いそうにない。

「おばあちゃん、この二人は大きいから、おじいちゃんの服は着られないって」

赤堀が口許をほころばせると、タエは「ああ、そうだ、そうだ」と手を叩いて再び立ち上がった。その表情はどこか活き活きとして、世話を焼く対象ができたことを喜んでいるようにも見える。今度はすぐに戻り、きれいにたたまれたものを岩楯に差し出した。

「これなら大丈夫だっぺ。じいちゃんに買ってきたんだけど、寸法がでっかくて着られなかったんだ。ちょうど二枚あっかんな」

それは年寄りが好んで着る、前開きのついたメリヤスの肌着だった。あんな嬉しそうな顔を見てしまえば、今すぐ断るのも気が引ける。どうしたもんかと曖昧に微笑んでいると、赤堀がさっと立ち上がって、意味ありげなウィンクを送ってきた。

「おばあちゃん、男連中より、わたしに何か似合いそうなのはない？」

タエはにこにこと笑い、「あんたにもぴったりのがあっから、こっちさ来てみ」と赤堀を隣の座敷へ連れていった。

「助かりました。一瞬、本当に着る覚悟をしましたよ」

意外にも岩楯と同じ思いだったらしい月縞が、ほっと胸を撫で下ろしている。しばらくしてから戻ってきた赤堀が、タエのものらしい絣《かすり》のモンペ姿で訝しげな顔をした。

「あれ、なんで二人は着替えてないの？」

「なんでって、あんたが助け船を出してくれたんじゃなかったのかよ」

「なんの話？　せっかくみんなで農村を満喫しようと思ってたのに、空気読めないなあ。ほら、早く着替えなって」

ただモンペが着たいだけだったらしい。嬉々として老人の肌着を押しつけてくる赤堀を無視し、岩楯はタエに向き直った。

「三桝さん、今日、我々がここへ来たことを、まだ人には言わないでほしいんです」

「それは大丈夫だあ。オレはなんにも言わねえから、心配しなくていいよ」

お願いしますと目礼し、庭に駐めたレガシィを指差した。

「ところで、奥御子っていうのは、あの車でも行けそうな場所ですかね？」

「ちいっと難しいかもしんないねえ。じいちゃんも、初めにあんな車で行って、タイヤがぬかるみに落ちちまったんだ。それからはトラックだな。今も納屋さ入ってるよ」

庭に出て重々しい木の扉を開けると、農機具とともに軽トラックが埃にまみれて突っ込んであった。夫が死んでから使っていないのは明らかで、タイヤの空気が見事に抜けている。バッテリーも使い物にはならないだろうし、何より、完全なる車検切れだ。

竹田に車の手配を頼むしかないか……そう考えたとき、タエが岩楯の腕を引いてきた。

「隣さ『やや』が住んでっから、車に乗っけてもらうべな」

「やや？」

「んだあ。ややがいたんだわ」

ややとは赤ん坊の意味だと思うのだが、この土地では違うのだろうか。タエはよちよちと歩き、垣根越しに声を上げた。

「俊介、いんのかあ？」

しばらくすると、「なんだ?」という男の声が返される。

「ちょっと手伝ってもらいてえんだよ」

さらにしばらくしてから、アイスキャンデーをくわえた男がひょっこりと顔を出した。どこが「やや」なのだろうか。もの静かで端整な顔立ちの、しかし、どことなく危うい雰囲気が漂う風体をしている。「浮世離れ」という言葉がぴったりの男だ。瑞希と同じで、この土地の者ではないと瞬時に察した。田舎の空気感ではない。

男は岩楯を見るなり、あからさまな警戒をにじませた。

「ばあちゃん、誰だ？」

「東京からきなさった、警察の人だよ。すごくおっかねえ事件を調べてんだと」

岩楯は体の力が抜けそうになった。今さっき、他言はするなと釘を刺したばかりではないか。男は無遠慮にじろじろと視線を這わせ、挑戦的に顎を上げた。

「きみは？」

岩楯の問いかけは、男のプッと噴き出す音にかき消された。含み笑いは次第に音量を上げ、終いには大笑いへと変わっていった。

「警察って、後ろの女もそうなのか？　その格好はいったいなんだよ！　モンペ！　今どき年寄りだって着ないだろ！」

「いろんな事情ってもんがあるんだよ」と、月縞が噛みつくように一歩を踏み出している。けれども赤堀は、まるで気にする様子もなく縁側に腰かけた。

「俊介、そんなに笑うもんじゃねえよ。おかしいことなんかなんにもねえんだから」

「いや、おかしすぎるだろ！　駄目だ、い、息できねえ」

男は腹を抱えて笑い転げ、垣根の木戸を開けて歩いてきた。背中に垂れる長い髪をひとつに束ねている。無作法でいながら妙な落ち着きが漂い、やはり得体の知れない男だと岩楯は思った。

「名前は？」

男は笑いを引きながら、「藪木俊介」と返してきた。そこでなるほどなと思う。瑞希が案じていた知り合いとは、この男なのだろう。確かに、進んで職務質問をしたくなるような雰囲気をもっている。

「村の人間には見えないが、もしかして、ここの離れを借りてんのか？　空き家促進なんとか言う」

「ですよ」

「出身は？」

「東京」

「いつから住みついてる？」

「半年前」とアイスを食べながら無愛想に答えている。警察と聞けばむやみに反抗する若者特有の虚勢ではなく、本当にぶっきらぼうな性格らしい。月縞といい藪木といい、今回はこの手の男に縁がある。

「で、ばあちゃん、なんか用があったのか？」

「んだあ。山さ行くのに、おめさんのでっけえ車に乗っけてほしいんだ。明日なんだけどな」

「車？」と聞き返し、藪木は縁側で足をぶらぶらさせている赤堀に目をやった。「別にいいけど、いったいなんの集団なんだよ」

「見た通りの集団だ。車は四駆か？」

「そうだけど」

「じゃあ悪いが、貸してもらうぞ」

藪木はアイスの棒を焼却炉へ向けて放り、じっと目を合わせてきた。

「ばあちゃんも連れてくんなら、俺が運転する」

「駄目だ」と岩楯は即答した。何を考えているのか、どうにも読めない男だった。しかし、ぼんやりして見える今でも、周りの状況を見過ごさないような鋭敏さが感じられた。つまりは隙がない。

「遊びで行くわけじゃないからな。悪いが、無関係の者は連れて行けない」

「そうか。なら貸さない」

にべもなく言った藪木は、にやりと勝ち誇ったような笑みをつくった。この野郎と思う。すると小さなタエが、睨み合う男二人の間に割って入り、藪木を見上げた。

「俊介、意地悪なことすんでねえぞ。おまわりさんの言うことは聞くもんだ」

「なんだそれ。誰が決めたんだよ？」

「そんなもん、日本の偉い人だっぺ」

藪木はとたんに笑顔になり、離れに取って返した。すぐにエンジン音が轟き、母屋前の私道に黒い車体が横づけされる。土埃にまみれているが、力強いフォルムのラングラーだ。軽く六百万以上はする新車だった。運転席から降りてきた藪木は、どうぞ、というように車に手を向け、さっさと離れへ立ち去ろうとした。

「ちょっと待て。ずいぶんといい車だな。きみは何で食ってるんだ？　こんな田舎で」

「自営業」

「なんの？」

「ものを創って売る仕事」

「なんでこの村に来た？」

「気分」

岩楯はのらりくらりとしている藪木を見据え、「免許証」と有無を言わさぬ口調で告げた。ため息が聞こえ、面倒くさそうにダッシュボードから出してわたしてくる。月縞は登録番号と住所を書き取った。

結果はシロ。免許証を照会しても、不審な点は何も挙がってはこなかった。しかし、どうにも気にかかる男で、岩楯は頭の隅に藪木の情報を刻み込んだ。


そうこうしている間に陽が沈み、夕焼けが闇へと変わっていった。とたんに四方から山が迫ってくるような威圧感に囚われる。東京では味わえない、ずっしりと重みのある暗さだった。本部へ入れる報告の段取りをしているとき、藪木が突然、上ずった声を出した。

「やべえな……今日はもう出てやがる」

タエはタエで、急に南無阿弥陀仏と唱えはじめている。いったい何事が起きたのだ。二人は互いの手を握り合い、後ずさりしながら家の中へ入ろうとした。それと同時に、後ろで月縞が切迫した声を張り上げた。

「岩楯主任！　あれを見てください！」

相棒が指差すほうへ目をやると、垣根の向こう、離れの奥がぼうっと蒼く光っていた。闇の中を、光る何かがゆらゆらと上下に揺れている。いったいなんだ？　よく見えずに一歩を踏み出したとき、いきなり藪木に腕を摑まれた。

「駄目だ、行くな。死ぬぞ」

「は？　何言ってんだよ」

「おまわりさん、俊介の言う通りだ。行ってはなんねえよ。じっと見てもなんねえ。目が潰れっかんな。知らねえふりすんだぞ」

タエも、これ以上ないほど真剣な面持ちで諭してくる。

「沼から人魂が湧いてんだ。近づいたら、魂抜かれんだかんな」

人魂って……。岩楯は、離れの奥へ目を凝らした。光は三つほどあり、不気味に形を変えながら宙空を彷徨っている。うそだろう？　まさか、本当にそんな怪しげなものに自分は遭遇しているのか？　いや、田舎の闇が見せている集団幻覚か何かだろうか。月縞は怯《ひる》んで後ずさり、タエのお経を唱える声が夜気の中に溶け込んだ。するといつの間にか隣にいた赤堀が、レガシィのトランクを開けて捕虫網を取り出した。直後、人魂へ猛ダッシュしている。なんの予告もなくいきなりだ。モンペ姿で、背の低い四つ目垣をひらりと飛び越えた。男三人はあっけに取られ、声も出すことができなかった。

「これ！　行ってはなんねえって！　戻りなせえ！　魂抜かれっと！」

タエは両手をこすり合わせて、一心にお経を唱えている。赤堀は人魂めがけて突進し、ほっ！　と声を出して捕虫網を振りまわした。

「よし！　人魂ゲット！」

げらげらと大笑いして、ぼんやりと発光する網を高々と持ち上げた。

「なんなんだよ、あの女は。人魂捕りやがった、虫捕り網で……。頭おかしいだろ」

藪木はたじろぎ、人魂入りの網を振りまわしながら戻ってくる赤堀に、「こっちくんな！」とわめいて大騒ぎをした。

「これを見ても目は潰れないし、魂も抜かれないって。見てみなよ、ほら」

ひょいと網を差し出され、さすがの月縞もよろめきながら後ずさった。しかし、中には細かく動く無数の何かがいる。小さな羽虫のようだった。

「これはユスリカの群れだよ。沼で発生した蚊柱《かばしら》ね。かわいそうに、発光バクテリアに寄生されて光り病にかかってる。それでも、子孫を残そうと健気にがんばってるわけ」

「おい、おい。本当かよ。世界中の人魂説が覆るんじゃないのか？　地中のリンが燃えてるとか、プラズマがどうとか、科学的な説明がいくつもあったと思うが」

手をひと振りした赤堀は、ははっと陽気に笑った。

「まったく、科学者も適当なこと言うよね。自然発火とかプラズマ発生の確率を考えれば、あり得ないってわかるでしょうに。昔から見られる人魂とか鬼火の正体は、九割方が寄生されたユスリカの仕業だよ。水辺とかじめじめした墓場なんかで、夏の日暮れに見られる。この条件だけでも、虫がやってるってわかるでしょ？」

「いや、わからんから、大昔から人々は怯えてたわけだろ」

「九割が虫の仕業なら、あとの一割はなんなんですか？」と月縞が真顔で問うた。

「それはホンモノ」

赤堀は、両手をぶらりと前に下げて幽霊の真似をした。藪木は信じられないといった顔で、網にかかったユスリカを見つめている。

「さあ、生意気だけどこわがりな藪木青年。今のうちに聞いておきたい心霊現象は、ほかにもあるかな？　このチャンスを逃すと、一生びくびくして暮らすことになるよ」

赤堀が腰に手を当てると、藪木は毒気を抜かれたように喋りはじめた。この見た目と年齢からは想像もつかないが、ずいぶんと臆病な性分らしい。

「ひと晩中、時計の音がする。たぶん、壁ん中からだと思うんだけど、あるときから一斉に始まったんだよ。幻聴とも思えないし、不気味でしょうがない」

「なるほど。きみは、夜な夜な聞こえてくる時計の音に怯え暮らしてると」

赤堀は母屋へ向かい、木造の外壁に耳を押し当てた。さまざまな場所をこんこんと叩いてまわり、すぐに引き返してくる。

「お答えしよう。それはデス・ウォッチだね」

「……なんだよ、それ」

「十六世紀のイギリスで、夜中に時計の音が聞こえる怪現象があとを絶たなかった。これがデス・ウォッチ、つまり死へのカウントダウンなわけ。聞いた者は、音がなくなったときに死ぬ」

暗闇でもわかるほど、藪木の顔が白くなった。

「まあ、チャタテムシの仕業なんだけどね。夏に繁殖期のピークを迎えるチャタテムシのオスが、顎で木を叩いてメスを呼んでる信号音なの。それが一晩中続くわけ。この子は、古い木造家屋にしか住めないから、今の住宅ではほとんど見られないんじゃないかな。それに、雑音がない静かな場所でしか聞こえないし。この時代にデス・ウォッチを体験できるなんて、ラッキーだったね、藪木青年」

赤堀は、惚《ほう》けている藪木の腕をぽんと叩いた。いかなる場所でも、この女なら平然と生きていけるのだろう。あらためてそう思い知らされる。虫が赤堀を全面的にバックアップしていた。岩楯はおかしくなり、煙草をくわえて笑いを嚙み殺した。

第四章 「R」に絡みついた蛇

1

青波町のビジネスホテルに一泊した三人は、日の出とともに活動を開始した。タエのモンペが気に入ったらしい赤堀は、さらに地下足袋も借りて、その履き心地のよさを誰かれかまわず訴えている。ぽかんとしているホテルのフロント係も例外ではなかった。現場用ヘルメットが、ある意味彼女のトレードマークではあるけれど、そこにモンペと足袋が加わるのも時間の問題だろう。いろいろと思うところはあったが、岩楯と月縞は無言のまま警察支給の作業着を着込み、道具一式をジープに積み込んだ。

タエいわく、起こさなければ藪木は昼過ぎまで寝ているらしい。

「あの藪木俊介というのは、どういう男ですか?」

助手席にちんまりと収まるタエに、岩楯は質問をした。

「すごく優しい男っ子だよ。オタクだから、人と話すのが苦手なんだなあ。めんこいべ？」

まったくかわいくはない。しかし、藪木とタエの間に流れる家族愛のようなものは、多くを語らずとも伝わってくるものがある。態度は悪いが悪党だとも思えず、妙に岩楯の興味はそそられるのだった。

甲迦《こうか》街道から脇道へ入ったところにある奥御子は、ちょうど南会津《あいづ》との境に位置していた。鬱蒼として山深く、ナビにも出ない細道を分け入っていると、さすがに不安にもなってくる。もちろん街灯は皆無で、夜になれば道も判別できないほどの闇になるはずだ。

さらに二十分ほど進んだところで、くすんだ森の狭間に忽然《こつぜん》と広い空間が現れた。ここが目的地らしいが、薄暗い山道よりも気を滅入らせる雰囲気を醸している。葦《あし》やススキといった背の高い植物が、見わたす限り茶色く立ち枯れているからだ。まるでここだけが焼け野原のようだし、真っ黒い岩山が湿原を取り囲むように屹立《きつりつ》しているのも気味が悪い。

岩楯は、この地に埋もれている手がかりを探し出そうと、辺りをゆっくりと見わたした。犯人どもに拉致《らち》され、ここへ連れてこられた被害者を思い描いてみる。日暮れに近い時間、毒々しい夕焼けが一面を朱に染めている場面がすぐに浮かぶ。太り気味の中年女が車から引き下ろされ、目を見開いて絶句している絵も見えた。殺伐とした地に立たされたとき、わずかな希望も砕け散っただろう。生きては帰れないことを嫌でも悟ったはずだ。ここへの道は迷路のように複雑で、知っている者しかたどり着けない場所なのは間違いない。

「湿原って言うから、もっと清々しい場所を想像してたよ。尾瀬《おぜ》みたいな」

岩楯は煙草をくわえて感想を述べた。

「湿原っていうのは、夏場は枯れるものなの。太陽を遮るものがないからね。見ごろは春から初夏にかけてだし」

赤堀は捕虫網を立て、昆虫採集の道具を両肩に斜めがけしている。タエから借りた手ぬぐいで盗人のようにほっかむりし、首には農協のマークが入ったタオルを巻きつけていた。その姿は、まるで場数を踏んだ覗き専門の変質者だった。この女は、仕事が絡むと一切の羞恥心がなくなり、並々ならぬ闘争心を剝き出しにする。

「三桝さん、この場所は、村人なら誰でも知ってるんですか？」

岩楯は、山菜を摘みはじめているタエに尋ねた。

「いやあ、知らねえと思うよ。野草とかキノコ採りで山さ入る人はいっけど、こんな奥まではこねえもん」

「忠雄さんが、トンボのことを誰かに話していたということは?」

「じいちゃんは誰にも言ってねえな。東京から虫捕りの人が何回も訪ねてきたけど、すぐに突っ返して気の毒なほどだったんだ。ひとりに喋ったら、あっという間に広がっちまう。じいちゃんは、それをいっつも心配してたよ。本当に守りたいんだったら、ただ口を閉じてればいいってな」

「ナイスおじいちゃんだね」と赤堀は親指を立てた。

とても思慮深い考えだ。条例保護したとたんに絶滅へ向かうという図式は、あながちはずれではないのかもしれない。それにしても、ここが本当に殺害現場なら、犯人がどうやって探し当てたのかがわからなかった。岩楯は、進むべき道をひとつひとつ模索しようとしていたが、周囲では、それをさせまいとする事態が起きていた。ぶんぶんと耳許をかすめる虫の羽音が増している。隣では月縞が、首を平手でばしんと叩いていた。

「くそ、ハチか何かに刺されたっぽいですよ。かなり大群できてますけど、いったいなんの虫ですか?」

すると赤堀が捕虫網を華麗に振るい、一発で捕えた虫を取り出した。三センチほどもある大型の羽虫は、深緑色の複眼が顔全体を覆っていた。

「これは双翅目《そうし》、ウシアブのメスね。このグリーンの目が宝石みたいでしょう？」

いきなり目の前にかざされ、岩楯は仰け反った。

「いったいどっから湧いて出たんだよ。周りを飛びまわってる大群は全部そいつか？」

「だいたいはそうかな。この子たち、かなり飢えてるね。久しぶりに獲物が現れたから大喜びしてるわけ。刺されるのは諦めなさい。弱肉強食、それが自然界の掟ですよ」

赤堀はわざとおごそかな調子で言い、捕えたアブを笑顔で解き放った。いくら払っても吸血虫はまとわりつき、隙あらば皮膚に鋭い牙を突き立ててくる。その痛みたるや、先日経験したばかりのイラクサに引けを取らないほどだった。岩楯はたまらず、首にかけていたタオルをぐるぐると振りまわした。

「払ってもきりがない。これじゃあ仕事にならんぞ」

「赤堀先生、いったいどうしたらいいんですか！　というか、先生はなんで涼しい顔してられるんですか！」と月縞もわめいている。

「だから、ほっかむりしなってあれほど言ったじゃん。二人してカッコつけてるから、そんなことになんの。アブは露出した肌を狙ってくるんだから」

「それを早く言ってくれって」

岩楯は完全防備しているタエから手ぬぐいを借り、頭と首を覆った。悪態をついている二人の横では、赤堀が宙を飛びまわるアブを目で追っていた。湿った風の匂いを嗅ぐように鼻をひくつかせていたかと思えば、再びアブを捕えて小瓶の中に入れている。何事かをぶつぶつと呟き、真顔で二人の刑事を振り返った。

「被害者の女性は、体中に虫刺されの痕がついていた。この湿原の環境だったら見ての通り、あっという間にそうなるでしょうね」

その様子が目の前に浮かび、岩楯は気の遠くなるような恐怖を覚えた。アブどもに、隙間もないほどたかられてうずくまっている裸の女……。想像したくもない光景だった。

「ともかく、ここに例のトンボがいるのかどうか。まずはそれを確認するのが先だな」

「そうだね。場所としては、昼間の太陽が当たらないところ。岩陰とか葦の中を見ていったほうがいい。低いところしか飛ばないトンボだから、足許注視ね」

「この湿原は迂回はできそうにないですね。岩盤が完全に周りを囲んでますから」

月縞が奥のほうを指差すと、タエが訳知り顔で頷いた。

「この沼から裏っかわにかけて、昔は石切り場だったかんな。だけど、前はこんなに水なんてなかったんだけどねえ」

「今は使われてないんですか？」

「んだ。オレが嫁にきたときの話だもん」

人里離れた採掘場跡というところから、犯人どもはここにたどり着いたのかもしれない。ともかく、まずはトンボの有無だ。そこを確認しないと先には進めない。

「さあ、湿原に入るよ。必ず葦が固まって生えてるとこを歩いてね。湿地帯の地盤はとにかく緩い。しかもここは、採掘穴に水が湧いた半人工的な場所だから、底はかなり深いと思う。あるいは、ないに等しいから」

赤堀が神妙な顔をして言うと、タエがかすれた声を出した。

「ここもそうだけどねえ。枯杉にはそっちこっちに沼があるんだ。ここみてえに草が生えてっから、わかんねえでついつい踏んじまうんだな。そんで引きずり込まれて、死んじまった人間が何人もいんだぞ。んなこと百も承知だった庄屋のじいさまだって、最後はそうやって死んだんだ。河童が棲んでっから」

　ここで自分たちが全員沈んだら、当面、発見されることはないだろうと縁起でもないことを思う。岩楯は、短くなった吸い殻を携帯用灰皿に入れ、よし、と気合いを入れた。

「葦の中を進めば足場にもなる。もし泥に足を取られても、篠を摑んで自力で這い上がれるからね。いちおうロープは張るけど、人はあてにしないこと。オーケー？」

「よし、わかった。行くぞ」

「気いつけんだよお」と心配そうな顔をするタエに頷きかけ、長靴で一歩を踏み出した。ずぶずぶと音を立てて、足は見る間に地中へ吸い込まれていく。長靴の際まで水がきたとき、ようやく足の底が何かに触れた。葦の根に絡んだ石は、割合にしっかりとしている。慎重に歩みを進めている二人の刑事を追い越し、赤堀はロープを伸ばしながら、あっという間に奥へ行ってしまった。

「先生、ひとりで見えないとこに行くなって！」

「わたしは大丈夫だから、二人は真ん中あたりを調べて！　自分の心配だけしてよ！」

　すぐに怒鳴り返される。

　おそるおそる足場を確認しながら進み、岩陰や草の中に目を凝らした。すると、枯れた葦を踏みしめている足許を、ハエぐらいの小さい虫が飛びまわっているのが見えた。水面すれすれを行き交っている昆虫は、真っ赤なハッチョウトンボだった。本当に二センチ足らずしかないが、しっかりとトンボの形をしている。よくよく周りを見れば、コバルト色をしたイトトンボや、複雑な文様を織りなすチョウなど、普段は目にすることもない生き物がひっそりと息づいていた。

誰にも言わず、この場所を守ろうとしていた生物教師の気持ちが、わかったような気がした。繊細な異次元は、人の手が入れば終わりを告げるのだろう。

そのとき、「主任」と呼ばれて顔を上げた。

「この石の陰に、かなりサギソウが生えてますね。タネもつけているみたいです。トランクルームから出たブツの説明は、この場所でなら全部つきそうですよ」

確かに、条件はすべて満たしている。岩楯は葦を摑みながら、篠の隙間にも細かく目を配った。少し先にトンボが群れているのが見えて屈み込んだが、特別、変わった模様はしていない。目視が難しいほどすばしこいと思っていたけれど、目が慣れると、案外判別がつくものだった。

さらに葦に沿って移動し、黒い岩陰を覗き込んだ。ここにもサギソウと、オレンジ色のユリのような花が咲いている。しかし、目当てのものはない。顔や背中を汗が伝い、長靴の中には泥水がめいっぱいまで入り込んでいる。歩くたびに湿った音がするのは不愉快だが、顔の周りを飛ぶ虫にかなうものはない。アブがとまろうとするたび舌打ちし、手で追い払った。

岩楯は、刀で真っ二つに切られたような岩山を見上げ、その際に目を走らせた。石がV字に切り込まれた隙間にも水が入り込み、サギソウの白い花びらが揺れているのが見える。人が入れないほど狭い隙間だ。岩楯はぎりぎりまで体をねじ込み、葦で翅を休めているハッチョウトンボを凝視した。そこではっとし、さらに体を隙間に押し込んだ。ちょっと待て。これは、タエの家で見た写真と似ていないか？　急いで水面を叩いて飛び立たせると、極小のトンボは、四枚の翅がそれぞれ違う色で構成されていた。岩楯は怒鳴り声を張り上げた。

「見つけたぞ！　こっちにいる！」

「ホント？　でかした、岩楯刑事ナイス！」

赤堀の甲高い声が、辺りにこだました。

岩楯は周辺を注意深く探してまわったが、性モザイクのハッチョウトンボはほかに見当たらなかった。苔《こけ》むした石のクレバスは、どうやらひと続きの巨大な岩盤らしく、刻みの入った隙間に水がちょろちょろと流れ込んでいる。ずっと奥のほうまで続いていた。

「主任、ここですか」

はあはあと息を切らして月縞がやってくる。転んだらしく、腰のあたりまで泥まみれで見るも無惨な状態だ。しかし顔は興奮で上気し、茶色い目には力強さがあった。

そこへ、ほとんどなんのダメージもない赤堀が合流した。

「東側にはいないですね。見つけた場所は？」

「この岩の隙間だ。こっちもほかにはいないな」

赤堀は細い体を隙間に入れて、不自然な体勢のまま奥まった場所の葦を摑んだ。

「岩楯刑事、援護をお願い」

目を合わせてそう言うと、渾身の力で葦を引っこ抜いた。反動で尻餅をつきそうになった彼女を、岩楯が咄嗟《とっさ》に支えた。赤堀は斜め掛けしたバッグからルーペを取り出し、葦についていたヤゴの抜け殻を時間をかけて検分した。

「間違いないね。アリの巣から出た羽化殻と同じ箇所に、性モザイクの特徴が出てる。でも、犯人がこんな沼地に入る必要があったのかどうか……。湿地の中にしか抜け殻はないわけだから」

確かに、危険な沼地に入る理由がわからない。岩楯は岩の細い亀裂に目をすがめたが、陽が翳《かげ》ってきたせいで見通しが利かなかった。

「この岩の裏側にも行ってみたほうがいいな。だいたいの地形を把握したい」

三人はたどってきた道を引き返し、途中で何度も足を取られながら、ようやく草むらへ下り立った。沈まない地面というあたりまえのものが、これほど有り難く思えたことはない。タエはビニール袋を片手に、よたよたと歩いてきた。

「あれ？　おばあちゃん、それアケビ？」

荷物を下ろした赤堀が、タエの手にあるビニール袋に顔を近づけた。

「今年はずいぶんと早いみてえだな。いっつもは、九月の終わりぐらいなんだよ」

「それ私も好きなの、最近はなかなかお目にかかれないけど」

「まあだ青いから、もうちょぃっと置いたほうがいいなあ。でも、おおかたクマに喰われてたよ」

「そっか。このへんのクマは大きいね。木についてるマーキングの位置が高いし」

長靴の中の泥水を捨てながら、岩楯は平然と会話する二人に割って入った。

「おい、おい。まさか、ここはクマの縄張りなのか？」

「山に入れば、たいがいは動物のテリトリーだよ」

「標識は全部サルの絵でした。クマに変えたほうがいいと思います」

月縞が真顔でどうでもいい発言をする。

「それにおばあちゃん。今年は大雪になるから、少しずつ準備をしたほうがいいよ」

「なんでわかるんだよ」と岩楯が問うと、赤堀は車の脇に生えているススキを指差した。

「カマキリの卵が上のほうに産みつけられてるでしょう？　この子たちは卵嚢《らんのう》の中で冬を越すんだけど、水に弱いわけ。カマキリはその年の積雪を予知して、雪に埋もれない高さに卵を産むの」

「そりゃすごい」

「虫は湿度専用の感覚器官をもってるし、気圧も測れるからね。最新の気象予報システムよりも、精度が高いと思うな」

「へえ、たまげたなあ。クマも大雪になっから、青いアケビを喰ったんだべか。偉いクマっ子だこと」

「いや、三桝さん、そういう問題じゃないって。こんなとこで出くわしたらたまったもんじゃないから、ともかく車に入っててください。動きまわんないほうがいい」

「クマに遭ったら困っぺな」とタエは世間話のような軽い口調で言った。

「申し訳ないですけど、もう少しだけ待っててもらえますか？　岩山をまわって反対側も調べたいんですよ」

「オレはかまわねえから、じっくり見てくっといいよ」

岩楯は、タエを抱え上げて車高の高いジープに乗せ、懐中電灯を持って山道を進んだ。雲がかかった高原は急に気温が下がり、あれほど鬱陶しく飛んでいたアブがぱったりと姿を消している。聳える岩盤をぐるりと迂回すると、十分ほど歩いたところで急に視界が開けた。

そこは、片側に岩山が切り立つ場所で、紅色のアザミとススキが一斉に花を咲かせていた。ふわふわとしたその美しさを目の前にして、三人は自然と口をつぐんだ。一時、夏草のざわめきと、水のせせらぎしか聞こえなくなる。隣でふうっと息を吐き出した赤堀が、消え入りそうな声を洩らした。

「きれいだね……」

彼女はすっと目を細め、遠くを見つめていた。

「こういうのを見ると、わたしはいったい何やってるんだろうって思うな」

「先生にしかできない仕事をやってる。それに尽きるよ」

「そうなんだけど、人も虫も動物も、毎日いろんなものが死にすぎてる。わたしが研究室でやってることには、いったいなんの意味があるのかなんて、今さら思ったりもするわけ」

赤堀は、薄曇りのような笑みを浮かべたが、すぐにいつもの弾けた笑顔に戻った。彼女は時々、予告なくこんな顔をして、岩楯の心に揺さぶりをかけてくる。豪快でありながら、弱さも隠さず見せつけてくるせいで、根っこには何が隠されているのかいまひとつよくわからない。もっと言えば、赤堀を見ていると湧き上がる感情が、友情なのか愛情なのか、それとも敬意なのかすらもわからなかった。その存在感に魅了されているということだけは、ようやく自覚できるようになったのだが。

岩楯はふっと笑って、頭を切り替えた。

「ここが、三桝のばあさんが言ってた石切り場だな」

月縞が唇を結んで頷いた。岩の断面は切り出された状態で放置され、階段状の不規則な幾何学模様が連なっている。右側にあるのが、湿原から続いている一枚岩盤だろう。V字の裂け目はこちら側にはないようだが、水は届いているらしい。ちょろちょろと流れる音がする。岩楯は、群生するアザミを透かして目を凝らした。刹那、赤っぽい何かが視界の隅をかすめたような気がして、どくんと心臓が跳ね上がった。今のはなんだ？　伸び上がって不穏のもとを探したが、ざわめく草に邪魔されて見つけられなかった。

岩楯はぬかるみでないことを足先で確かめ、アザミやススキをかきわけて採掘場に入った。びっしりと繁る植物は自分の背丈以上もあり、前がまったく見通せない。水音を頼りに軌道修正を繰り返しているうちに、さっき見た赤茶けたものが目の前に現れた。

それは、腐食したトタンと廃材造りの小屋だった。外れかけた差掛け屋根が、朽ちてぼろぼろになっている。採掘の道具でも収めていた小屋なのだろうか。裏手へまわると、大きな水溜まりがつくられていた。湿原からの水が、裂け目を通ってここまで流れ着いているようだ。そして、小屋に沿うような格好で、純白のサギソウが花を咲かせていた。

「まさか、ここが……」

追いついた赤堀が声を詰まらせた。

岩楯は急いで小屋の前にまわった。首に巻いていたタオルを外して取っ手を覆い、針金で固定されているだけの扉を開ける。中は四畳ぐらいの広さだろうか。腐食で開いた穴から射し込む光が、薄暗い中、矢で射たように落ちている。岩楯は懐中電灯を点け、内部を照らし出した。湿原からの水が小屋の中にまで流れ着き、半分は雑草に占領されている。黒い土が剝き出しになった、じめじめと不快な空間だった。

ライトの明かりを壁に這わせる。ぼうっと浮かび上がったのは、どす黒い痕だった。ペンキでもぶちまけたように、斜め上へ向かって点在している。凶器の上げ下ろしによってできた血液の飛沫痕《ひまつこん》。それだけで、殺害時の状況が手に取るようにわかった。映像のように明瞭に。手足を拘束した被害者を地べたに座らせ、後頭部に鈍器を振り下ろしたのだろう。しかも、三人がかりで次々と……。

「あそこにウジの死骸がある」

血痕を凝視している岩楯の後ろから、緊張した声がする。赤堀はぐっと顎を引き、血溜まりになったであろう地面を指差していた。

「遺体にも産卵してるはずね。それにこの場所なら、ヤゴの抜け殻が流れ着いてもおかしくはない」

「ああ。ここが殺しの現場だ。人も寄りつかない山奥に、どれだけの間、拘束されていたのか。とんでもない鬼畜の仕業だ」

遺体の胃の中はからっぽだった。ここで何度夜を明かしたのかはわからないが、想像を絶する恐怖だったろう。検屍で見た掻き壊したような痕が、鮮明に頭に蘇る。無抵抗のまま虫に刺され、痛みと痒さで転げまわる情景も浮かんできた。漆黒の闇の中でいくら泣き叫んでも、誰にも届かなかった凄絶な末路だ。

岩楯はライトを消して外へ出た。三人は押し黙ったまま足早に引き返していたが、赤堀が岩山の際ではたと立ち止まる。じっと足許を見ていたかと思えば、そのまましゃがみ込んでヘッドライトを点け、地面を照らした。

「ここを見て」

二人の刑事も地面に目を凝らした。褐色のウジの抜け殻が、おびただしいほど散乱している。赤堀は膝をついたまま周囲を探り、ある一ヵ所でびくりと肩を震わせた。ススキをかきわけた根本には、鈍く光るものがあった。アザミの茎に引っかかった銀色の指輪だ。そのすぐそばには、赤茶色の虫がびっしりとついた何かが転がっている。赤堀はピンセットを出して、小枝のようなものを慎重に摘んだ。

「……これは、被害者の指の骨だね」

月縞がごくりと喉を鳴らしたのがわかった。

「切断してこのへんに埋めたはいいけど、アザミの生長で地上に押し出された。そして指はウジに喰われて、今はカツオブシムシが残った組織にありついている。虫のサイクルから見て、切断されてから一ヵ月と少し。これは、トランクルームで見つかったウジの抜け殻から出した死亡推定月日、八月十八日以前と同じということだね」

岩楯は、険しい顔で立ち尽くしている月縞と目を合わせた。

「俺は山を下りて本部に連絡を入れる。採掘場まで上がってくる山道も、しらみ潰しに当たる必要があるな。現場の確保を頼む」

「了解しました」

「先生は一緒に来てくれ」

ひとり残った月縞の志気を背に感じ、岩楯は冷たい空気をめいっぱい肺に入れた。

2

遠くからパトカーのサイレンが聞こえてくる。それも一台や二台ではなく、大挙して押し寄せている音量だ。藪木はサンダルをつっかけて庭に出たが、夜の闇に阻まれて道路の様子は見えなかった。母屋ではタエも庭に出ており、後ろ手を組んで目の前の山をじっと見据えている。

「ばあちゃん」

声をかけても、まったく耳には届いていないようだった。藪木は木戸を開け、腰を曲げて微動だにしないタエに近づいた。

「ばあちゃん、いったい何があったんだ？」

ぴりぴりとした気配が表立つほど、タエは神経を尖らせている。振り返った顔に、いつもの穏やかさはなかった。

「おそろしいことが起きてんだよ。村の匂いが変わってる」

「東京から来た刑事が関係してるんだろ？」

「ああ。きっとな、東京でもおっかないことが起きてんだよ。その原因を追っかけて、こんな村までできなさったんだ」

「いったい何があったんだよ？　なんで刑事が、ばあちゃんを訪ねて来たんだ」

「わかんねえ。じいちゃんの調べてた虫が、なんか関係あるみてえだよ」

まるで意味不明だった。

「でも、オレにはわかんだ。ずっとおかしいと思ってる。田植えの前あたりから、なんかぞわぞわする感じがしてたしなあ」タエは眉間のシワを深くした。「庄屋のじいさまが、沼さ落ちて死んだときに似てるんだ。あんときも、こんな臭いがしてた。山から下りてくる風が重たくって、死んだ獣みてえな臭いがすんだよ」

藪木は湿り気を帯びた空気を吸い込んだ。当然だが草と土の匂いだけで、おかしな気配は感じない。

「庄屋って、日浦の家だよな？」

何気なくそう言ったとたん、タエは大きく目を開いて藪木を見た。

「なんでそだこと知ってんだ?」

「いや、偶然あそこの娘と知り合いになって……」

もごもごと言いかけたが、すぐタエによって遮られた。

「おめさんは、あの屋敷さ行ったのか?」

「ああ、うん。偶然に見つけたんだよ」

「二度と行くんじゃねえ。娘にも会ってはなんね」

語気を強める小さなタエを、藪木は驚いて見下ろした。唇を微かに震わせ、銀色の目がおかしな光り方をしている。こんなに険しい表情のタエは初めてだった。

「ちょっと待てって。ばあちゃん、いったいどういうことだよ」

「庄屋は祟られてる。かかわりをもっては駄目なんだ」

「祟りって、いったいなんの話だ」

「日浦には末代まで災いが降りかかる。そっからは逃げらんねえんだよ、逃げらんねえ」

口を差し挟む余裕すらないほど、タエは真剣だ。

「もう行っちゃなんねえぞ。わかったか?」

「いや、わかんねえって」

興奮のあまり咳込むタエの手を取り、縁側に座らせた。藪木も隣りに腰を下ろす。

「ばあちゃん、どういうことなのか詳しく教えてくれ。日浦の家には何があるんだ？」

タエは小さな電球が灯る座敷を振り返り、壁にかかる伴侶の写真をじっと見つめる。何かに怯える彼女は、夜気が漂う表に目を戻した。

「こないだ話したっぺ？　氷雪花のこと」

「ああ」

「村にお堂を建てたとき、雨乞いびとに厩を貸してたのが日浦だ。旅芸人とかトンネル掘りとか、昔っから日浦は、そういう連中にただで寝床と飯を提供してたんだよ」

「ずいぶんと太っ腹な話だな。トンネル掘りなんつったら、何年もかかるわけだろ？」

「それが庄屋の役割なんだ。みぃんな村のため。お上のご機嫌取ることで、この村はいろんな恩恵を受けられたんだよ。百姓を生業《なりわい》にするような村は、本当に無力だかんなあ。だから村の連中は庄屋を敬うし、しまいには神さまみてえになっちまうんだよ」

タエはのろのろと立ち上がり、すぐにお盆を手に戻ってきた。ほうじ茶を入れた湯呑みを脇に置く。

「ずっと日照り続きで、村がたいへんだった話はしたよな？」

「飢饉で大勢死んだんだろ？」

「そうなんだ。呪いだの神の怒りだのって騒ぎんなったから、北の集落から雨乞いびとを呼び寄せたのが日浦だった。そうしねえと、村の連中が治まんなかった。だけど庄屋には、初めっからもくろみがあったんだよ」

タエは湯呑みを手の中でぐるぐるとまわし、あらぬほうを見たまま吐き出した。

「生贄を言い出したのは日浦なんだ」

「なんだって？」

「とにかく、なんとかしなきゃなんなかった。日照りよりも、村人の騒ぎを鎮めんのが先だ。食い物がなくなるってことは、争いが起きるってことなんだ。少ない食料を奪い合って、庄屋を打ち壊すかもしんねえ。昔はな、お堂の基礎に馬を入れるのはよくある話だったんだ。馬っつうのは強さの象徴みてえなもんで、それが入ってるお堂は崩れねえし、雨神さまの送り迎えもするって言われてた。雨乞いびとは、お堂の下に馬を入れんべっつったんだが、庄屋はそれじゃ駄目だって言い出した」

「月並みなやり方でしくじりでもしたら、それこそ村人の暴動が起こるってか」

「そう思ったのかもしんねえな。でも、こんな小さい村で生贄なんて、いくらなんでもできるわけがねえ。そこで考えたのが、いちばん目に通った人間を埋めちまうことだった」

白濁した目の中に、怯えと嫌悪が見て取れた。

「村には、すぐに伝令がまわされたらしい。しばらくは狢《むじな》橋を越えるなっつう伝令だ。そこを越えなけりゃ、一本松《いっぽんまつ》さへは行けねえから」

「どういうことだ？」

「庄屋は、初めっから埋める人間を決めてたんだ」

藪木は発作的に身構えた。

「日浦はな、雨乞いびとが出払ってから、頭領の娘に豪華な弁当を届けさせたんだよ。父ちゃんにもってってやれって」

あまりのことに声も出せず、胸が締めつけられるように苦しくなった。人っこひとりいない橋を渡る少女が、目の前に浮かぶ。氷雪花は、自分がはめられたことに、いつ気づいたのだろうか。父親はどんな思いで、生きた娘を埋めていったのだろう。

「誰かが死ななけりゃ治まんないなら、よそ者にその役をまわせばいい。日浦はそう言ってたみたいなんだ。結局は、庄屋の思う通りになった。娘は生き埋めになって、雨も落ちてきた」

「だから日浦は祟られてるってことか。確かにひでえ話だな」

「日浦の女は次々と死ぬ。嫁いだ女もそうだが、子どもも長生きはできねえんだ。病気とか事故とか、今までもいろんなことがあってなあ。きっと、生き埋めにされた娘が祟ってんだ。日浦を根絶やしにするまで、これは止まんねえべよ」

「でも瑞希は生きてる」

するとタエは、悲しげに首を横に振った。

「あの娘は重病だって聞いたよ。もう長くねえって」

「うそだろ?」

「いやあ、ホントみてえだ。母親は、あの娘を産んですぐに死んでる。庄屋の息子は村を捨てて東京さ行ったけど、呪いからは逃げらんねえ。突然じいさまが死んで、こっちさ舞い戻ってくることになったんだよ。氷雪花に呼ばれたんだ。日浦はあの二人になった。それで血は絶える、終わりだ」

瑞希の薄幸な雰囲気は、忌まわしい歴史に裏打ちされている。彼女が語った、半分だけ生きているという言葉の意味が、ようやくわかったような気がした。過去に何があったのか、すべてを承知しているのだろう。

　藪木は離れに戻り、人形たちが棲む納屋にこもった。パトカーのサイレンは行き来を繰り返し、まったく途切れることがない。すのこの上に寝転がり、奥に向かって「おい」と声をかけてみる。しかし、月明かりに照らされた女たちは息を潜め、一向に口を開きはしない。この張りつめた空気を感じ取っているようだった。

　くるりと半回転し、藪木は起き上がった。気持ちが揺れてしょうがない。スニーカーに履き替え、サイレンがこだまする表に出た。あいかわらず重い風が吹きつけ、闇はいつにも増して濃密だ。藪木は、小高い土手を駆け上がって用水路をまたいだ。無数の星が瞬いているが、今はまったく心惹かれない。無性に急く気持ちを抑え切れず、畦道を全力で走り出した。

　大股で地面を蹴り、小川や堆肥の小山を勢いにまかせて飛び越える。急がなければならない。何にと問われても言葉に窮するが、なぜか時間がないと感じていた。久しぶりの全力疾走に、肺が悲鳴を上げているのがわかる。しかし、苦しさとは裏腹に笑いが込み上げ、引きつけのような声を出しながら、篠をロープ代わりに土手を這い上がった。

　体を二つ折りにし、はあはあと上がった息を整える。次の瞬間には咳が込み上げ、血の味がする唾を草むらに吐き出した。

「何やってるの？」

涼やかな声に顔を上げる。長い前髪の隙間から見えるのは、経帷子《きようかたびら》をまとった氷雪花だ。日浦を恨み抜いて死んでいった少女が、浴衣姿の瑞希を介して薮木に語りかけてくる。

「ひ、ひとりオリンピック……」

息を弾ませて答えると、小川の向こうで赤い唇がほころんだ。

「それで、記録は出たの？」

「シーズンベスト」

薮木は助走をつけてホタル川を飛び越え、瑞希の隣に倒れ込んだ。あれほど乱舞していたホタルは、数えるほどしか見えなくなっている。夏草の上に寝転がり、顔を覗き込んでくる瑞希をじっと見た。闇夜の中で発光するほど白く、黒目がちな瞳は鉛のようにくすんで輝きがない。

「こんなとこで何やってんだ？」と呼吸を整えながら、薮木は尋ねた。

「表が騒がしいから、ちょっと見物にきたの」

「ちょっと見物って、ここまでかなり距離があるだろ？」

「ホタルがね、きっと今日でみんな死んじゃうから。この場所で生きられるのは、きっかり二十日間。それが今夜」

瑞希は、弱々しく光るホタルを目で追った。

「とんでもない事件が起きてるらしい。東京から刑事が来てるよ」

「うん、知ってる」

「誰に聞いたんだ？」

「刑事さん本人。駐在所から三桝さんちまで道案内したのはわたしなの」

彼女は藪木の顔の脇に手をついた。細い手首が、まるで白ヘビのように生々しく見える。

「藪木さんは、なんでここに来たの？　ひとりオリンピックとかして」

「ヴィレッジ肝試しに対抗してみたくなったんだよ」

「なるほど。じゃあ、もっと恐怖を煽らなきゃ駄目じゃない」

藪木は笑って起き上がった。

「村興しはさ、幽霊と妖怪の里にしたほうがいいよね。排他的な土地なのに、都会から人を移住させようなんて無理な話だし」

瑞希は、草を千切って風に飛ばした。やかましかったサイレンが、次第に小さくなっていく。

「明日から、枯杉は日本でいちばん有名な村になるよ。何かの重大事件がトップ記事になって、マスコミもたくさん集まるのかな」

「瑞希は……」と言いかけたが、まだ名前を呼ぶような関係ではないと語尾を呑み込んだ。「きみは」と言い直すと、彼女は「瑞希でいいよ」と微笑んだ。その何気ない表情に、藪木の情慾はかき立てられた。

「瑞希は、この村に住みたいのか？」

「どういう意味で聞いてるの？」

「そのまんまの意味だよ」

しばらく黙り、瑞希は藪木を一瞥した。

「どこに住んでも一緒でしょ？　つらいことがあって悲しいことがあって、嬉しいことも楽しいこともある。環境が変わっても、人がやることなんて何も変わらない。あなたもそうじゃない？」

「それがわかってても、理想を求めるのが人ってもんだろ」

「それはねえ、夢とか希望があるから思えることだよ。真っ当な人間の考え」

「じゃあ、瑞希は真っ当じゃないのか？」

その質問を考える時間は、とても長かった。闇を漂うホタルを眺め、頼りなげな軌道をずっと目で追っている。

「……どういうことが真っ当なのかなあ」

彼女はぶつりと草を千切り、再び夜気の中へ放った。

瑞希は当然、氷雪花の出来事を知っているはずだ。村内でなんと言われているか、庄屋と持ち上げられつつ陰で嫌悪され、死んで当然と思われている事実を受け入れるしかない。藪木は彼女の横顔を見つめた。

「瑞希は、どっか悪いのか？」

彼女は「え？」と向き直った。

「この村で、静養でもしてんのかなと思ったから」

「もしかして、三桝のおばあちゃんから祟りの話を聞いたの？」

聞いてないよと答えるのは簡単だったが、それをしてはいけないような気がした。

瑞希は探るように藪木の顔を見ていたが、ふっと表情を緩めて膝を抱えた。

「祟りは本当にあると思う？」

「それは正直わからんな」

「あるんだよ、確実にあるの」

「なんでそう思う？」

「歴史が証明してるじゃない」

「瑞希は重病なのか？」

真顔で問うと、今度は場違いにもけらけらと笑い出した。

「明日をも知れぬ命の女は、夜中に自転車乗りまわしたりしないでしょ」

そう言って、反対側の土手下に駐めてある自転車を指差した。

「呪いはあると思う。でもね、死んじゃう理由はそれとは別。死には必然性があるから」

「どんな？」

「さあね」

笑顔の裏側にある圧倒的な空疎さに、自分は魅入られている。藪木は瑞希の腕を引いて、そのまま抱きしめた。ホタルは死に絶えてしまったかのように瞬きをやめ、夜空に垂れこめた雲が、満天の星をひとつ残らず隠している。ロマンチックをかき消したのは氷雪花のように思え、藪木はこの野郎と忍び笑いを洩らした。

「瑞希には、昨日今日会ったような気がしない」

「わたしにとって藪木さんは、昨日今日会った人だけど」

彼女は身をまかせたまま、撃沈するような言葉をあっさりと言い切った。

「でも、これから先を楽しくしてくれそうな人じゃないかな」

「自信をもってそうだとは言えないよ」

顔を上げた瑞希に、藪木は口づけた。

女との関係というのは、胸が高鳴るのは最初の一瞬だけで、次からはぱったりと輝きを失うものだった。しかし、彼女には当てはまらない。深く、深く、思考や肌や腹の中にある内臓の質感まで、すべてが知りたくてたまらなかった。

カエルがぽちゃんと跳ねたとき、急にまばゆい光が全身に降り注いだ。

「瑞希、おまえはこんなとこで何やってる」

地を這うような低音に、藪木は跳び上がるほど驚いた。

「ああ、びっくりした。お父さん、おどかさないでよ」

お父さんという単語を聞いて、藪木は彼女から飛びすさった。最悪だ。娘の父親など、この状況で会いたくない人間のトップスリーには入るだろう。懐中電灯を手にした男は、まっすぐに明かりを向けてくる。光源の後ろにいる人影は、黒いシルエットにしか見えなかった。

「お父さん、まぶしいって。それをどけて」

瑞希が淡々と言うと、ため息の洩れる音とともに明かりの輪が外された。瞼に焼きつく残像が消えるまでしばたたき、足許を照らす男に目を向ける。図書館の司書というからには、メガネ面の優男を想像していたのだが、まったく違った。瑞希の父親は見るからに屈強な体つきで、筋肉の詰まっていそうなたくましい腕は、どう見ても土を耕す農夫のものだ。闇に同化するほど陽灼けし、彫りの深い顔の中で、目だけが異様にぎらぎらと光っている。

「きみは誰だ？」抑揚のない語り口調に、緊張が倍増させられた。

「ああ、藪木と申します。こんばんは。こんばんは」

こんばんはではないだろう。逢い引きの現場を押さえられるほど、間抜けなことはない。父親は容赦なく藪木を観察し、「どこの者だ？」とバリトンの声を出した。

「三桝のばあちゃんちの離れを借りてますよ」

「三桝？　鮎沢の本家か？」

「そうです」

さらに全身へと視線を這わせたあと、父親はそっけなく瑞希に告げた。

「帰るぞ」

「先に帰ってて。もう少ししたら行くから」

「駄目だ。とんでもないことが村で起きてるっていうのに、夜更けに出歩くんじゃない」

「とんでもないことって？」

「詳しくは知らんが、殺人事件だそうだ」

「殺人だって？」

思わず問い返すと、瑞希の父は藪木を一瞬だけ見やった。

「きみもさっさと帰れ。パトカーの数を考えても、ただごとじゃないことぐらいわかるだろう？　こんなとこで油売ってるな」

娘をたぶらかした男への苛立ちというより、生徒をたしなめる教師の口調だ。情がない。藪木が立ち上がると、瑞希も不平を洩らしながら腰を上げた。「じゃあね」と浴衣の袖を振り、小走りに土手を駆け下りる。日浦一族最後の二人は、とても静かだった。

腕時計は、夜中の十一時を指している。あれから、警察車両がサイレンを鳴らすことはなかった。闇と静寂は相性がよい。こんな夜は、彼女らがよく喋る。

藪木はジープを庭先へずらし、作業場に煌々と明かりを灯した。コンクリートの床にビニールシートを敷き詰め、丸めておいた大判の方眼紙を転がしていく。そこには、等身大の女が描かれている。正面と側面を捉えた緻密なデッサンは、裸体の瑞希だった。華奢《きゃしゃ》な骨格と伸びやかな手脚、小振りの乳房や凹んだ薄い腹。人間の外観を見れば、骨格や肉づきや、頭身バランスが手に取るようにわかる。これはある意味、藪木の才能だった。

《やっと始めるの?》

囁くような声が頭の中に広がっていく。離れた納屋の中から、短い髪の少女が語りかけてきた。

《ずいぶん時間がかかったね》

「それはいつものことだ。始めるまでが長いんだよ」

《どんな名前の子?》と舌足らずな幼女も甲高い声を出す。

「氷雪花だよ」

《へんな名前。でもアタシには、ハツカネズミってつけたもんね。それよりはいいなあ》

藪木は笑みを浮かべ、線に沿ってハサミを入れた。肢体と頭部の型紙もつくり、関節の位置を決めていく。巨大な発泡スチロールに転写していき、ノコギリでブロック状に切り出した。人形の芯にするため、削りながら大枠を造形していく。

白熱球の明かりが熱を発し、じりじりとうなじを灼いてくる。白い大きな蛾《が》がライトにまとわりつき、躍動感のある影を地面に落としていた。

藪木は使い込んだ鬼目やすりを取り上げ、慎重に体の線を削っていった。スチロールの削りカスが粉雪のように舞い上がり、静電気で全身に貼りついてくる。実に厄介だが、こればかりはしょうがない。藪木は、口の中に入ってくるスチロールをたびたび吐き出した。

《その子は喋ると思う？》

聞こえてきたのは、牡丹柄の襦袢《じゅばん》をまとった遊女の声だ。

《きっと喋るんじゃない？　だって、その子を売り物にする気がなさそうだし》

今度は肉感的な中年女だった。

「おまえらだって、初めは売り物だったんだぞ」

《アタシはねえ、よそのおうちにいくのがイヤだったから喋ったの。だってさ、アタシのことガラスに閉じ込めようとしてたんだよ。遊びにいけなくなるもん》とハツカネズミ。

「おまえらが、あんまりにもうるせえから引き取ったんだよ。俺の評判が落ちるだろ」
《うそばっか。評判なんてどうでもいいくせに》
《いいじゃない、ここに残れたんだから。俊介のそばは自由だわ》
《氷雪花ってさ、きっとさびしんぼだよ。泣き虫なの。アタシが慰めてあげるの》
人形たちの会話に耳を傾けながら、藪木は立ち上がった。体中についた白い粉を払い、バケツをふたつもってくる。中身は天然木粘土と石粉《せきふん》粘土の粉末で、人形創りには欠かせないものだ。軽くて耐久性がある。二種類を目分量で混ぜ合わせ、少しずつ水を加えていった。肘まで腕を突っ込んでこね、手に記憶された固さになるまでひたすら粘土と格闘する。電球が顔を熱くし、首筋や背中を汗が流れ落ちていった。
きめの細かさに納得いくまでさらにこね、藪木は、雨戸ほどの大きさがあるプラスチック板を敷いた。中央に粘土の塊をどさりと投げ出し、面いっぱいに均《なら》していく。スチロールで造った芯に貼りつける工程は、包み込むように一気に巻きつけるのが理想だった。ちょうど、一枚の布を体にまとうように。
藪木は身の丈ほどもある麵棒を寝かせて、粘土の上を転がした。たたみ一畳ぶんぐらいまで手早く延ばし、パーツごとに使う量を目測して、小刀を滑らせた。
《殺人事件ってさあ、誰が誰を殺したのかな?》

再び少女が話しはじめる。確かにかなり気になった。東京から刑事が来たのだから、発端は向こうなのだろう。
《誰でもいいじゃん。ニンゲンなんか、いつかはみんな死ぬんだもん》
「いつかは死ぬけど、だからって殺していい理由にはならんだろ」
《アタシは死なないよ。ずうっとここにいるんだもん》
「俺が死んだら、おまえも死ぬしかないんだぞ」
《そんなことないもん！》
ハツカネズミは耳にこたえる声を発し、洟を啜り上げるような音をさせた。
「じゃあ、ガラスケースにでも入るか？　そしたら、そん中で生きられるかもな。防虫剤まみれになって」
切り分けた粘土に刷毛《はけ》で水を塗り、接着面を柔らかくした。芯との接合部分に空気が入ると、あとでひび割れや歪みの原因になる。
《俊介はすごーくイジワル。アタシのことキライなの？　ここから追い出したいの？》
幼女はめそめそと泣き出し、何度もしゃくり上げた。
「自分が創り出したもんを、嫌うやつなんていないよ」

《ホント?》

ああと答え、藪木はスチロールの芯に粘土を巻いた。余分なものをハサミで切り落とし、指でしっかりと馴染ませる。バラバラの手脚と顔も同様の工程を踏み、のっぺりとした白いトルソーとパーツができ上がった。

《もう夜明けよ》

遊女の声に顔を上げれば、東の空は白々としており、どこかの雄鶏《おんどり》がけたたましく時を告げていた。直《じき》、夜が明ける。

乾燥台にパーツを載せて、ぼきぼきと関節を鳴らしながら伸び上がった。電球を消して何気なく下を見ると、白い蛾が何匹も落ちて死んでいた。あれほど元気に飛びまわっていたのに、もう力尽きている。藪木はそのさまを見つめ、ぼそりと呟いた。

「命ってのは、あっけないもんだな」

3

捜査員がぞろぞろと退室していく。月縞が窓を全開にすると、埃っぽい風が会議室を吹き抜けていった。事件の進展にともなって、捜査員の半分が村へ送られ、現場の検分と訊き込みに奔走している状況だ。村と東京間の高速道路の記録も、徹底的に解析されている。現場発見の翌日、村での検証に立ち会ってから、二人は東京へ舞い戻っていた。

岩楯は、今しがた配られた報告書をめくった。月縞は神妙な顔をして、気になっているらしい箇所にアンダーラインを引いている。

「それにしても、小屋の中に残されていた足紋が五つです。つけられた時期も同じ。その通りの意味と取ってもいいんでしょうか」

「現場には五人いた。その通りの意味だ。靴のサイズも摩耗箇所も全部違う。同じ目的をもった五人が集まったんだろう」

「しかも、ひとつは二二・五センチのスニーカーですからね。集団の中には、女か子どもが混じっていた可能性がある」

「まあ、そう考えるのが妥当だろうな」

「きっと、殺害現場が発見されるとは思ってもみなかったんでしょう。指紋こそ出ませんでしたが、殺しの痕跡を消すようなことをしていないし」

実際、発見できたのは奇跡と呼んでもよいほどだ。通常の捜査では、虫の抜け殻とサギソウのタネという物証が挙がったところで、あの場所には行き着けなかったはずだった。そもそも、現場近くのアリの巣に何かがあるかもしれないという発想すら出ないだろう。事件発生から半月。赤堀の洞察と能力なくしては、これほど早く殺害現場の特定はできなかったと思っている。もう誰であれ、彼女を否定することは許されなくなった。

それにしても、殺人集団はどうやってあの場所を見つけたのだろうか。岩楯は、昨日から何度となく考えていることを、再び頭に呼び戻した。甲迦街道には小さな温泉場があり、周辺の人間はそこまでの道には詳しいようだ。しかしその先、奥御子になると、村人ですら行ったことのある者が極端に少ない。過去に採掘場があったことを知る者にいたっては、八十過ぎの年寄りのみに限定されていた。

「ホシの一団は、殺害する場所を探しまわって見つけたと本部は見ているようですが」

「そうは思えないな。道を知らなけりゃ、あんなとこは偶然にだって見つけられるわけがない」

「となると、やっぱり地元の人間が濃厚か……」

ならばなぜ、遺棄場所に葛西を選んだのかが問題提起されていた。児童ポルノ販売集団をよく知る人物で、村人さえ寄りつかない福島の山奥も知っている人物。しかも足跡は五つだ。捜査員たちは新堂の近辺を徹底的に洗い出しているが、この条件に合う者は今のところ浮かび上がっていない。

岩楯はここにきて、捜査の方向性に疑問をもちはじめていた。今までの手順に間違いは見当たらない。けれども、新堂やこの男の周りをいくら調べたところで、チンピラまがいの小悪党しか挙がらないのではないだろうか。事実、その手の連中ばかりが軒並みリストアップされていた。事件を仕切れるような器ではない。

常に頭の奥をせっついてくる警告のようなものが、日増しに大きくなっているのも不安の要因だった。重大な何かを見落としていると感じ、現場発見までの道のりを頭の中で繰り返しているが、出てくる仮説や結論は代わり映えのしないものばかりだ。だから、あらためてこうも気づかされる羽目になっている。自分は、犯人像も被害者も行動原理も、未だこの事件が何ひとつとしてわかっていない。

「これに対する主任の見解はどんなものですか？」

己のふがいなさと対峙している岩楯に、月縞が、犯罪調査室が出してきた資料を向けてくる。ちらりと見るや否や、「戯言だな」と切り捨てた。

「プロファイルによれば、信仰または、邪悪な妄想に取り憑かれた集団の犯行の可能性が取りざたされていますね。そこに麻薬が絡めば儀式的にもなるし、新堂とのつながりもあるだろうと」

岩楯は資料をぱらぱらとめくり、犯人像の箇所で手を止めた。

「なになに。主犯は三十五から五十の男。絶対的な権限でグループを指揮している。誇大妄想狂。冷酷で頭がよく、衝動的ではない。近隣の住人から危険視されるようなことはなく、むしろ好印象を抱かれている可能性が高い。定職に就いてポストも高く、結婚して子どもを儲けていることも考えられる。被害者を全裸にして殺害し、腐敗させるという行為から、動機にはセックス的な要素も含み、加虐に喜びを見出しているサディスト云々《うんぬん》……。これだけ並べりゃ、なんか一個ぐらいは当たるだろうよ」

「あの現場を見る限り、宗教とかそういう感じはしなかったですが」

「だろ？　初めから言ってる通り、これは恨みが爆発して起きた殺しだ。あのホトケは、複数の人間から強烈な恨みを買ったんだよ」

月縞は渋い顔で腕組みし、シミが浮いている天井を仰いだ。

「殺したいほどの恨みがあるのはわかります。でも、これに絡むのは五人ですよ？　複数の人間の意思を統一するのは難しいし、発覚するリスクが格段に上がる。ひとりからボロが出れば終わりなわけですから」

「温度差は出るだろうな」

「なのに、なんでそこまでの人数を集めたのか。いろんな面で疑問だらけですよ」

月縞の言い分はもっともで、それも気持ち悪さの原因になっている。殺したいほど憎ければ、ひとりで始末すればいい。が、わざわざ仲間を募るようなやり方は、女の犯罪者によく見られる挙動ではあった。共感と仲間意識が強いぶん、方向性のブレが少なく口が堅い。けれども、撲殺という手口が合致しないと岩楯は思っている。

「ガイ者の身元さえ割れれば、もっと納得いく説も浮かぶだろう」

「そのためには、ホシがいちばん警戒していた指輪ですね」

岩楯が頷きながら腕時計に目を落としたのと同じくして、扉をノックする音がした。失礼しますと言って、全体的にぽっちゃりした女性鑑識官が入ってくる。彼女も働き詰めらしく、目の下にはうっすらとクマが浮かんでいた。

「お待たせしました。すみません、会議に間に合わなくて」

「首を長くして待ってたよ。よそへの報告は済んだのかい？」

「はい。すぐ岩楯警部補の班に報告書をまわすようにということで」

向かい側の椅子を指差すと、彼女は軽く会釈してから腰を下ろした。すぐに不敵な笑みをつくり、何枚かの写真を手札のように並べていく。アザミが地中から掘り起こした被害者の遺留品が、いくつかの方向から撮り下ろされているものだった。カマボコ型の指輪の表面には錆が浮き、よく見れば何かの模様が刻まれているようだ。

「まず、この指輪は品物がよくありません。露店とか民族系のショップで売られているような、不純物が多い銀製の安物です」

「この表面の模様は、手彫りみたいなもんか？　歪んでるように見えるが」

「いえ、おそらく機械でプレスされたものですね」

そう言って彼女は、別の写真を取り出した。画像修整をかけたもので、何かのマークがぼんやりと浮かび上がっている。円の中には装飾文字があり、その周りを細かいアルファベットが囲んでいるように見えた。

「画像解析にかけたんですけど、なにせ摩耗と錆、それに傷がひどかったんです。細かい文字はどうやっても解読不能で、中央のマークだけはなんとかわかりました」

彼女はブルーの制服のポケットからペンを抜き、大写しされたマークをなぞった。

「これはアルファベットのRです。見づらいですが、巻きついているように見えるのは、ヘビっぽいモチーフですね」

「ヘビ？　なんだか、中年女が身につけるような感じじゃないな。粗悪な代物ってのも引っかかるし」

「普通だったらそうですね。ごつい形的にもちょっとヘビメタ系を連想しますけど、これは意味のある図案なんですよ」

別の書類には、二匹のヘビが巻きつく杖を象《かたど》ったモチーフが印刷されている。

「これはアスクレピオスと言って、ギリシャ神話に登場する医神のシンボルです。WHOの旗にもデザインされてますね」

「今度はギリシャ神話に医者か……」

「ヘビの脱皮が再生のシンボルという意味から、欧米では医療関係のマークとして使われることが多いです。それでこれ」

さらに別の書面には、ヘビが巻きついたRのロゴがはっきりと写し出されていた。

「ようやくわかった最終結論です。これはアメリカのバージニア州にある、ロアノーク大学医学部のシンボルマークなんですよ」

「おい、おい。ずいぶんとぶっ飛んだな」と岩楯は声を裏返した。

「そうなんです、うちの課でもみんなで驚きましたよ。それで、別の班が大学に問い合わせてわかったのは、この指輪はカレッジリングというもので、卒業の記念としてつくられているそうです。要するに売り物じゃない」

「じゃあガイ者は、このなんとか医大の卒業生か」

「それが濃厚ですね。このシンボルで出されていたのは、一九九三年から一九九五年の三年間だけらしいです。シンプルすぎると不評で、すぐにデザイン変更されている」

これはかなり絞り込みができる。岩楯は身を乗り出し、次なる彼女の報告に耳を傾けた。

「当時の三年間の留学記録がこれです」と彼女は書類を滑らせた。「日本人は三十六名。その中で女性は十五人で、被害者の年齢層に該当するのは三人。うち二人の裏は取れたそうです。今さっきですけど」

「でかした」岩楯が右手を差し出すと、彼女はにっこりと微笑んで握手に応じた。

「その二人は、女子医大と大阪大学のそれぞれ外科医として働いています」

「残りひとりは？」

「所在はわかったんですが、今のところ連絡は取れていません。捜索願も出されていないということです」

彼女は女の詳細情報を机に置いた。宮脇聡子《みやわきさとこ》、五十五歳。西日暮里《にしにっぽり》で開業している内科医だ。

「これはとんでもなく重要な情報だよ。ご苦労さんだったな」

「いえ。岩楯警部補と月縞巡査、それに赤堀先生の調査の賜物です。法医昆虫学というのはすごいですね、本当に感心しました」

「あの先生には俺らも驚きっぱなしだよ、いろんな意味で」

清々しい面持ちで出ていく彼女を見送り、報告書をファイルに突っ込んだ。

「よし、行くか。新たな突破口だな」

「了解です」

二人は欠伸混じりに、会議室をあとにした。

九月も後半だというのに、夏を手放すまいとする太陽が、今日もしつこく下界に照りつけている。紺色のレガシィは、環七を抜けて首都高中央環状線へ滑り込んだ。ハンドルを握りながら、月縞が口を開いた。言わずにはいられないようだった。

「ホシは今、どうしてるんでしょうか」

「証拠隠滅」と岩楯は、当然の推測を口にした。「だが、まだ村にいるんだとすれば、トンズラもできないはずだな。あの非常線は簡単には抜けられんよ」

「あのホトケが本当に医者だとすれば、それに関連した恨みをもっているということですよね。たとえば医療ミスとか投薬ミスとか」

「単純に考えれば。だが、五人もいるってことを忘れんなよ」

マルボロの箱を叩き、飛び出した一本をくわえた。

「医療ミスかなんかで、身内が死んだとする。で、その悔しさと悲しさから、仲間を集めて医者を殺そうと考える。仲間というか、家族かもしれん。どうだ？　あり得そうか？」

「あり得なくはないですが、あまりにも短絡的です。医者に問題があれば、まずは通報を考えるのが常識でしょうし」

「簡単に思いつくような理由では、無抵抗で命乞いする中年女は殺せない。もっとこう、制裁に値するような動機が必要だな」

「集団心理は考えられるけど、傷を見る限りでは、我を忘れて暴徒化したわけでもない……」

「実際、殺す気で殴ったやつはひとりだ。二人には葛藤が見えるし、残りの二人は手も出せてない。覚悟を決めたひとりが、仲間を募ったのかもしれないな。なんでかはわからんが」

車の窓を細く開け、岩楯は煙を外へ吐き出した。月縞は難しい顔のまま高速を下りて都道を進み、西日暮里五丁目を右折した。生地と駄菓子のごちゃごちゃした問屋街を抜けると、ナビがけたたましく到着を告げて、地図上に赤い点滅を示した。

「あそこですね、宮脇クリニックです」

煙草を始末し、内科、外科と書かれた看板の下に車を駐めて外に出た。無駄な装飾のない鉄筋の三階建てには、合理性重視の主張が見て取れた。休診というプレートが内側にかかり、自動ドアはぴくりとも動かない。

「確かに留守だ」

岩楯は裏へまわってみた。勝手口らしき扉は、当然だがしっかりと施錠されている。

「入り口は二ヵ所だけ。二、三階が住居ってとこだな」

「電話します」と月縞は書類を見ながら番号を押した。同時に、建物の中から微かな呼び出し音が聞こえ、途中で留守電に切り替わったのがわかる。電話を切りながら、月縞がいささか興奮気味に言った。

「あのホトケは、宮脇聡子の可能性大ですよ」

その可能性は高まったが、なぜか簡単すぎるとも感じている。二人で窓に近寄り、閉め切られたカーテンの隙間に目を凝らした。人がいるような気配はない。

岩楯は踵を返し、道路を挟んだはす向かいにある薬局に駆け込んだ。女医について質問したところ、薬剤師によればこうだ。看護師や事務員もなく、宮脇医師ひとりで切り盛りしている。患者には毅然と接するらしく、厳しいと言って転院する者があとを絶たないという噂を聞いた。八月の初めぐらいから、長期で渡米すると言っていた。

赤堀が語っていた死亡推定月日は、八月十八日以前だ。女医の不在は、監禁の日数を加味しても推定内に収まることになる。岩楯は汗のにじんだ掌をズボンになすりつけ、薬剤師に礼を述べてクリニックへ舞い戻った。これは被害者確定ではないだろうか。建物をまんべんなく嗅ぎまわっている月縞と合流し、出入国記録をすぐさま問い合わせる段取りを踏んだ。そのとき、後ろから鋭い声が飛んできた。

「何やってるの?」

振り返れば、すらりと背の高い痩せた女が斜に構えて立っていた。潔いほどのショートカットで、耳には碁石そっくりのイヤリングが重そうにぶら下がっている。

「まさか、空き巣じゃないでしょうね」

「いや、違いますって。ええと、どちらさまでしょう?」

岩楯は努めてにこやかに尋ねたが、彼女はますます警戒の表情をつくっただけだった。手帳を提示しても、敵意になんら変化がないどころか、むしろ好戦的になっている。

「警察だから何? 覗きを肯定する理由になると思ってるの?」

「お留守かどうか確認しただけですよ。覗きなんてめっそうもない」

「御託はいいから、さっさと用件を言って」

かぶせるように、ぴしゃりと返してくる。

「いちばんの用件は、あなたが宮脇聡子さんかどうかの確認ですね」

「そう、宮脇聡子、その人よ」

彼女はあっさりと即答した。なかなか手厳しい女で、薬剤師の話も誇張ではないと、この短時間で痛感した。

「お手数ですが、身分証を確認させてください」

彼女はこれみよがしにため息をつき、ポシェットから免許証を出して岩楯の眼前に突きつけた。どこから見ても、宮脇聡子に間違いはない。鑑識の報告から数十分。これで早くも、指輪の線は終了したことになる。彼女の生存は喜ぶべきことだが、二人の刑事はおおいに落胆した。岩楯は大振りのスーツケースを見やり、ご旅行ですかと尋ねた。

「見ての通り」と女医は月縞を押しのけて進み、自動ドアに鍵を突っ込んでいる。どうやら本当に話を切り上げるつもりらしい。岩楯は慌てて呼び止めた。

「話をお聞きしたいんですよ。これについて調べているもんで」

顔の前に書類をかざすと、彼女は眉根を寄せて迷惑そうに一瞥した。しかしすぐに二度見し、今度は時間をかけてまじまじと見つめた。

「わあ、懐かしい。これ、大学のリングじゃない！」

彼女はとたんに声色を変えた。目尻に深いシワを刻んで、ぱっと笑顔を輝かせる。

「どうしたの、これ。本当にびっくりしたわ」

「実は、この指輪の持ち主を捜してるんですよ」

女医は岩楯を品定めでもするように眺めたあと、ドアを開けて手を中へ向けた。彼女に続いて室内に入ると、消毒薬の臭いが鼻を突いてきた。

椅子に腰かけた彼女は向かい側を指差し、「座って」と長い脚を組んだ。どの局面でも物怖じする様子は一切なく、いかにも自己主張と好き嫌いが激しそうだった。こういうアカデミックな女の機嫌を損ねると、知っていることも知らないと言い切られることになる。今までにも、岩楯は何度となく煮え湯を吞まされた経験があった。訊き方を間違えたが最後、遠まわりな発言を繰り返し、時間を浪費させることを喜びとするタイプだろう。反面、味方につければ、協力的にもなってくれるのだが。

「それで、何が知りたいの？」

彼女は、腕組みして二人の刑事をおもしろそうに眺めた。

「これはカレッジリングというものだそうですが、ロアノーク大学の卒業生は洩れなく手にするものなんですか?」

「ええ、そう。これは医学部のリングだけど、学部によってデザインが違うの」

「そうですか。宮脇先生は、何年度の卒業生です?」

「一九九五年ね。三十八のときだわ」

「失礼ですが、ご結婚は?」

「別れたの。日本を発つ前に」と女医はさわやかに笑った。

「この指輪は、一九九三年から一九九五年の三年間だけ採用されたものらしいんですよ。その後はデザインが変更になったみたいで」

知り得た情報を伝えると、宮脇は仰け反りながら笑い声を上げた。

「それは正解ね。見映えしなくて、当時もすごく不評だったもの」

思い出すようにくすくすと尾を引き、彼女はさらに探るような目を向けてきた。

「それで、この指輪をはめた遺体でも見つかったのかしら」

「そういうことです」

「連絡のつかないわたしが、遺体の主だと思ったってわけ?」

「まあ、断定はしてませんでしたけどね」

岩楯が苦笑いを浮かべると、女医は脚を組み替えて肘をついた。

「ふうん。だいたいのことはわかったわ。発見された遺体は、もちろん女性。で、顔の確認ができないぐらい、損壊、または腐敗している。年齢は五十代で、このリング以外、身元を特定できるようなものはなかった。つまりは全裸。どう、当たってる？」

「ええ、お見事ですよ」

「当然、三年間の卒業生リストは調べたんでしょう？」

「はい。確認が取れなかったのは先生だけなんですよ」

「それは残念だったわね……」

宮脇は口許に手を当て、何かを思い巡らせているような面持ちをした。

「たとえばですが、指輪を卒業生以外が手に入れることはできるんですかね？」

「できるわよ。売る人が結構いるもの」

「売る？」

「そう。全米でベストテンぐらいに入ってる大学のリングは、かなり高く売れるの。こういうのを欲しがるコレクターがいるから」

岩楯の横から、微かなため息が洩れ聞こえてきた。月縞の気持ちはわからないでもない。持ち主を数人にまで絞り込んだ矢先に、今度は手に余るほど範囲が広がったのだから。

「ちなみに先生はつけていませんけど、どういうタイプの人間がこの指輪をするんですかね？　なんというか、言い方は悪いですけどちゃちな品物だし、大人の女性がつけるたぐいのものには見えないもんで。これは個人的な見解ですが」

寝不足で、ちくちくと痛み出している目頭を揉みながら訊いた。

「あなた、なかなかいいところに目をつけたわね。役人にしては馬鹿じゃなさそうだし、その質問は気に入ったわ」

「それはどうも」

「カレッジリングをいつまでもつけてる人は、間違いなく見栄っ張り」

「見栄っ張り？　どういう意味で？」

「アメリカでもそうなんだけど、誇れるものがそれしかない人間だと判断される。要は嘲笑の対象だわね」

「じゃあ、五十、六十まではめてるなんてのは？」

「普通では考えられない。まあ、コンプレックスの塊なのかもしれないわね。自分を大きく見せたいとか、学歴とか医療従事者だっていうことをひけらかしたいとか」

　宮脇の言った意味を、岩楯は考えてみた。留学までして医学を究めようという人間が、出身大学をひけらかしたりするものだろうか。あまりにもばかばかしすぎるが、逆に、医師に憧れる人間なら、そういう的外れなところで虚勢を張ってもおかしくはないのかもしれない。

　岩楯が剃り残した顎鬚を触りながら考えていると、女医は時を見計らったように口を開いた。

「刑事さんは見落としてることがある」

　彼女は上目遣いに視線を合わせ、理知の宿る焦げ茶色の瞳を光らせた。

「ピックアップしたのは、院生も含めた医学部の卒業生だけ？」

「今のところはそうですね」

「ロアノーク大学は、短期研修制度もあるの。まあ、見学程度なんだけどね」

「詳しくお願いします」

　彼女はポーチからメンソールの煙草を取り出し、口の端にくわえた。手慣れた仕種で火を点ける。

「ロアノークは外科医療の本場で、世界中から関係者が集まる場所。わたしが在籍中にも、日本人医師とか看護師なんかが結構きてたわね」

「短期というと、一年区切りぐらいで？」

「いいえ、三ヵ月ぐらいからあったかなあ。外科移植部門には、毎日代わる代わる人が出入りしてたわ」

「そういう研修生たちも、カレッジリングをもらえるんですか？」

「形式的にはもらえない。卒業生ではないからね。でもさっきも言った通り、記念に買ったりする人はいると思うけど」

となると、数ヵ月単位で研修を受けた人間も調べなければならない。それで目処《めど》がつかなければ、本当に指輪の線はお手上げかもしれなかった。売った人間はともかく、購入した者を突き止めるのはまず不可能だろう。岩楯が次の動きを考えはじめているとき、宮脇は吸い止しを潰し、生真面目な表情をつくった。

「その写真のリング、もしかしてわたしのかもしれない」

突然の言葉の意味を推し量っていると、彼女はさらに続けた。

「わたしが卒業したとき、ちょうど研修に来てた看護師がいた。三ヵ月ぐらいの滞在だったと思うけど、その人はとにかく、在学生との交流をもちたかったみたいなの。しょっちゅうカフェに来たり中庭をうろうろしてみたり、正直、おかしな人だと思ったわ」

「それは、一九九五年のことですね」

「ええ、そう。日本人同士だから話もしたけど、なんていうか、最後までよくわからない人だった」

「というと？」

「研修にくる医療関係者は、一秒も無駄にしたくない感じで動きまわるものなの。もちろん、使命感をもってる人がほとんどだし、帰国してから経験を活かしたいと考えるわけだからね」

月縞は頷きながら、高速で言葉を書き取った。

「でも彼女は旅行気分っていうか、要はミーハーだったのね。わたしより三つぐらい上だったけど、すごく幼く感じたのを覚えてる。つまり、頭が悪い」

「その看護師と指輪と、どんな関係があるんですか？」

「彼女はカレッジリングを欲しがってた。余分に都合はつかないかって、会うたびにそればっかり言っててね。いい加減、呆れ返ってたのよ。それで、しまいにはわたしに売ってくれないかってせがむわけ。なんかもう鬱陶しくなって、リングをあげちゃったのよ。わたしにはそれほど興味のあるものじゃなかったから」

「その看護師の名前は？」

「さっきから考えてたんだけど、ようやく思い出したわ。確か笛野《ふえの》って言ったわね。下の名前はわからないけど」

女医の話からすると、今の年齢は五十八歳。遺体の推定内に入っている。

「その看護師の住所とか勤務先なんかはご存じですか？」

「たぶん聞いたけど、全部忘れたわ。でも、もっと有益な情報があるのよ」

彼女は劇的効果を狙うような間を取り、再び煙草を取り出した。

「何年か前に、医学雑誌で知った顔を見てびっくりしたの。例の笛野だと思う。すごく太って派手になってたけど、面影は残ってた。しかも、わたしがあげたロアノークのリングをしてたから」

「なぜ雑誌に？」

「それはね、臓器移植コミュニティの理事のひとりだからよ」

霹靂《へきれき》のような言葉を受け、岩楯の心拍数は確実に上がった。息を飲んでいる月縞に目配せをし、宮脇に心からの礼を述べた。

4

　女医から訊き込んだ内容を持ち帰り、情報をさらに吟味した。もっとも、短時間で知り得た事実は多くはない。「笛野」という名前が、臓器移植コミュニティには存在しないことが判明したぐらいだろうか。ともかく、件の法人を当たるために、二人の刑事は虎ノ門の雑居ビルを訪れていた。エレベーターでのろのろと運び上げられた先には、「臓器移植コミュニティ　東京本部」と書かれたプレートが掲げられている。ドアをくぐると、白い事務机が並んだ広々とした空間が現れた。全面がホワイトボードになっている壁には、さまざまな書類が折り重なるように貼りつけられている。殴り書きされたマーカーの文字が、妙な緊迫感を生んでいた。

　二人に気づいた電話中の女が、待ってくださいねと身振りで伝えてくる。岩楯は頷きで返答し、何気なく壁の書類に目を移した。

　移植希望登録者数という項目には、臓器別に十一万人を超える数字が書き出されている。それに対して、無事に移植を受けられた者はたった二百人足らず。今年に入ってからの人数らしいが、需要と供給がまったく嚙み合っていない状況だった。

移植を待ちながら死んでいった者の無念や、身内を亡くして臓器を提供した側のやるせなさ。また、臓器で命をつないだ者たちの希望が、ここにはごちゃ混ぜになって淀んでいる。生々しく漂うそれらは、岩楯の気を重くするというより、見てはいけないものを見ているような妙なやましさを誘っていた。

書類群から顔を背けたとき、受話器を置いた女がこちらに向かってくるのが見えた。

「お仕事中に申し訳ありません。先ほど電話した警察の者です」

彼女は、手帳の証明写真と岩楯を目で往復してから微笑んだ。

「こちらへどうぞ。お待たせしてすみませんでした。職員が少ないもので」

通されたのは手狭な応接室で、中央にベージュ色のソファが置かれていた。腰かけると、彼女はすぐにお茶の用意をした。

「いつもこのぐらいの人数で仕事をしてるんですか？」

彼女は名刺を抜いて差し出し、向かい側にすとんと座る。丸っこい印象の小柄な女は、三十の後半ぐらいだろうか。柔らかそうな癖のある髪を束ね、広い額を晒している。

「二十四時間態勢だから、ここへ詰めなくても、電話やパソコンでつながっている職員がほかにもいるんですよ」

「それは大変だ。あなたは、本部の職員というわけですね」

「はい。わたしはドナー移植コーディネーターなんですよ」

「すみませんが、まずは業務の内容を教えていただきたいんです」

率直に話すと、警察が訪ねてきた理由をあれこれ考えているような、やや不安気な笑顔で頷いた。

「ドナーコーディネーターというのは、簡単に言えば、提供していただいた臓器を患者さんに届ける、橋渡し役的な仕事ですね。そこから先は、レシピエントコーディネーターにバトンをわたします」

「レシピエントコーディネーターというのは？」

「移植を待つ患者さんを担当していて、ドナーが出たときに備える仕事です。手術の準備とかいろんな手続き、術後のフォローもしますね」

「ということは、ドナー側とレシピエント側では、仕事内容がまったく違うということですか？」

「ええ、心情的にも真逆なんですよ」と彼女は表情を翳らせた。「レシピエントコーディネーターの場合は、受け持ちの患者さんが臓器を提供してもらって、希望を見出すことをわかち合う。もちろん、手術自体が難しいものですけど、未来に目を向ける職務と言えると思います」

月縞は、真剣な面持ちでペンを動かしている。

「それに対してドナー側は、脳死や心停止した方のご家族と会い、臓器提供に同意してもらって摘出まで付き添います。そういう悲しい現実と向き合うのがわたしの仕事です」

彼女はきっぱりと言った。

臓器をもらわなければ生きられない人間がいるのはわかる。けれども岩楯は、この制度に据わりの悪さを感じているのも事実だった。それというのも、海外のドナーに、虐待で脳死に陥った子どもが、かなりの割合で含まれていることを知ったからだ。臓器売買のために人を殺す人間が悪で、虐待の犠牲者をドナーにするのは善とされる。警官を生業にしていればなおさらだが、美談として語られることに抵抗がないわけではなかった。ここで働く人間は、どう折り合いをつけているのだろうか。少なくとも彼女の目はまっすぐで、迷いはひとつもないように見える。

岩楯は、湯呑みを茶托に戻した。

「この仕事をしている方は、何人ぐらいいるんですか？」

「全国の各県に必ずひとりはいます。うちは三つの支部で二十人。そのほかに、関連病院内にもコーディネーターは数人置いていますね。でも、常任理事とか監事、そのほかにも多くの委員会で成り立っていますから」

「現場で働く職員は、かなり少ない印象ですね」

「そうかもしれません。仕事がハードで精神的にもつらいという現実があるので、離職率は高いんですよ、残念ながら」

彼女は湯呑みを手に取ったが、口をつけずに茶托へと戻した。

憂慮の面持ちの彼女を見ていると、ますます笛野という女の存在が、宙に浮いているように感じられる。使命感がなければ、とてもやってはいけない仕事だ。そんな中に、カレッジリングを欲しがるような浮ついた女が、入る隙はあるのだろうか。

「仕事の内容はだいたいわかりました。それで、今日伺ったのは、ある人物についてお訊きしたいからなんです。笛野という女性をご存知ですか？」

言ったとたん、彼女の柔和な表情がさっと変わった。

「ここの理事だと聞いたんですけど、名簿には名前が載っていなかったもので」

「以前、笛野光子《みつこ》さんという方がいて、理事のひとりではありました」

「ということは、理事ではなくなった？」

「そうなんですけど……」

歯切れ悪く答えた彼女は、そわそわと落ち着きなく指先を動かした。

「あの、刑事さん。笛野さんのことが明るみに出るんですか？」

「明るみ？」

「だって、それの捜査なんですよね？」

彼女は身じろぎを繰り返し、膝の上で両手を握り締めた。

「わたしたちは、本当に一生懸命やってるんです。臓器を提供する側とされる側に立って、泣いたり笑ったりしながら真剣に取り組んでいるんです」

「ちょっと……」と岩楯は口を挟んだが、彼女は止まらなかった。

「ただでさえ、臓器移植は不透明な部分が多いわ。もちろん、プライバシーを守るのは当然だし、興味本位で近づく人たちを遠ざけなくちゃならない。でも、こんなことが表沙汰になれば、権威の失墜どころか、移植そのものが否定されてしまう」

「待ってください」

「勝手なことを言ってるのはわかってるの。でもこれは、保身でもなんでもない。移植を待つ患者さんが救われないんです。それに……」

「待った、待った。ちょっとストップ！」と岩楯は両手を上げて、話を遮った。「あなたは何か勘違いされているようだが、明るみに出るとはどういうことです？」

「え？」

「笛野光子という人物は、移植コミュの存在を揺るがしかねない、何かをやったというように聞こえるんですが」

彼女は口許を両手で押さえ、つぶらな目を見開いた。

「す、すみません。わたし、何か勘違いしてたみたいで」

「そのようだ。詳しく話していただけませんか？」

「それは……」と彼女は気の毒になるほどうろたえ、自身を抱きしめるように腕を絡めている。しかしゆっくりとした呼吸を繰り返し、無理矢理平静を呼び戻した。

「刑事さん、申し訳ないんですが、わたしの口から話せるようなことではないんです。一コーディネーターからはとても」

「お願いできませんか？　重要なことなんですよ。笛野さんは、今どこにいるんです？」

「彼女は辞めました」

「辞めた？　いつ？」

「今年の二月の初めです」

「退職の理由は?」

「一身上の都合としか聞いていません」

彼女は目を伏せた。岩楯はしばらく黙り、怯える彼女へ静かに告げた。

「我々は殺人事件の捜査をしています。今月の初めに、女性の変死体が見つかったんですよ。そしてここにたどり着いた」

「へ、変死体?」

「ええ。見た目からの身元特定は困難で、情報が本当に乏しい」

「まさか、それが笛野さんだって言うんですか?」

「もちろん断定はできませんが、その可能性もあると考えています」

「そんな……」と身震いした彼女は、胸に手を当てた。

「彼女の連絡先は教えていただけますよね?」

岩楯がまっすぐに見据えると、彼女は何度も頷いてから応接室を出ていった。

「笛野光子は、なんかとんでもないことをやらかしてますね」

彼女が出ていったドアを見ながら、月縞は手帳をぱたんと閉じた。

「で、この団体はそれを隠そうとしていると」

そう呟いてから数分後、ポスターの貼られた扉が開かれた。差し出されたメモには渋谷《しぶや》区神泉《しんせん》の住所と、マンション名や電話番号が記されていた。

「今もここにいるのかどうかはわかりませんが」

「ありがとうございます。それで、さっきの話なんですけど」

岩楯が話を戻すと、彼女は肩をすくめて身を固くした。

「笛野光子が何をしたのか、教えてもらえませんかね。極めて重要なんですよ」

「わたしには無理です」

「ではいったい、誰だったらいいんです？」

彼女は、完全に落ち着きをなくして何度も身じろぎをした。

「あなたを責めるわけではありませんが、情報の出し惜しみは、何ひとついい結果にはつながらない。それは、警察にとってもあなた方にとっても」

彼女は頭を垂れ、短く切りそろえられた爪をじっと見つめた。

「裁判所命令が必要なら、その段取りを踏むしかないですね。時間の無駄でしかないが」

高圧的に迫っても、口を開こうとはしなかった。岩楯は顔をこすり上げ、ひとまず彼女に時間を与えることにした。礼を言って部屋を出るまで、結局彼女が顔を上げることはなかった。

外へ出ると、ずいぶん陽が傾いているのを認めて、腕時計に視線を落とした。午後五時をまわっている。排気ガスと湿気を織り交ぜた生温い風が吹き抜け、肌に不快なべたつきを残していった。

岩楯はマルボロをくわえてライターを近づけ、もどかしい気持ちで煙を吸い込んだ。真相に迫っているかもしれない状況を前に、このような足止めは歯痒くて仕方がない。けれども、一コーディネーターが口にできない事情というのも、理解できないわけではなかった。

「主任、もっと上の人間を当たりますか？」

月縞も煙草をくわえ、コミュニティ支部の住所を開いている。路上駐車したレガシィに向かい、ドアに手をかけた。ともかく、手近なところから潰していくしかない。二人は、理事に名を連ねている者が在籍する、大学や病院に片っ端から電話をかけた。そして、しぶしぶでも面会を承諾したところへ早速出向き、笛野光子についての情報を募った。

結果、すべてが無駄骨に終わった。「笛野」という名を出したとたんに口が重くなる理事もいれば、彼女が何をしたのか、本当に知らないと思われる理事もいる。このことから、笛野の件はごく内々で処理されたことがわかった。依願退職であることは事実で、手続き上なんの問題もない。結局、これが理事の見解というところだろう。

「まさか、本当にここで打ち止めじゃないだろうな」

岩楯はフィルターに届きそうな煙草を吸い込み、灰皿へ投げ込んだ。時刻は夜の十時半を過ぎている。最後に渋谷にある笛野のマンションをまわり、不在を確認してから南葛西署へ引き揚げた。


翌日も忌々しいぐらいに晴れていた。昨夜もあまり眠れず、まばゆい朝日を全身が拒絶しにかかっている。異常に体が重い。運転席に収まる月縞も顔色は冴えないが、どこか充実感が漂っているのは、これのせいだろう。岩楯は、朝いちばんに、相棒がそっけなくわたしてきた書類に目を落とした。移植コミュニティの理事と監事、そして運営委員会の人間にいたるまで細かくリストアップされている。しかも、在籍年数の古い順位までつけられ、有望株と思われる者には赤丸までつけられていた。なかなか気の利いたことをするじゃないか。岩楯は含み笑いを洩らした。おそらく、これをつくるために夜を徹したに違いない。

まず初めに、昨日のコーディネーターをもう一度当たってみませんか。月縞のこの提案に、岩楯はおおいに同調した。今の段階で、口を割る可能性が高いのはそこだろう。情が見えるのは彼女ぐらいだからだ。二人はアポなしで虎ノ門へ出向き、うつむきがちに出勤してきたところをビルの前で確保した。

「おはようございます。連日ですみませんね」

彼女は岩楯たちを見て目を見開き、二、三歩後ずさった。

「昨日の件、笛野光子のことなんですが、どうにか話していただけませんか」

「無理です」と彼女は、きょときょとと周りを見まわしながら即答した。

「お願いしますよ。おたくの理事は話にならない大先生ばかりだし、完璧に隠蔽してきそうな勢いだ。でも、あなたは違うと思うんですよ」

「だ、だから無理ですって」

「ああ、ちなみに、お偉方にあなたのことは言っていませんから、そこらへんはご心配なく。あなたから何を聞いても、一切名前は出しませんよ」

彼女はアイボリーのブラウスの胸許に手をやり、何度か深呼吸をした。

「刑事さん、すみません。駄目なんです。本当に無理なんです」

「あなたの良心もそれでいいんですか？」

彼女はびくりと肩を震わせたが、深々と一礼し、逃げるようにビルへと駆けていった。

「やっぱ駄目か……」

「怯え切ってますね」

岩楯は雲ひとつない空を仰ぎ、深いため息をついた。内部告発という切り札がなければ、理事連中がすぐに口を割る理由はないだろう。時間がかかる。直観的にそう思い、岩楯は、自分の仕事が満足にできていない無力感に囚われた。けれども、なんとか頭を切り替え、レガシィに乗り込もうとした。そのとき、「刑事さん！」という声が聞こえて後ろを振り返った。見れば、紙袋を抱えた先ほどのコーディネーターが、転がるように駆け寄ってくるところだった。額に汗して息を弾ませ、岩楯の前で急停止する。

「どうしたんですか？」

驚いて出しかけた煙草を戻すと、彼女は胸を押さえて息を整えた。

「すいません。や、やっぱりわたし……」と言いかけて咳き込み、ごくりと喉を鳴らす。「やっぱりわたし、お話しします。こんなの、いつまでも隠し通せることじゃない。それに、笛野さんが亡くなったかもしれないなんて、そんな……」

「ともかく、乗ってください」

岩楯は後部座席のドアを開け、彼女を促してから隣に乗り込んだ。終始落ち着きなくそわそわとしているが、険しい面持ちにはなんらかの決意が窺える。運転席に月編が収まってから数分、彼女は低くかすれた声で話しはじめた。

「笛野さんは、とってもパワフルで行動力のある人だったわ」

乾いた唇を結び、窓の外へ目を向ける。

「彼女は主席レシピエントコーディネーターで、移植を待つ患者さんとのコミュニケーションは抜群だった。ピッツバーグとかボストンとかバージニアとか、積極的に移植の最先端現場へ行っては、多くのことを学んでいたんです」

「じゃあ、優秀だった？」

「はい、そう見えていました。ただ少し、なんていうかお節介すぎるところもあって」

「どんなふうに？」

「患者さんへの余計なアドバイスですね。わたしたちコーディネーターは、もちろん親身になって彼らの話を聞く必要があります。でも、必ず一線を引いて接しなければならない。過度な期待とか依存は、お互いにとってよいことではありませんから」

「でも笛野さんは違った。たとえばどんなことでしょう？」

「たとえば、肺リンパ脈管筋腫症の患者さんがいて、もう長く移植の順番を待っているとします。肺というのは、ドナー摘出から移植して血液が流されるまで、八時間以内というタイムリミットがある。なので、ドナーから近い地域にいる患者への移植しかできないことになります。レシピエントが重篤な症状の場合、動かすわけにはいかないので」

「なるほど」

「こういう複雑な事情が絡むから、移植される順番は常に変わっていくんです。長く待っているからといって、必ずしも優先的にはまわってこない」

彼女は、おくれ毛を忙しなく耳にかけた。

「笛野さんはとても顔が広くて、主要な移植病院とのパイプをたくさんもっていました。そういった情報収集から、どこにどんな容態の人がいるかをよく把握していたんです」

「それは、一般の患者ということで？」

「そうです、移植の意思表示が確認されている患者ですね。それで、受け持ったレシピエントに対して、とんでもないことを言ったらしくて」

岩楯は、無言のまま話の先を促した。

「今すぐ大阪に引っ越せば、ドナーになる人がいるから移植できるかもしれない」

「要は、向こうにもうすぐ死にそうなやつがいるぞってことを、吹聴したと？　そんなもん、お節介で済ませられる話じゃない」

「そうなんです。似たようなことを、何人かの患者さんに言ってたらしいですね」

「お咎めは？」

「それが、雑談程度の話だから、本気で受け取る人はいないとかなんとか……」

「本気で取るでしょうよ。命がかかってるんだから」

「まったくです」と彼女は、顔を紅潮させて吐き捨てた。

女医の宮脇が感じていたことは正解で、この笛野光子という女には重大な性格的欠陥があるらしい。立場をわきまえられず、思ったことを片っ端から口にする浅はかさ。が、だからこそ、どこで恨みを買ってもおかしくはないと言える。

「以前は理事だったとおっしゃいましたが、いつの話ですか？」

「五年ぐらい前だったと思います。うろ覚えだけど」

「ちょっと疑問なんですけど、なぜそんな常識外れが理事になれたんです？　名簿を見ても、理事に名を連ねてる方々は著名人ばかりだ。大学教授やら病院院長なんかがほとんどで」

この質問についての彼女の反応は、かなり激しいものだった。唇の端を震わせ、全身を強張らせて、怒りを表しているといった具合に。

「とにかく彼女は、人に取り入るのがうまいんです。相当な人脈とコネを使って、理事に名前を載せられたんだと思いますよ。詳しいことはわたしもわかりませんが」

「理事になったということは、コーディネーターの仕事は？」

「それが、とても変だったんですよ。レシピエントの職は継続して、とにかく名前だけ理事に入りたいということで」

笛野光子の話を聞けば聞くほど、ぬぐえない劣等感を、ささやかな優越感で埋めるしかできなかった寂しい人間像が浮かんでくる。名ばかりの理事に固執する心情は、カレッジリングを欲しがる幼稚さと同じ程度なのだろう。

「理事を辞めたのはいつです？」

「去年の初めだったと思います」

「憧れの理事を降りた理由は？」

彼女は一拍の間を置いて、早口で言い切った。

「ある噂が立ったからですよ」

顔をしかめている彼女を、岩楯はじっと見た。

「レシピエントから、お金をもらっているという噂です。それで、移植順位を繰り上げたとか」

「繰り上げるって、そんなことができるんですか？」

「誰もが不可能だという見解でした。単なる悪質な噂だろうって。でも……」

彼女は言葉を切り、今にも泣きそうな顔をした。

「ドナーが現れても、移植までには、たくさんの段取りがあります。さっきも話しましたが、摘出から手術を終了するまでの時間が、許される場所にレシピエントがいるかどうか。ほかにも血液型の一致とか適合、臓器にもよりますが、ドナーとの体重差が重要になる場合もあります。それに優先順位の決定は、肝臓移植の場合だと、余命の長さが緊急度として重視されますから」

「それじゃあなおさら、順位をごまかすのは無理じゃないのかな」

「笛野さんがやったんじゃないかと噂されたのは、余命六ヵ月の人と八ヵ月の人を入れ替える。要は、移植候補者の上位二名、AランクとBランクの順番を入れ替えたんじゃないかって」

「余命の長いほうを、金で手術台へ上げたと？」

「……そうです。でも、あくまでも噂だから、真相を確かめることはできなかった。レシピエントのデータは頻繁に入れ替わるものなので、改ざんしたかどうかもわからなくて」

これが事実なら、臓器移植界を揺るがす惨事だろう。一コーディネーターが金で命を秤《はかり》にかけたなど、社会問題にもなりかねなかった。理事がそろって口をつぐむ理由もわかる。

「こんなことが、噂でも外に洩れたらたいへんだと理事は考えた。権威が失墜するし、何より移植界へのダメージが半端じゃない。だから、辞めさせたというわけですね？」

「最後までやっていないと言っていたらしいですが、今までの素行も問題になっていましたから、依願退職という形で決着がついたと思います」

「最悪だな……」

滅多に口を挟まない月縞がたまらず呟いている。岩楯は捜査資料を開き、カレッジリングの写真を抜いた。

「笛野光子は、この指輪をしていませんでしたか？」

「はい、いつもしてました。ロアノーク大学のリングですね。職場で、その話を知らない人はいなかったと思います」

彼女は即答し、抱えていた紙袋を開いて写真を抜き出した。それは何かのパーティーを撮影したものらしく、着飾った女たちのはしゃいだ様子が収められている。彼女は真ん中で笑う女を指差し、これが笛野さんです、と言った。

太りすぎの女は黒いミニ丈のワンピースを着込み、太腿を堂々と晒している。茶色の巻き髪を垂らし、細く描かれた眉の片方を上げていた。中指には、大振りのカレッジリングがはまっている。美しさや品の欠片もないが、人の印象には残る強引な雰囲気をもっていた。

「笛野光子の家族は？」

「彼女は独身です。実家の話は聞いたことがないですね」

「そうですか。貴重な情報を、本当にどうもありがとうございました。あなたにご迷惑がかかるようなことはしませんから」

彼女は気丈に微笑んで見せたが、すぐ表情を曇らせた。

「彼女はなぜ死んだんですか？」

「現在捜査中ですよ。それに、まだ笛野光子さんだと決まったわけではない」

「でも、あの、警察が捜査するっていうのは……。こ、殺されたからでしょう？」

「ええ、そこは間違いがないです」

そうですか……と口の中で呟き、彼女は窓の外に目を向けた。

「日々命を削って移植を待っている人たちがたくさんいます。こんな事実を知ったら、いったいどう思うんでしょうね。希望を捨ててしまわないでしょうか？」

誰かに聞かずにはいられないのだろう。

「生きる希望を見出してやるのが、コーディネーターの職務なんですよね？　あなたはそれに誇りをもっている」

岩楯は感じたままを伝えた。彼女は洟を啜り上げて涙をぬぐい、書類の束を差し出した。

「これ、笛野さんが受け持っていた、五年ぶんのレシピエントの記録です。移植までたどり着いたものだけですけど、そのほかは上のほうへ請求してください」

礼を言って受け取り、車を降りてとぼとぼと歩く彼女をしばらく見送った。

「とんでもない事実ですね」

助手席に戻るなり、月縞が待ち切れないように言葉を発した。

「殺されたのが笛野光子なら、もっととんでもないことになる」

「動機はじゅうぶんです。金で移植の順位を操作するなんて、手術を待ってる者にしてみれば許し難い」

「噂が本当ならな。よし、理事への裏取りと笛野の安否確認だ。マンションを家探しして指紋を照合する。署へ戻ってくれ」

「了解です」と相棒は頷き、エンジンをかけてレガシィを出した。

後部座席からレシピエントの書類を取り上げ、ぱらぱらとめくっていった。笛野は、ひと月に、二から三件ほどのペースで移植に携わっている。

岩楯は煙草に火を点けて吸い込み、吸い止しを灰皿の縁に置いた。この資料の中に、金で移植の権利を手にした者がどれほどいるのだろうか。なり振りかまわず、金をわたしている身内の姿が浮かぶ。倫理や正義などという言葉は、愛する者を失う恐怖の前ではなんの意味ももたないだろう。そんな不正のために、大切な者が命を落としたと知れば、自分ならどうするだろうか。当然、真相を探り出そうとする。この事件は、崖っぷちにある精神の狭間で起きているのかもしれなかった。

短くなった吸い止しを再びくわえ、移植者リストをざっと見ていった。順繰りに目を通して欄の中ほどにさしかかったとき、岩楯の唇から短い煙草が転がり落ちた。

「月縞。ちょっと車を駐めろ」

切迫した様子の岩楯を見た月縞は、すぐさまハザードを出しながら路肩に寄り、サイドブレーキを引き上げた。

「どうしたんです？」

「これ見てみろ。その表の真ん中あたり」

資料をわたすと、月縞は怪訝そうな面持ちで書面に目を落とした。件の場所でぴたりと止まる。

「これは……」

「二〇〇七年、五年前だな。あの娘が移植を受けてる」

岩楯は落ちた煙草を拾って灰皿へ放り、資料を一瞥した。移植者名は日浦瑞希。移植された臓器は、脳死患者から摘出された心臓だった。

「まさか、枯杉村にいた彼女ですか」

「同姓同名が偶然に載るなんてことはあり得ない。瑞希と同じ時期に、心臓移植待ちをしてた患者を洗い出す。おそらく、現場にあった足紋と同じ数だけいるはずだな」

月縞は厳しい口調ではいと返答し、乱暴にギアを入れた。

第五章　ハートビート

1

「藪木くん！　起きて！　もう夕方よ！　昼夜完全に逆転じゃないの！」

　夢の中で郁代が怒鳴っている。いや、夢の中ではないような気もするが、異常なほど重い瞼がまったく開こうとはしない。やかましく雨戸が叩かれる音を聞きながら、藪木は再び深い眠りに落ちていった。

　暑い。粘土と胡粉《ごふん》、そしてニカワの臭いがした。滑らかに色づけされた氷雪花が、傍らで自分を覗き込んでいるのがわかる。

　がり、がり、がり……。

　戸板を爪で引っかくような耳障りな音。藪木は一瞬にして覚醒し、がばっと半身を起こした。雨戸の隙間から入る陽射しはなく、すでに夜であることを伝えている。どうやら、自分は死んだように眠っていたらしい。今日は何日だ？　寝ぼけた頭でぼうっとしているとき、再び音が耳に入った。

がり、がり、がり。

いかにも不吉で気味の悪い音だ。猫などではなく、もっと大きい。表に何かいる。息を飲んで耳をそばだてた瞬間、今度は、どん！　と雨戸が叩かれた。びくりと体が跳ね上がり、咄嗟に毛布を引き寄せた。情けないほどか弱い防御だが、そうせずにはいられない。

「誰だ？」

返答はない。そのかわり、身の毛もよだつ声が届けられた。

「く、くる、しい。苦しいよう……」

冷水を浴びせられたかのようにぞっとし、毛布を抱えて縮こまった。

「あ、開けろよう……」

ざらざらと頭の中をこするような声。藪木は、腰砕けのまま台所へ移動した。棚にある素焼きの壺と懐中電灯をひっ摑み、這うように裏口から表に出る。足音を忍ばせ家をまわり込んで、壁に背中をつけて気配を窺った。今の状況を、あの赤堀とかいう虫博士はどう説明するのだろうか。これも虫の仕業で、人の言葉を擬態《ぎたい》しているとでも言うのか。

　喉を鳴らして角から庭を見ると、月明かりの中に白い何かがいた。前屈みになり、がりがりと戸板をひっかいている人間だ。足許から頭へ一気に鳥肌が駆け抜け、思わず呻き声を洩らしてしまった。

　その刹那、白い何かはがばっとこちらを振り返る。異様に光る目とざんばらの髪。虫ではない。今度こそ完全に本物だった。

　藪木はおぼつかない手を壺の中に突っ込み、塩を鷲掴みして力まかせに投げつける。叫びながら遮二無二《しゃにむに》放ち、ライトを点けて化け物に向けた。しかし、光輪の中に浮かぶ女を認めたとき、藪木は脱力しながら吐き捨てた。

「くそ！」

　塩にまみれた瑞希は腹を抱えて笑い、「ホントに苦しい……」と言いながらしゃがみ込んでいる。まったくもって、たちの悪い女だった。藪木はどっと噴き出した汗を乱暴にぬぐい、仁王立ちして瑞希を睨みつけた。

「いったい何やってんだ。夜更けにとんでもねえことしやがって」

「肝試し第二弾、スクリーム農家。びっくりした？」

「びっくりしないやつがいるかよ。その格好、何考えてんだ。だいたいな、もう夜は涼しいんだし、浴衣を着るような時期は終わってるだろ」

白地に絣模様の入った浴衣を着て、わざわざ髪を顔の前に垂らしている。

「浴衣のほうがそれっぽいじゃない。本当はね、出刃包丁も持とうかと思ったの」

「武装してたら、殺られる前に殺ってるぞ」

すると瑞希は、再び笑いの発作にみまわれた。

「殺る？　その壺で？」

「化けもんを祓うアイテムは、粗塩《あらじお》しかないだろ」

「これ、砂糖だよ」と瑞希は指先をぺろりと舐めた。

「くそ」と再び言い捨て、踏み石の上に壺を置く。同時に母屋の明かりが点くのが見えて、藪木は瑞希に向かって「しっ」と人差し指を立てた。小窓が細く開けられる。

「俊介かあ？　庭さ出てんのか？」

タエだった。慌ててライトを消し、瑞希の頭を下げさせた。

「おおい、俊介。そこにいたったんだろ？　夜中に何騒いでんだ？」

今にも外に出てきそうな勢いだ。藪木は瑞希の手を摑んで身を屈め、忍び足で裏へまわった。はしゃいだ様子の彼女を引っぱり、裏口から中へ押し込んだ。

「なんだっぺ。俊介みてえな声だったのに……」

解せないような夕エの声は、窓が閉まると同時に消えていった。

「なんで隠れるの？　子どもじゃあるまいし」

「そんな格好をばあちゃんが見たら、死んじまうだろうって」

瑞希は真っ暗な室内をきょろきょろと見まわし、下駄を脱いで勝手に上がり込んだ。

「浪人生の部屋みたいな臭いがする」

「どんな喩えだ」

「なんだっけなあ……。ああ、わかった。美術室の匂いだ。絵の具と石膏《せっこう》が混ざったような感じ」

その言葉を聞いてはっとした。氷雪花を座敷の奥に出したままになっている。下塗りが終わり、全裸で乾燥させている最中だった。まずい……。顔は瑞希に生き写しだし、何より素っ裸で性器すらも精密に創り込んでいる。植毛していない頭部がおかしな性癖を彷彿とさせるうえに、せんべい布団の脇に据えられているとくれば、見まごうことなき変質者ではないか。手探りで電気のスイッチを探している瑞希の手を、藪木は慌てて摑んだ。

「散らかってんだって。なんか用があったのか？」

壁の時計に目を凝らせば、夜中の十時過ぎを指している。

「誘いにきたの。ホタル狩り。いつもの場所は、もうホタルがいないでしょう？　でも、もう一ヵ所見つけたの。そこのホタルはね、なぜか夜中に求愛行動をするみたいで、十二時ごろがいちばんの見ごろ」

「だから、親父さんが言ってただろう？　殺人事件が起きてて、犯人はまだパクられてないんだぞ」

「そうだけど、逮捕を待ってたら、ホタルはいなくなっちゃうし。今年最後だと思うし」

「事の重大性を考えろって。それに、また親父が捜しまわってんじゃないのか？　俺の面は割れてるから、今度見つかったらぶん殴られるな」

「大丈夫。今日は職場の呑み会があるから、明け方まで帰らないの。いつものこと」

藪木はため息を吐き出した。

「ともかく、送っていく」

引いた手をすり抜け、彼女は「何あれ」と言って座敷へ入っていった。

「ちょっと待て！」

靴を脱ぎ捨ててあとを追ったが、瑞希に氷雪花を発見されるほうが早かった。彼女は、天井から吊り下げられている自分の分身と、真っ向から相対している。義眼の入っていない空洞の目を、じっと見つめていた。奥の小窓から射す蒼白い月明かりが、幻想的な光景に拍車をかけている。まるで、ピントの甘い写真でも観ているような感じがした。

「これ、何？」

「見た通り、人形だ」

「誰が創ったの？」

「俺だよ」

「これは誰？」

その質問を真面目に考えた。これは瑞希だが、氷雪花でもある。どちらの属性が強いだろうか。氷雪花から目を離さない彼女は、無言のまますっと手を上げ、人形の鎖骨から臍《へそ》までを指でたどった。何度かその行為を繰り返し、かすれたように呟いた。

「あなたはなぜ人形を創るの？」

「無意識の衝動。そこにしか自分がない」

「そう……。でも、この人形は足りない。心が入ってないよ。これじゃ生きられないもの」

瑞希は振り返って藪木をじっと見た。まなざしの意味を理解しかねるが、それは死者の目だった。彼女は藪木の手を取り、浴衣の襟許から中へ導いた。くっきりと浮き出す鎖骨を経て、乳房の間に押しつけられる。暖かさと鼓動が掌に伝わり、一定のリズムを刻んでいく。薄闇の中にとくとくという音が流れ、二人は見つめ合った。

「この人形には心臓をあげて。じゃないと、いつまで経っても完成はしない」

彼女は藪木の手を外し、浴衣の襟許を開いた。ぼんやりと発光する白い肌には、まっすぐに赤い線が走っている。喉元から始まっている直線は、体の中央を通って衣の中へ消えていた。これはなんだ？　藪木は瑞希の体に触れた。赤い線はぽこんと盛り上がり、太い紐でも縫いつけたような固さがある。縫合された傷痕だった。けれども決して醜くはなく、むしろ彼女の価値を決定づけるもののように感じられた。

「わたしの心臓は人のものなの」

「人のもの？　移植っていうことか？」

「うん。だから生きていられるけど、本当は死んでる。運命に逆らってる人間だから」

瑞希の中にある死の気配や、にじみ出てくる空乏。それを生み出している源が心臓だった。

「これが日浦に続く祟り。氷雪花は絶対に許せないんだよ。あたりまえだけどね」

その言葉に答えてやることができなかった。確かに、死へ導こうとする意志のようなものを感じて仕方がない。けれども、呪いや祟りというものでは割り切れなかった。運命が、意味のある偶然の一致をつくり上げている。いわゆる「シンクロニシティ」だ。

「氷雪花の話は聞いた？」

「ああ」

「入れられた樽の蓋が閉じられたとき、彼女はどんな気持ちだったんだろう」

闇に怯える場面を想像し、恐怖だろうなと答えた。

「真っ暗な樽の中で、どのぐらい生きてたんだろうね。泣いても叫んでも、誰も助けてくれない。絶望の中で息絶えるとき、氷雪花は憎悪の塊になったはず。絶対に許さないと、魂に誓ったはずなの」

「そうだとしても、瑞希は生きてる。命に再起動をかけたんだからな」

彼女は虚ろな笑みを浮かべ、ぺたんと座り込んだ。

「きっとそれは、無駄な抵抗なんじゃないかな」

悟ったように語る瑞希を、藪木は抱きしめた。本当に頼りなげだが、心臓は力強く生を紡いでいる。この女をいろいろなものから解放してやりたいと、本気で思っていた。

「おまえはどうなりたいんだよ」

「わからないな」

「そんなわけないだろ？　生きたいのか死にたいのか、どっちだ」

藪木の腕の中で瑞希は、再び「わからないな」と答えた。

起き抜けのままくしゃくしゃになった毛布の上に、彼女の体を横たえた。開かれた襟許をさらに開き、そうすることを熱望していたかのように、傷痕に唇をつける。とても滑らかだが、別の生き物が寄生しているようにも思えた。瑞希はここを真っ二つに裂かれ、腹の中を曝け出した。自分の心臓を切り取られて、顔も知らない誰かのものと交換された。

藪木は瑞希の胸に耳を押し当てた。心臓は跳ねるように動き、彼女を生かそうと躍起になっている。なんの義理もない瑞希のために、四六時中働き続ける循環器が愛おしく思えた。彼女は藪木に腕をまわし、長い髪を優しく梳《す》いていた。

「ちゃんと動いてくれてる？」と瑞希の声が体の中から響いてくる。

「ああ、迷いなくな」

「迷いがないっていいなあ。藪木さんは、なんであの人形を創ったの？」

「ひと目惚れ」

「誰に？」

「瑞希と氷雪花」

恥ずかしげもなく、よく言えたものだ。しかし瑞希は笑い飛ばすことをせず、言葉を吟味するようにしばらく黙り込んだ。

「どっちに対しても同情してるから、気を惹かれたんでしょう」

「同情ってのはちょっと違うな。探し求めてた完成型ではある」

「よくわからないけど、あなたはかなりおかしな人だね」

その言葉に藪木は顔を上げ、噴き出して笑った。

「自分もおかしいってことには気づいてないのかね。夜更けに徘徊したり、人んちの雨戸を引っかいてみたり。まともじゃねえな」

「趣味なんだけど」

「傍迷惑な話だ」

実際、彼女に対する感情は、愛や恋のたぐいではないような気がしている。言葉でいちばん妥当なのは、渇望だろうか。独占し、鍵をかけて閉じ込めておきたいような異常な欲望だ。納屋にいる人形たちのように。

藪木は起き上がり、瑞希の襟許を直して腕を引いた。

「よし、帰るぞ。送っていく」

外は濃密な夜気に支配され、カエルの声もまばらだった。

「自転車はどこに置いたんだ？　車に積むから」

「家に置いてきたの。ほら、もしお父さんが早く帰ってきても、あればごまかせるじゃない？」

「ごまかせるじゃないだろ。じゃあ、あんなとっから歩いてきたのか？　何考えてんだ」

「スクリーム農家を思いついたから、いてもたってもいられなくて」

「本当にアホだろ」

藪木は呆れ返り、リモコンキーで車を解錠した。

「あのね、ひとつお願いがあるんだけど。歩いて帰りたいの」

藪木は振り返った。

「あなたと一秒でも一緒にいたいから」

わざとらしいことを言いやがってと思う。それらしい顔をつくっていた瑞希だったが、堪え切れずに噴き出して笑った。

「こういう台詞を、一度言ってみたかったの。でもね、本当に歩いて帰りたい。近道があるから、いいでしょう？」

そう言うが早いか、彼女は踵を返して下駄を鳴らした。奔放でわがままというより、瑞希の時間の流れは普通と違うのかもしれない。一瞬を生きている。

さくさくと草を踏む瑞希の隣に並ぶと、彼女は白い指を絡ませてきた。

「母はね、わたしを産んですぐに死んだの。だから父は、わたしに祟りが降りかかるのをおそれて東京へ逃げた」

藪木は、ひんやりとした瑞希の手を握り直した。

「父は、日浦に続く祟りを断ち切ったと思ったのね。とにかく女は短命で、五歳まで生きられた子どもはいない。でも、わたしは病気ひとつしないで元気だったから」

「じゃあ、後天的な心臓病だったのか？」

「そう。わたしが十四のとき、学校へ行く途中で急に足が重くなり出したの。とにかくだるくて立ち上がれないほど」

「それが発病か……」

「すぐに治まったんだけど、いちおう病院へ行ったのね。そして心電図とか心臓カテーテル検査を受けて、不整脈っていう診断を受けた。通院もしてたんだけど、それっきりなんの症状もないから勝手にやめちゃった」

瑞希はそっちと指を差し、畦道を斜めに入って用水路をぴょんと飛び越えた。

「それから二年ぐらいはなんともなかった。でも突然、前と同じようなだるさが起こって、今度はしばらく続いたの。結局また同じような検査をして、前とは別の病名を宣告された。特発性拡張型心筋症だって」

「拡張型？」

「うん。正常な心臓と比べると、わたしの心臓は二倍の大きさがあった。伸び切ったゴムみたいな感じ。収縮力が弱いから、ポンプの役目を果たせないの」

「自覚症状はなかったのか？」

「そうだね。原因不明の心筋の難病なんだって。だから治療法はないし、突然死する率が高い」

瑞希に誘われるまま細かく畦を曲がり、獣道であろう土手をよじ上った。薄霞《うすがすみ》のような雲が月にかかり、さっきよりも闇が濃くなってくる。

「診断されてからは、一気に悪くなっていった。本当に一日ずつ弱っていくのがわかるの。ずっと吐き気が続いてて、苦しくて眠れなくて。ここからが入院生活の始まり」

「十六からずっとか？」

「そう。助かる道は心臓移植しかないけど、待機してる人がたくさんいるし、夢も希望ももてなかった。補助人工心臓を入れて、もう余命数ヵ月っていうところだったな。父がオーストラリアで移植しようって、いろんな段取りに駆けまわってた。そんなときにドナーが現れて、不思議なほどとんとん拍子に移植までいけたの」

藪木は瑞希の手を引き、足場のよい道に飛び移った。

「心臓移植の生存、生着率は、五年を境に落ちていく」

「健康な人間だって、生存率は毎年落ちていくけどな」

彼女は何かを問いかけるようなまなざしをつくり、ふっと薄く笑った。

「誰かが死んだから、わたしは生きていられる。氷雪花の恨みと、人の死の上にわたしはいるの。これは道理にかなってると思う？」

藪木はまっすぐ前を見たまま、「かなってるよ」と即答した。

風が木々を揺らして頬を撫でたとき、闇夜に浮かぶ明かりが目に入った。畦の脇にあるほったて小屋から、仄かな光りが洩れ出している。

「なんで明かりが点いてるんだろう。あそこは籾殻《もみがら》をしまってる小屋だと思ったけど」

首を傾げる瑞希を連れて、小屋に近づいた。中からぼそぼそとこもった声が聞こえてくる。口を開きかけた彼女に「しっ」と指を立て、足音を忍ばせた。小屋から洩れる声は、低くて小さい。ひとりや二人ではなく、もっと大勢がひしめく気配がしていた。こんな夜更けに人目をはばかり、大人数が小屋に詰める。間違いなくよからぬことの画策だろう。

そこで、藪木は気がついた。小屋の脇に、古ぼけたベビーカーが横づけされている。諏訪の妻が、いつも小うるさい犬を入れて押しているものだった。壁板の隙間に目を凝らしてみたが、積まれた米袋が邪魔で奥が見通せない。藪木は壁に耳を当てて様子を探った。

「……から……東京……こんなに早く……倉庫……」

風邪のひき初めのようなかすれ声。諏訪だろうか。

「だから計画の……無理で……」

「早く行動……マスコミが……張って……」

人数は五、六人ぐらいだろうか。性別まではわからない。さらに二人は壁に貼りつき、得体の知れない集団の話に聞き耳を立てた。

「そしたら……凶器が……」

「だから……殺そう……」

殺す？　藪木の動悸が速くなった。

「あの娘……男も……時間……」

「そんな……今から……」

「罪は……心臓を……すのは……」

心臓だって？　瑞希を見ると、口を覆って体を強張らせていた。

「こうなったら騒いでももう遅い。最初の計画通り、殺すのが先だ」

その言葉を聞き取ったと同時に、藪木は瑞希の腕を強く引いた。この集団は、今警察が追っている殺人事件に関係があるのではないだろうか。しかも、瑞希を指すような言葉が混じっている。

瑞希を引きずるように、藪木は畦を移動した。そのとき、キャンキャンという犬の甲高い鳴き声に驚き、息が止まりそうになった。肩越しに振り返ると、ハロウィン用の服を着せられたポメラニアンが、ベビーカーから乗り出して吠えまくっている。いったいなんの冗談だ！　続けて背中から光りが射し、怒鳴り声が耳に入った。見つかった。直角に右へ曲がり、さらに左へ折れる。瑞希を引っぱって土手を這い上がったが、幅のある急流に行く手を阻まれた。

「くそっ！」

土手を滑り下り、その裾に沿って全力疾走する。怒鳴り声は遠いが、こちらに迫ってくる気配が確実にあった。

がくんと手を引かれ、藪木はつんのめりながら振り返った。瑞希が胸を押さえて、はあはあと苦しそうに喘いでいる。激しく咳き込んで体を二つに折り曲げた。

「瑞希！　もう少し頑張れ！　捕まるぞ！」

立ち上がらせようと腕を引いたが、彼女は荒い呼吸を抑えられなかった。

草を踏む音が少しずつ近づいてくる。瑞希をおぶって逃げ切るのは不可能だ。地理がわからないうえに敵の人数も不明。やみくもに逃げても捕まるだけだろう。

藪木は彼女を支えてなんとか立たせ、背丈をはるかに越えるトウモロコシ畑へ入った。重そうに実るトウモロコシを避けて、茎を揺らさないように奥へと進む。こちらから道が見えなくなった場所に屈み、苦しそうな瑞希の背中をさすった。

「大丈夫か？」

「う、うん。もう少しだけ待って……」

「瑞希、ケータイを持ってるか？」

彼女は浴衣のたもとを探り、白い携帯電話を差し出してきた。急いでモニターを開くが、圏外と表示されている。

「ちくしょう、駄目か」

足音が聞こえたような気がして、藪木は携帯電話を慌ててポケットに突っ込んだ。

「いたか？」

風に流され、微かな声が耳に届く。男だ。

「向こうにはいなかった。こっち側だと思う」この声も低い。

「女と男だったろ？」

「そう、間違いなく話を聞いてた」

するとそこに、もうひとりが合流したらしかった。

「下のほうにはいない。だが、まだ国道へは出てないな」

「どうすんだ？」

「そんなもん、口を封じるしかあるまいよ」

恐怖のあまり、はっと息を飲んだ瑞希の口を手で塞いだ。こいつらは本気だ。二人は息を殺し、小さくなって気配を消すことに集中した。敵の人数は、最低でも三人。

この辺りは見わたす限りが農耕地で、民家はない。いちばん近い集落は藪木の住む鮎沢だが、そこへ戻るには距離がありすぎる。それに、水田を区切る畦を進むしか道はなく、身を隠せるものがなかった。

「瑞希、ここはどの辺りなんだ?」藪木は、首筋の汗をぬぐって囁いた。

「雨神堂は近いかもしれない」

「駐在所の手前だな。国道へ出る道は?」

「前の川を越えないと無理。このままずっと右へ行くと、木を渡した橋があるの」

闇を透かして瑞希が指す方向を見た。どっちにしても、農道へ出て土手を上らなければならない。畑を囲まれるのも時間の問題だとすれば、もう進むしか道はないだろう。

「もう少しだけ走れるか?」

彼女も覚悟を決めたように、唇を引き結んで頷いた。神経を最大限に研ぎ澄まし、人の動く気配を探った。風に流されてくる声は遠い。瑞希の手を強く握り、行くぞと目で伝えた。トウモロコシを揺らさないよう、身を屈めて慎重に進む。しかし、堤防と平行に移動している途中で、いきなりナス畑に変わってしまった。

「これじゃあ、隠れようがないぞ」

「丸木橋は五十メートルぐらい先にある。土手を越えて向こう側へ下りれば、こっちからは見えないよ」

確かにそうだが、向こう側に敵がいないとも限らない。五十メートルとは、これほど長い距離だったろうか。藪木は流れ落ちる汗を払い、賭けを決意した。国道にさえ出れば、なんとかなる。山の中を進んで駐在所にもたどり着けるだろう。

近くに誰もいないことをじゅうぶんすぎるほど探り、トウモロコシ畑から農道へ出た。素早く左右を確認し、道筋のない土手へ突進する。ススキを鷲掴みして斜面に足をかけ、瑞希の腕を引っぱった。草で切れた手が、血でぬるぬると滑る。泣きべそをかきながら這い上がる瑞希を引き寄せ、藪木は頂上に手をかけた。もう少し。握力が限界だったが、なんとか彼女を引き上げた。

「このまま下りるからな」

わかった、と瑞希が答えたとき、強烈な光に視界が遮られた。

「こんなとこで何やってる」

頼りがいのあるその姿は、藪木を腰が抜けそうなほどほっとさせた。瑞希は、半分泣きながら声を上げた。

「よ、よかった！　たいへんなの、事件にかかわってる人たちが……」

聞こえたのはここまでだった。強烈な痛みが後頭部に走り、一瞬にして体の力が抜けていく。瑞希の悲鳴が聞こえたような気がしたが、それもさだかではなかった。

2

九月二十五日の火曜日。

強い風が吹きすさび、沿道の木々が折れそうなほどしなっている。車の脇腹に風がぶつかるたび、月縞はハンドルを取られそうになっていた。

岩楯は煙草をくわえながら、高低差の激しい尾根に目を細めた。白い霧が山肌から立ち昇っているさまは絶景だが、ありがちな水墨画のようで、さほど心もそそられない。今にもひと雨きそうなほど雲は厚く、気が滅入るほど陰気くさかった。

「このヤマは、社会的打撃が大きすぎます」

ハンドルを握る月縞が、またさっきと同じことを口にした。連日の寝不足で目の下にはクマができているが、ぴりぴりと張りつめた神経が痛いほど伝わってくる。岩楯は、短くなった煙草を潰した。

笹野光子の家宅捜索は今日も続けられているが、マンションの中は異様のひと言だった。ブランドものの服やバッグが散乱し、値の張りそうな宝石などは、まるでビー玉でも転がすようにテーブルの上に散らばっていた。数百万はくだらない手織りのカーペットや、名のありそうな猫足の家具類。そういった高級品があまりにも無造作に扱われ、あの空間では価値観というものが完全に崩壊していた。笛野が、使い切れないほどの金をもてあましていた異常さが窺える。

指紋一致の知らせと同時に、岩楯は枯杉村へ捜査拠点を移すことを命じられた。腐乱死体の身元は割れ、動機も明らかになりつつある。なのに、今の段階で、クロだと確信できる者の顔が見えてこないのはなぜなのか。高速道路の記録に不審なものはなく、トランクルーム近辺にある防犯ビデオの一斉捜索も、軒並み空振りに終わっている。まるで、ビデオの網の目をくぐるようにして遺体を遺棄しているように見えた。葛西と枯杉村にかなりの土地勘がなければ、こんな芸当はできないだろう。なのに二つをつなぐ鍵が見つからない。岩楯は焦りを感じていた。

青波インターを下りて国道へ入った。洞門のようなトンネルを抜けると、とたんに黒い山々が幅を利かせてくる。蛇行する一本道を飛ばし、見覚えのある建物の前でレガシィを駐めた。村への関所となっている駐在所からは、すぐに腹の突き出た竹田巡査部長が姿を現した。岩楯が窓を下げて会釈をすると、竹田は敬礼するより早く口を開いた。

「まったく、とんでもない事件ですよ。村も町も大騒ぎで」

「そうでしょうね。マスコミはどんな感じですか？」

「あっちこっちにテレビと新聞屋がいます。現場へは近づけませんがね。通行止めは新甲迦から先の国道です」

「そうですか。実は、これから日浦さんの家に行きたいんですよ」

「日浦んち……ですか？」

竹田は、なぜそんなところへ、と言いたげな訝しげな顔をした。瑞希の移植の件は箝口令《かんこうれい》が敷かれ、下々まで情報は伝わっていない。

「確認したいことがありましてね。地図ではここからそう遠くなさそうなんですが、この先を右で間違いないですか？」

「ええ。虫切り地蔵の先なんですわ。わたしが案内します。ちょっとお待ちください」

小走りして戸を開け、中にいる臨時駐在員に声をかけた。すぐにバイクにまたがり、全身でキックを繰り返してエンジンをかける。窮屈そうなヘルメットに頭を押し込んだ。

「では、出発します。遠くはありませんから、ついてきてください」

竹田は手信号を出して、国道とは思えない一車線道路へ乗り出した。そのあとを追って月縞はアクセルを踏んだ。巡査部長を乗せたバイクは重そうに坂を上り、しばらく進んでから、ウィンカーを出して横道へ入る。狭い道にせり出している石碑をかろうじて避けると、朱色のよだれかけに埋もれている地蔵らしきものが見えてきた。日が暮れてからは見たくない不気味な代物だ。さらに奥へ進んだが、真っ黒に塗りつぶされたワンボックスが、道を塞ぐような格好で駐められていた。竹田はバイクを降りてバンの運転席へまわり、すぐに取って返してきた。

「とりあえず、ここに駐めてもらえますか。日浦はその塀の向こう側なんですよ」

「あの邪魔なワンボックスは？」と黒い車体に目を向ける。

「東京からきたテレビ局の連中ですよ。まったく、注意したばっかりだっていうのに」

ベルトをずり上げ、竹田は再びバンの中を覗き込む。二人は車を降りて、巡査部長の後ろにつけた。

「なんだってマスコミがこんなとこにいるんです？　現場と捜査本部からも離れてるし、ただの集落の中ですよ」

「村の象徴的な風景を撮りたいとかなんとか、代わる代わる来ては無断で撮影していく始末でね」

竹田は眉間にシワを寄せて喋り、ワンボックスに太鼓腹をこすりつけながら脇をすり抜けた。「今朝注意したテレビ局だな」とナンバーを手帳に書き写す。

竹田について砂利道を進むと、変わった透かし模様の入った石塀が見えてきた。巨大な樫の木が塀から枝葉を伸ばし、その奥には、尖塔《せんとう》形の屋根をもつ建物がちらちらと見え隠れしている。なるほど、象徴的な風景という意味がすぐにわかった。美しい洋館のある山奥の情景は、メディアに流せば、さぞかし意味ありげな絵になるだろう。

すごいな、と月縞が感嘆の声を洩らしている。塀の角を曲がったところで、竹田が舌打ちしたかと思うと、いきなり大声を張り上げた。

「こら！　何やってる！」

「あ、やべ……」

正面には、脚立の上でカメラを構えている男がいた。その下で、二人の若造が機材のコードをさばいている。

「おまえら！　許可もなしでまったく！　住居侵入だぞ！」

「いや、おまわりさん。侵入はしてませんって。ほら、この屋敷の石柱は越えてないでしょう？」

「屁理屈をぬかすな、今朝も言っただろう。村の人間に迷惑をかけるんじゃない！」

真っ赤なTシャツ姿の男は頭をかいて、笑ってごまかそうとしている。

「それに駐禁だ。切符切るからな」

「いや、いや、ちょっと待ってくださいよ。五分も駐めてないですって」

「勘弁はできん。ここを動くなよ」

有無を言わさない制服警官に悪態をついていた若造は、岩楯を認めて値踏みするように顎を上げた。瞬間、獲物を見つけたハゲタカ並みにきらりと目を光らせる。

「もしかして、刑事さんですか？」

「だとしても取材はお断りするよ。写真写りが洒落にならんほどひどいもんでね」

岩楯はカメラ男に一瞥をくれ、短冊敷きの石畳を踏んで玄関へと向かった。

「この騒ぎで、日浦さんからの通報はなかったんですか？」

「ええ、今のところはないですね。それに、日浦氏は仕事で出ていますから」

「でも、車がありますよね」

岩楯は納屋のほうへ目を向けた。軽トラックと、白い四駆車が並んで入っている。

瑞希が乗っていた赤い自転車もあった。

「いや、本当だ。車があるな」

竹田は奥へ小走りする。岩楯は、細工が施された重厚な玄関ドアに手をかけた。が、施錠されており、真鍮《しんちゅう》のノッカーを叩いても応答はない。母屋をぐるりとまわって裏口も確認したけれど、ここもしっかり鍵がかけられていた。離れの様子を見てきた月縞が、向こうにもいませんね、と息を切らしながらやってきた。

「おかしいな。歩きでどこかへ行ったんだろうか」

反対側から合流した竹田が、顔の汗をタオルでぬぐいながら首を傾げた。しかし、白い四駆車を長々と見据えてから、ははあ、と物知り顔をした。

「そういえば、日浦氏は昨日の朝、自転車で出勤してったっけな。酒呑むときは必ずなんですよ。相当呑んで、どっかに泊めてもらったのかもしれない」

「勤め先は？」

「青波図書館です。あの人は呑み出したら止まんないからねえ。こういうことはしょっちゅうあるんですよ。まあ、いろいろとある人だから、酒で忘れたいこともあるんでしょうけど」

竹田は含んだ言い方をして、雨戸に手をかけて揺すった。

「それにしてもすごい家ですね。地主か何かですか？」

「昔からの庄屋ですよ」

「ここの娘も勤めてるんですかね？」

「彼女は、子どもら集めて書道を教えてるんです。きっと、どっかに出かけたんだな。あの娘もふらふらとよく出歩いてっから」

「母親は？」

「娘を産んで、すぐに亡くなったと聞いていますよ」

微かな引っかかりを感じるのだが、何がと問われてもわからない。が、この屋敷を所有できる財力があるなら、瑞希の移植のために金を積むことは容易《たやす》いだろうと思われた。

「岩楯警部補、日浦氏がどうかしたんですか？　今回のヤマとはどんな関係が？」

「ちょっと聞いておきたいことがあったもんで。竹田巡査部長、日浦さんの勤務先に確認を入れてもらいたいんですが」

質問を拒否する姿勢を示すと、巡査部長は「了解しました」と腑に落ちない顔で頷き、一同は門柱から外へ出た。ワンボックスの周りでしゃがんでいたテレビクルーたちが、おもねるような笑みで近づいてくる。竹田はにこりともせずにつかつかと歩み寄り、「免許証」とにべもなく言った。

「マジっすか！　本当に勘弁してくださいって！」

「駄目だ。ほら、車検証も」

「くそっ！　ツイてねえ！」

足を踏み鳴らして悔しがる若造を眺めていたが、岩楯はある閃きをもって近づいた。

「ところできみらは、今日何時からここにいたんだい？」

メガネを押し上げたカメラマンは、質問の意味を考えるように慎重に答えた。

「朝の六時ごろからです。ちょくちょく出たり入ったりはしてましたけどね」

「そのときの屋敷の様子なんかは？」

「今と一緒ですよ。完全に留守状態」

「でも、きみらはちょくちょく見にきたと」

「窓が開いた絵が欲しかったんですよ。鎧戸《よろいど》がぴっちり閉まった洋館なんて、廃屋みたいで魅力がないですから。それに、あの娘が帰ってくんのをずっと待ってるんだけど……」

そう言いかけたメガネ面を、脇にいた痩せぎすの男が肘で突っついた。とたんに口をつぐんで、へらへらと笑った。

「なるほど。娘をずっと待ってるってことは、正確にはいつからなのかね」

「……だから六時からですよ」

「完全に留守状態だったんだろ？　というか、朝に雨戸が閉まってれば、寝てると思うのが普通だと思うんだがね。なのにきみらは、ちょくちょく顔を出して娘の帰りを待っていたと言う。ということは、出かけるところを見たわけか」

三人はそろって口ごもった。

「よし、もう一回だけ聞くぞ。おまえらはいつからここを張ってる」

岩楯は威圧的に見下ろし、声のトーンを二段階ほど低くした。三人は互いの顔を忙しなく見合わせたすえに、重い口を開いた。

「昨日の夜ですよ。九時ごろ」

「九時だと？」と竹田が目を吊り上げた。

「いや、こんな洋館だったら、おどろおどろしい夜の絵も欲しいじゃないですか。殺人と洋館なんてベストマッチっすよ。だからつい……」

「何がベストマッチだ！　まったく、おまえら！　人の迷惑を考えられんのか！」

竹田はいささか過剰なほど怒鳴りつけ、男たちは肩をすくめた。

「で、ほかにもまだあるだろ?」

岩楯が顎をしゃくると、メガネ面が叱られた子どものようにしゅんとした。

「夜の屋敷を撮影してたとき、家から女の子が出てきたんですよ。白っぽい浴衣を着た、髪の長い娘です」

「それで?」

「おそろしくきれいな娘だったんで、取材を申し込んだというか」

「なんのだよ」

「いや、村で起きてる事件についてとか、将来の夢についてとか、まあ、いろいろです」

「それは何時の話だ?」

「たぶん、九時半にはなってなかったと思うけど」

岩楯はマルボロの箱を叩き、飛び出した一本をくわえた。ライターを近づけたが何度も強風で吹き消され、背中を丸めてようやく着火した。

「おまえら、娘を追いまわしただろ」

ぎくりとしたのがすぐにわかった。月縞は目を据わらせて睨みを利かせており、私情を最大限盛り込んだ舌打ちをした。

「続きを聞かせてもらおうか」

「ご、誤解しないでくださいよ！　追いまわしたなんてそんな。取材を受けてくれるように頼んだんだけど、あの娘は完全無視だった。だから少し粘ってみただけですって」

「そういうのを追いまわすっつうんだよ。それでどうなったんだ？」

「娘は道を曲がって、そこからは見つけられませんでしたよ。真っ暗だし、捜しようもなかった」

「どの道を曲がった？」

「気味の悪い地蔵の先にある畦道です。左側のほう」

岩楯は地形を大雑把に思い浮かべた。瑞希は村の中央部へ向かっている。

「で、今度は朝っぱらから屋敷に貼りついたわけだ。スカウトでもする気なのかよ」

「いやだって、実際もったいないでしょう？　こんな辺鄙な田舎にいるべき娘じゃないっすよ」

「戯言をぬかしてんな。娘は今朝も見てないんだな？」

「はい」と気遣わしげに頷いた三人を見下ろし、岩楯は、気を揉ませるだけの時間をじゅうぶんに置いた。

「よし。おまえらは住居侵入及び、つきまといによる迷惑防止条例違反、わいせつ罪とその他もろもろの罪でしょっぴかれることになる。いいな？」

「いいなって、なんですかそれ！　わいせつ行為なんてしてませんよ！　それにこれは、れっきとした報道の仕事です！」

「夜更けに若い娘を三人がかりで追いまわすことが、報道の仕事か。誰が見ても人でなしの所行だろ。それに、娘の映像も撮ったんじゃないのかね」

　岩楯は、地面に置かれた大型のカメラに目をやった。

「盗撮行為はわいせつ罪に入ってんだよ。残念だったな」

　降って湧いたような不運を嘆く若造を冷ややかに眺め、満足げに頷いている竹田に向き直った。

「竹田巡査部長、あとはお願いしてもいいですか？」

「了解しました。日浦氏の件はおまかせください。わかり次第連絡させていただきます」

　岩楯は目礼し、月縞と踵を返した。どうもすべてが浮ついて落ち着かない。先ほどからの釈然としないものが、さらにざわざわと全身を這いまわっている。レガシィに乗り込み、短くなった煙草を灰皿で揉み消した。

「岩楯主任、あの三人はすぐに釈放されると思いますが」

「いいんだよ。丸一日をだいなしにしてやりたかっただけだから」

「なるほど、さすがです。それにしても、彼女はどこへ行ったんですかね？　というか、身辺を張らせておいたはずじゃないですか」

「定期的にまわらせてただけだから、連中は責められんよ」

文句を垂れながら身分証を提示している三人を眺め、岩楯は頭を巡らせた。夜の九時過ぎに女ひとりで家を出る、しかも村道には街灯もなく、殺人犯がうろつくかもしれない闇の中だ。若い娘の無鉄砲な行動を考えれば、そうまでする意味はおのずとわかるような気がした。

「こないだのばあさんのとこへ行ってくれ。『沼アガル』ってとこな」

「三桝さん宅ですね。なぜですか？」

「夜更けに娘がこっそりと家を抜け出すのは、なんでだと思う？」

月縞は後ろを振り返りながらバックで砂利道を抜け、ハンドルを何度も切り返して方向転換をした。

「逢い引きですか」

「そういうことだ」

「それがなんで、三桝さんなんですか」

「瑞希と藪木は、そういう関係だからだよ。地理的には鮎沢へ向かってる」

「根拠はなんです？」と月縞は必要以上に食い下がる。

「そんなもんはない、ただの勘だ。おまえさんも気づいてただろ？　認めたくない気持ちはわからんでもないが」

月縞の鼻息が荒くなり、気に食わなさを全身で示すように身じろぎをした。

「まあ、あれだ。ばあさんちの離れにいるか、ドライブにでも行ってるか、それとも、インター近くにあった御殿みたいなホテルにしけ込んでるのか。親父が呑みにいく日を狙ったんだろうしな」

「主任、なんだかずいぶん嬉しそうに見えるんですが」

「相棒を思っての言葉だよ。過ぎた春をさっさと忘れられるように」

ありがとうございますと拗ねたように言い、月縞は横道へ入って三桝家の門柱をくぐった。ここ一週間で、相棒はずいぶんと表情豊かになっている。にやにやして車のドアを開けた瞬間、風に乗って馬鹿笑いが耳の奥に入り込んできた。こっちにもおかしなやつがいる。あけすけで裏表のない女は、年寄り相手といえども、変わらぬノリを貫いているらしい。

「本当に妙な巡り合わせだよ」と岩楯は呟き、木の敷居をまたいだ。「こんにちは」

玄関先で声を上げると、ひと呼吸の間もなく赤堀が廊下を滑り込んできた。

「ああ、なんだ、岩楯刑事か。いらっしゃい」

「いらっしゃいって、なんで先生がここにいるんだよ」

「鑑識さんから、現場の昆虫調査を直々に依頼されたの。知らなかった？」

「知ってたよ。だからって、ここにいる理由はないだろう」

「三桝忠雄先生が採集した、保存加工の資料を借りたくてね。ハッチョウトンボのだけど。ああ、月縞くん、今日もシラけてる？　ほら、二人とも遠慮しないで上がりなって」

あいかわらず、ずうずうしい女だった。すると茶の間からタエが顔を覗かせ、丁寧に座ってお辞儀をした。

「また遠いとっから、ご苦労さんだったねえ」

「たびたびすみません。赤堀がお世話になったようで」

なぜか、身内のような話し方が口を衝いて出た。

「いやあ、こっちが助かってんだよ。涼子ちゃんは作業場の上さいたクモの巣を、全部捕ってくれたんだから」

岩楯はぴくりと反応した。

「ああ、大丈夫、大丈夫。十センチ近いアシダカが納屋にいたんだけど、その子はこっちまでこないから心配しないで」

「始末したんじゃないのか？　全然大丈夫じゃないだろうよ」と岩楯は周囲を素早く窺った。

「農家には必要な子だからね。害虫退治の王様は始末しちゃ駄目でしょ。それに、ムカデとか外来種の巨大ヤスデなんかも棲みついてたから、ひとまずそのへんに追っぱらっちゃった」

「巨大ヤスデ？」

「そう、そう。もとは誰かのペットだったんだと思うけど、この地で増えてる感じだね」

するとタエが、何度も大きく頷いた。

「最近、ぞっくりと脚が生えてるヘビがあっちこっちで見つかってんだ。役場でも、ツチノコみてえのがいるって騒ぎんなったかんな」

「ゴムホースぐらいの太さがあるからね。腐った木をねぐらにしてる、大人しい子たちだよ」

そんなものが増えたら困るだろう。しかし赤堀はほがらかに笑い、あの子はほっとけばいいから、と岩楯の不安を一蹴した。化け物だらけの納屋には絶対に近づかないようにしようと思う。

「ところで三桝さん、藪木くんに会いたいんですけど、今は離れにいますかね？」

「俊介か？　なんだか、まあだ起きてこねえんだわ」

「まだって、二時過ぎてんですよ？」

「まったくなあ、最近は昼と夜が逆さまになっちまってんだ」

タエはサンダルをつっかけてよろよろと庭に進み、四つ目垣に手をついた。

「俊介、まあだ寝てんのかあ？」

しばらく待ったが応答はない。

「お客さんがきなさったぞお。もう起きてきなせえ」

まったくの無反応だ。奥のほうを伸び上がって見ると、大型のジープが収まっていた。岩楯は仕切ってある木戸を開け、離れに向かった。すべての雨戸が閉め切られ、玄関には鍵がかけられている。

「なんだっぺ。出かけっときは、必ず声さかけていくんだけど」

すると、「これはなんだろう」と赤堀が雨戸の前に屈み、踏み石の上にある素焼きの壺を取り上げた。アリがうじゃうじゃと中に入っており、その隊列は縁の下へと続いている。昆虫学者は壺の中に手を突っ込み、指についた粉末をアリごと口へ運んだ。それを目撃した月縞が、小さく呻き声を上げた。

「砂糖だ。なんでこんなところにあるのかな」

「そういえば、昨日の夜中に、俊介が庭で騒いでるみてえな声がしてたんだ」

「昨日？　何時ごろですか？」

「そうだなあ……。午前さまに近いときだな。裏の窓開けて声かけたんだけど、俊介は返事しなかったんだよ」

確かにおかしな挙動だった。

「三桝さん、ここに日浦瑞希さんはきませんでしたか？　昨日の夜遅くですが」

「日浦？　とんでもねえ、くるわけがねえ」

なぜか顔色を変えたタエは、わずかに語気を強めた。この反応はなんだろうか。怒りとも怯えともつかない感情が浮かんでいる。色素の薄い老婆の目をじっと見つめたとき、岩楯刑事、と赤堀が呼ぶ声がした。

「裏口の鍵が開いてるよ」

古そうな木枠の戸は、十センチほどの隙間が開いている。岩楯は中へ向かってひと声かけてから、格子戸を滑らせた。

しんと静まり返り、小窓から入る弱々しい光のほかは薄闇に包まれている。塗料のような臭いが鼻をかすめた。タエはつっかけを脱いで上がり込み、「俊介はいねえなあ」と雨戸の一枚を開けている。自然光が射した室内に目を走らせたとき、奥の座敷に人影を見つけて、岩楯はぎくりとした。

丸まった毛布の脇に、裸の女が立っている。欄間が邪魔をして顔は見えないが、真っ白で華奢な肢体は誰であるか容易に想像がついた。

「瑞希くんか？」

入るのもはばかられ、岩楯は戸口で声をかけた。そのとき、吹き込んだ風に彼女の体がゆらりと揺さぶられた。まるで吊るされてぶら下がっているかのように……。

「入るぞ！」

岩楯は靴を脱ぎ捨てて上がり込み、奥の八畳間に駆け込んだ。そこには、裸の瑞希が天井からぶら下がっていた。全身真っ白で髪の毛はなく、空洞の目で物憂げにこちらを見下ろしている。あとから入ってきた月縞と赤堀が、息を飲むのがわかった。

「なんだ、これは」

風に揺れる瑞希を見上げ、岩楯はあっけに取られて口をぽかんと開けた。等身大の生き写し人形。手から足先、表情の細部にいたるまで、執拗なほど忠実な造形が施されていた。

「信じられないほどきれい……」

たまらずといった具合に、赤堀も感嘆の呟きを洩らしている。さまざまな感情の波が心に直接伝わってくるようで、岩楯は体が震えるほどの感動を味わっていた。おそろしいまでの魅力と訴えかけてくる切なさ。人形の域を超えているではないか。無表情のまま黙って見上げていたタエだったが、前に進み出て悲しげにぽつりと言った。

「俊介は、氷雪花に取り憑かれちまったんだなあ。日浦の娘と氷雪花の両方を守ろうとしてんだよ」

「どういうことですか？」

「オレは止めたんだよ。俊介はめんこいし、祟りをかぶってほしくねかったから」

タエはふうっと息を吐き出してその場に正座し、過去にこの村で起きた悲しい出来事を語ってくれた。その話を聞くと、あり得ないとわかってはいても、騙されて殺された氷雪花と瑞希は完全に重なっていると感じた。

岩楯は頭を切り替え、今の状況が示す事実を考えた。瑞希が昨夜ここへ来たのは間違いないだろう。ではなぜ、二人は忽然と消えたのか。もしかして、厄介事に巻き込まれているのではないだろうか。移植を巡っての殺人は、卑劣な裏工作をした笛野を殺すことが最終目的ではないとしたら。金で移植の権利をかすめ取った瑞希の父親と、瑞希本人をもターゲットに据えているのだとしたら……。

「月縞、行くぞ」

急《せ》く気持ちで庭へ出たとき、ポケットの中で携帯電話が振動した。同じ班の部下からだった。耳をつけると、興奮したような声が途切れ途切れで聞こえてきた。

「岩楯主任、突き止めました！　日浦瑞希が手術を受けたとき、同等ランクでドナー待ちしてた患者が二人います。松崎日奈子《まつざきひなこ》という二十四の女と、小倉千恵美《おぐらちえみ》、二十一歳です」

「松崎と小倉？　聞き覚えがないな。初出か？」

「そうなんですよ。でも枯杉村に移住した都会者の中に、この二人の身内がいるかもしれません」

「その娘二人はどうなってる？」

「瑞希が移植を受けた同年に死亡しています。どちらも心不全」

次の移植は間に合わなかったのか。

「わかった。こっちはかなり状況が悪い。日浦瑞希が行方不明だ」

「なんですって？」と部下は声を上ずらせた。「あの家は巡回ルートだったし、報告は逐一挙がっていたんですよ？」

「ああ、だが、娘が夜中にこっそりと屋敷を抜け出したんだよ。人目を忍んで恋人に会うためにな。最後の目撃者がマスコミ連中だ」

「恋人っていうのは？」

「藪木俊介。こいつも行方不明。あと、瑞希の父親の足取りも摑めていない。状況的にはかなりよくないな」

追い込まれた犯人たちは、焦って事を遂げようとしているのかもしれない。時間がないと感じていた。

電話を切ると、いつの間にかそばにいたタエが、ぎゅっと岩楯の腕を握り締めてきた。

「おまわりさん、俊介が死んちまうのかい？」

「三桝さん、これから警察が総出で捜索しますから」

「オレは、俊介までいねくなっちまったら、もうどうしたらいいかわかんねえ。俊介はオレの子どもとおんなじなんだ。どうすっぺ、俊介は今、すごく困ってんだっぺか。かわいそうになあ、オレが助けてやりてえなあ……」

岩楯は、涙をいっぱいに溜めるタエの肩に手を置いた。

「精一杯のことはします。三桝さんは、ここで帰りを待っていてください」

手を合わせ、拝むように頭を下げるタエを残して車へと向かった。レガシィのドアを開けるなり、後部座席に赤堀が乗り込んできた。

「岩楯刑事、わたしも同行させて」

「駄目だ。こっからは先生の領域じゃない」

「お願い、絶対に役に立つ」

赤堀は睨むようにまっすぐ目を合わせ、一歩も引かない態度を示した。

「先生、あんたは警官じゃないんだ。相手にするのは、人殺しどもじゃなくて虫だろう」

「必ずわたしが必要になるから。虫の言葉を翻訳できるのは、わたししかいないってことを忘れないでよ。同行させて、お願い」

岩楯は真っ向から昆虫学者と相対し、しばらく黙ってから月縞に告げた。

「車を出してくれ」

3

二人の刑事は、見事なまでに実ったトウモロコシ畑の中にいた。身の丈よりも大きい株は、重そうなほどいくつもの実をつけている。迷路のような作物の隙間を縫って進んでいると、奥まった場所で前を歩く男が立ち止まった。

「このあたりだねえ」

畑の主が、消防団のキャップをかぶり直しながら地面を指差した。肥沃な土には足跡がくっきりと浮かび、ひとつは大きめのゴム底スニーカー、もうひとつは二の字の形となって点在している。

「見つけたのは何時ごろですか？」

「朝の六時前から畑さ入ってたんだけど、トウミギのとこに来たのは七時過ぎてたと思うよ。ずいぶん遅くなっちまって急いでたから」

「そうですか。この近辺で、何か不審なものを見聞きしたということは？」

「いやあ、特別ないねえ。これが落ちてたことぐらいだな」

痩せ形だが、がっちりとした肩幅をもつ中年男は、月縞が持っている書類に顎をしやくった。それは、花型のストラップがついた携帯電話の写真だ。

「別に畑を荒らされたわけでもねえし、盗まれたわけでもねえんだ。落とし物だから竹田さんに預けようと思って捜してたんだけど、どっか巡回してるみてえで見つかんなかったんだわ。んだから、今さっき会った役場の夏川くんに預けたんだよ。なんせ役場は今、東京のおまわりだらけだっぺ？」

岩楯は、日灼けしたスポーツ刈りの夏川を思い浮かべた。駐在所で見かけた男だ。

「それで届けるのが遅くなったというわけですか」

「いや、いや、悪かったねえ。誰かがこのケータイ落としたのは、夜のことだべな。昨日の夕方、ここへ来たときには足跡もなんもなかったから」

そして男は言葉を切り、好奇心を剝き出しにして岩楯の顔をじろじろと見つめた。

「刑事さん。もしかして、今起こってる殺人事件となんか関係あんのかい？　このケータイは『ホシ』が落としてったもんだとか。いわゆる『ブツ』ってやつだ」

今にも舌舐めずりしそうな面持ちだ。岩楯はやんわりと質問を退けた。

「事件との関連は捜査中ですよ。通報をありがとうございました。それでですね、申し訳ないんですけど、今日はこの畑には……」

男はさっと右腕を上げて岩楯の話を遮り、「刑事さん。みなまで言うな」と何度も頷いた。「俺の畑さ、黄色いテープがぐるっと張られんだっぺ？　立ち入り禁止のやつだ。そんで『カンシキ』が足跡の型を採るんだよなあ」

岩楯は苦笑した。そういうことになるだろう。なぜか誇らしげな男に話の終わりを告げ、去るのを待ってから屈んで地面を検分した。

「ここまで逃げてきて、畑に入って隠れたみたいですね。そして、あの二人は助けを呼ぼうとした」

月縞が、険しい顔で下駄の跡を見つめた。岩楯はシャツの胸ポケットから携帯電話を出して、電波の状況を確認した。この場所はアンテナが一本しか立たず、しばらくすると圏外に切り替わってしまう。藪木が瑞希の手を引き、畑に逃げ込んで携帯電話を必死に操作している姿が目に浮かんだ。

刑事二人は足跡を追って畑の中を進み、車一台がかろうじて通れる雑草だらけの農道へ出た。足跡はここでぷつりと途絶えている。岩楯は、本能的に遮蔽物の有無を素早く見極めた。農道の左右どちらに進んでも、身を隠せるような場所がない。追われる者がいちばん避けたい道だろう。では、二人はここからどこへ向かったのか。

カカシにとまっているカラスどもに威嚇されながら、作物の間を行き来して、周りを注意深く観察した。目の前は小高い土手と川で、下にあるのはそれに沿った一本道。隠れるとしたらトウモロコシ畑ぐらいで、あとは背の低い作物ばかりが連なっている。岩楯は、畑についた足跡をもう一度確認した。一方向にしか進んでいないところを見ると、引き返してはいないようだ。それはわかったけれども、自分の嗅覚もここまでだった。

いったい二人はどこへ向かった？　岩楯がもどかしい思いで腕組みしたとき、おーい、という声がした。農道の先のほうから、赤堀の騒がしいわめき声だけが聞こえてくる。

「こっち、こっち。どこ見てんの！　こっちだって！」

土手に繁っている夏草の隙間から、ぶんぶんと振られる指先が見えている。さらに彼女は跳び上がったようで、上気した顔がぴょこんと覗いた。岩楯と月縞は、小走りして赤堀のもとへ向かった。

「どうした？」

「見て、ここところ」と赤堀は、屈んで地面を指差した。「これはハンミョウの巣穴なんだけど、完全に壊されてて、今、修復の真っ最中。それに、ヨモギの茎にくっついてる虫こぶも木っ端みじんに潰れてるね」

草の茎には、白い毛糸玉のようなものが半分に割れて取れかかっている。

「このふわふわは、ワタフシっていうハエのコロニー」

「それで？」

「状況から見ると、誰かが草を摑みながら土手をよじ上ってる。この少し上のほうでも、アリの巣が壊されてたから間違いないと思う」

月縞は赤堀が指摘した場所を避けて、即座に堤防を上りはじめた。

「いや、これは浴衣の女が上れるようなところじゃないですよ。ここを通ったのが二人だとすれば、藪木が引き上げるしかない」

川を渡るつもりだったのだろうか。岩楯は、激しい水音に耳をそばだてた。

「このまま右へしばらく行くと、木を渡しただけの橋があるの。土手の向こう側へ下りれば、こっちからは完全に死角。だから二人は必死で上ったのかもしれないね」

そのとき、急な土手を苦労してよじ上っていた月縞が、「主任！」といきなり大声を張り上げた。手には、赤い鼻緒の切れた下駄が握られている。

「赤堀先生の言う通りです！　二人はここを通ってる！　くそ、こんな場所へ追い込んだのか！」

月縞は吐き捨て、そのまま草を摑んで上り切った。ブルーのワイシャツは草の汁と土で汚れ、顔には何ヵ所もススキで切った傷がついている。月縞は辺りを見まわしてさっと屈み、蒼ざめた顔で夏草を手に取った。

「ここに血痕があります！」

「なんだって？　下のほうの土はどうだ？」

「染み込むほどではないですね。草の上だけです」

死ぬほどの傷ではないとしても、二人は危害を加えられている。人の声が聞こえて振り返ると、連絡を受けた捜査員たちが荷物を抱え、農道を曲がってくるところだった。

「よし、あとは連中にまかせよう」

「ねえ、岩楯刑事。まさか、あの二人はもう……」

隣で赤堀が言いかけ、気遣わしげに語尾を飲み込んだ。

「すぐに殺す気なら連れ去りはしない。というより、やつらは、ここで始末ができなかったんだよ」

なぜ、という顔をしている赤堀と目を合わせ、岩楯は反対側へ顎をしゃくった。三十メートルほど先には、背の高いポールが立っている。アユらしき魚の標識がつけられ、てっぺんには赤いライトを点滅させた防犯ビデオがついていた。

「密漁用の監視ビデオだ。何かしらは映ってるだろう」

それから数十分後、三人は枯杉村役場にいた。監視ビデオのデータを引き出し、早送りで昨夜十時以降の画像を食い入るように見つめている。暗視機能とは名ばかりで、画質は非常に悪く、これでは密漁者を捕えても証拠にはならないだろうと思われた。タヌキやイタチらしき小動物が、ちょくちょく水を飲みにくるのがわかる。

デジタル表示が午前零時をまわったが、絵面はまるで変わらない。三人はぴくりとも動かずに、パソコンのモニターにかじりついていた。そして、表示が零時四十分になろうとしたとき、画像がいきなりぶつりと途切れた。

「おい、おい。肝心なとこでなんなんだよ」

岩楯はストップボタンを押して、動画を少し戻してから再スタートさせた。けれども何度再生しても、同じ箇所で画像は消えている。役場の担当者を呼ぶと、しばらくしてからスポーツ刈りがひょっこりと現れた。またこの男か。そういえば、駐在所のパソコンの不具合も、夏川というこの男が診ると言っていたことを思い出す。

夏川は腕の筋肉を盛り上がらせて、よくわからないコマンドを流れるように打ち込んでいた。が、早々に打ち込みを切り上げ、録画は零時四十分で終わっていますね、とあっさり告げてきた。

「いや、終わってるってどういうことですか？」

岩楯は、いささか強い口調で夏川に詰め寄った。

「もしかしたら、機械の不具合で、録画が停止したのかもしれないですねえ」

「不具合？　笑えるほど絶妙なこのタイミングでかい？」

「タイミングのことは、僕にはよくわかんないですけど」

「よし、わかった。質問を変える。今までにこんなことは？」

「台風とか大雨とか、風が強いときはよく故障するもんで。昨日も今日もかなりの強風だから、それでこうなったんだと思いますけどね」

スポーツ刈りの頭をかきながら、夏川は申し訳なさそうに釈明した。けれどもそれは上辺だけで、自分のスキルとはなんら関係がないと言わんばかりだった。二人の刑事は、舌打ちが止められなかった。この肝心なときに、なんという不運だろうか。月縞と一緒になって使えない機材だとののしっているとき、黙ってモニターを見つめていた赤堀が、おもむろに早送りのキーを押した。

「この先になんか映ってたりして」

しかし状況は何も変わらず、砂嵐のような荒れた画像が続いているだけだ。が、彼女がさらに先へ送ろうとしたとき、突如として画面に絵が現れた。小動物が慌てたように四散した直後、軽トラックが猛スピードでフレームアウトする。

「止めろ！」と岩楯は思わず椅子から腰を浮かせた。見逃してしまいそうなほど短いそれは、コンマ数秒ほどのものだろう。時間表示は午前一時二分。この画像のあとは、また同じような砂嵐が続いていた。月縞は素早くマウスを操作し、コマ送りで画像を巻き戻した。フレームぎりぎりのところで、軽トラックの荷台にいる四人の人間が確認できた。

「藪木がいるな。こっちは瑞希か」

長髪の男はぐったりと横になり、何かをかぶせられている浴衣姿の瑞希が、激しく抵抗をしている。たったそれだけの映像だった。

「こいつらの顔はわかりませんね。性別も特定は不能です。ナンバーも不明」

岩楯は、監視ビデオの設置地図を書類の束から抜き出した。川沿いにあるカメラは等間隔というわけではなく、アユを捕獲できる場所に絞って設置されている。

「ここがカメラ設置場所のいちばん端か……」

「この道を西へ進んだってことは、必ず国道に出たはずだよね」

赤堀が地図を指でたどった先を見て、岩楯はむっつりと頷いた。すると黙ってモニターを見据えていた月縞が、その体勢のまま低い声を出した。

「ちょっと待ってください。これは、風で機械が壊れたわけじゃないと思うんですが」

なんだって？　岩楯と赤堀が同時に顔を上げるなり、無表情の月縞は棒立ちになっている夏川に詰め寄った。

「専門職のあなたの見解を聞かせてもらいましょうか」

「た、確かに故障じゃないみたいですね」

「じゃあなんですか？」

夏川はごくりと喉を鳴らし、おそるおそる口を開いた。

「……誰かが削除した」

「やっぱりそうか」

とたんに夏川は、血相を変えて顔の前でぶんぶんと手を振った。

「ち、ちょっと待ってください！　僕は何もやってないですよ！　今、初めて観たんです！　本当です！　記録を消去するなんて、そんな大それた……」

月縞の追い込みを引き継いで、岩楯は手を上げて夏川を黙らせた。

「思えばきみは、村のあっちこっちに出没してたよなあ。まあ、役場の人間だから当然だとしても、重要な場所ではきみの名前がよく挙がる。駐在所だとか、落ちてたケータイを届けたとか」

「村をまわるのが自分の仕事だし、やましいことなんてなんにもないですよ！　まさか、僕が人殺しだって言うんですか！」

「ちなみに、昨日の深夜はどこにいましたか？」

夏川の釈明には反応せず、岩楯は事務的に質問をした。

「もちろん、家です！　寝てました……ああ、こんなこと言ったたって、アリバイを訊かれるんでしょ？　同居してる親だって、とっくに寝てたんだ！」

「この監視ビデオ映像を観られる者は、あなたのほかにいるのかどうか」

「います、いますよ！　役場の人間なら、誰でも呼び出せます！　操作も簡単だし、パスワードも全員が知ってます！　観ようと思えば、簡単なんですよ！」

「よそから操作することは？」

「役場の端末からは誰でも観られますけど、そのほかはできません！」

鼻先から汗を滴らせている男を、岩楯は気の済むまで観察した。恐怖で白くなった唇を震わせ、忙しなく目が左右に動いていた。この男には何かがある。後ろめたさを必死で隠すような挙動があった。ビデオを消去したのが夏川ではなかったとしても、夜中の一時過ぎから今までの約十五時間。その間にここへ来て、画像を消去した者がいるということか。これだけ警官が詰めているというのに、大胆すぎる行動だった。しかし裏を返せば、殺人集団の中に、役場の人間が混じっているということでもある。

岩楯は、隣の会議室へ行った。昨夜から枯杉村入りしている一課長に、ざっと経緯を説明する。夏川と役場職員の尋問はほかの捜査員に託し、岩楯と月縞、そして赤堀は再び外へ飛び出した。波乱含みの予兆であろう天候は風が激しさを増し、山の頂をすっかり雨雲で隠している。車に乗り込んですぐ、岩楯は村の地図を開いた。

「この村のいいところは、橋を越えなけりゃどこにも行けないことだ」

「甲迦街道は通行止めで検問ですから、反対側も出入りは不可能です」

「そのほか二方向は険しい山。となると、おそらく連中はこの村を出ちゃいない。そこらじゅうに警官がいるし、人気のない夜中に走る車は、なんであれ止められる」

岩楯は月縞に行き先を告げた。腕時計に目を落とせば、夕方の四時半を過ぎている。藪木と瑞希が、まだ生きている可能性を考えた。その確率は自分の中で不安定に変わり、すでにゼロであることも意識しなければならなくなっている。細切れの事実がいくら積み重なったところで、今、監禁場所を特定できなければ、まったく意味がない。

岩楯は助手席で煙草をくゆらせ、焦りの淵から自制心をなんとか引きずり戻した。突破口はどこにあるのか。何がすべてをつなぐ鍵なのだろうか。ここまで核心的な事実が出そろっているのに、なぜ一本の線にはつながらないのだろう。

そのとき、ポケットの中で携帯電話が振動した。モニターには、今さっき別れた部下の名前がある。通話ボタンを押すなり、「主任！」とがなり声がつんざいた。「見つけましたよ！　移植できずに死んだ女二人の両親です！　この村に移住していました」

やけに途切れる声に電波表示を見れば、かろうじて立っている二本のアンテナが、ちらちらと消えそうになっていた。車を停止させ、スピーカーモードにして電話をダッシュボードの上に置いた。赤堀は、後部座席から身を乗り出した。

「移住者リストの中に、同じ名字はなかったはずだが」

「簡単な細工ですよ！　一度離婚して復縁している。夫が妻方の婿養子に入ってるんです。だから名字が変わったんですよ」

「そいつは誰だ？」

「真舟博之《ひろゆき》、郁代夫妻。あと、諏訪政春、基子夫妻です。どっちも一年前に東京から越してきている。娘がそれぞれ日奈子と千恵美。ドナー待ちで死亡しています」

隣で月縞がばさばさと資料をめくり、該当の名前を見つけて大きく頷いた。

「その二人の所在は？」

「今、大人数で確保に向かってます！」と言い終わらないうちに、電話はぶつりと切られた。すぐさま月縞がレガシィを発進させる。

岩楯は、散らかったままになっている頭の中を、ひとつひとつ整理していった。この土地に住む日浦を目指し、移植を巡って恨みを抱える者たちが移住してまで集結した。これが原点だ。しかし、変異種のトンボが生息する特殊な場所を、よそ者がどうやって見つけるにいたったのか？　そして、殺した笛野の遺棄場所を、葛西の倉庫にしたのはなぜなのか……。

犯人グループの数は五人。しかし、裏金による順位操作によって命を落としたのは、真舟と諏訪の娘二人だけだとすれば、いったいもうひとりは日浦の何に絡み、殺しに手を染めるほど憎んでいるのだろうか。

国道を右折すると、三角コーンやバリケード、矢印の警告灯が道路に置かれ、パトカーと警官の群れが見えてきた。村を出るための道には、すべて非常線が張られている。警笛を吹いて、赤い誘導棒を振っている竹田の姿を認めた。

岩楯が窓を下げて会釈をすると、巡査部長は小走りでやってきた。安全ベストを着けて汗を流し、丸い顔が暑さで真っ赤になっている。

「岩楯警部補、本部から詳細の連絡を受けました」

「移住してきた二組の東京者ですが、連中に会ったことは？」

「ええ、もちろんあります。定住促進事業で村に来た者には、努めて接するようにしていたんでね。地元民とのいざこざもよくあるものですから」

竹田は、止まらない汗をぬぐいながら言った。

「実は、密漁用の防犯ビデオに、藪木と瑞希を乗せた軽トラックが映っていたんですよ。夜中の一時過ぎです」

驚愕した様子の竹田は、声も出せずに大きく目を見開いた。

「村を出るには、駐在所の前を通過するルートもある。駐在所には、道路へ向けた防犯ビデオがあったと思いますが、それを今すぐ見たいんです」

竹田は了解と言って何度も頷き、ミニパトに乗り込んで即座にエンジンをかけた。

数十分後、二台の車は駐在所に到着した。車を降りてすぐに、ずっと黙りこくっている赤堀が、はたと足を止めて空を仰いだ。流れの速い雨雲を目で追っている。神経を研ぎ澄ます、そんなぴりぴりした雰囲気を醸し出していた。そして捕虫網を取り出し、いきなりぶんぶんと振りまわしはじめた。どうした、と声をかけたが、自分の世界に入り込んでいる彼女には、まったく聞こえていない。

　虫の領域はひとまず赤堀にまかせ、岩楯と月縞は駐在所へ入った。竹田は、奥の机に置かれているノートパソコンを手荒に開く。慌ててキーを打ち損じては、舌打ちしながら額の汗を手の甲で振り払っていた。慣れない手つきでマウスを動かしている後ろで、青波警察署から出向している若い警官が、代わりますと申し出た。幼さが残る顔立ちの彼は、素早く画面を呼び出し、あれ？　と声を出した。

「おかしいな、ファイルが見当たらないんです」

「なんだって？　確かか？」と岩楯は奥の机にまわり込んだ。今度は月縞が操作を代わり、ファイルを検索にかけはじめた。

「確かに、八月初めからのデータがありませんね。この一ヵ月半、ビデオが正常に機能していなかったのかもしれません。それか、消されたか」

「消されたですって？」と若手の警官が素っ頓狂な声を上げた。

「竹田巡査部長、もしかしてこのパソコンは、役場の夏川がいじりませんでしたか？」

「ええ。一昨日ですが、いろんな不具合を診てもらいました。キャッシュがどうとか言ってましたが、わたしはさっぱりわからんもんで」

となれば、これも夏川の仕業か。やつはいったい、この事件のどこにかかわっているのだろうか……。岩楯が悶々と考えあぐねているとき、戸口から赤堀が顔を覗かせた。

「竹田さん、ちょっといいですか?」

「はい、なんでしょう」

「ミニパトのトランクに、動物か何かがまぎれ込んでません?」

「は? トランクですか?」

丸椅子に蹴つまずきながら、竹田は小走りで外へ出た。月縞は高速でキーを叩き、ファイルを消去した痕跡を探そうとしている。二人の刑事と若手の捜査員は、パソコンのモニターに顔を近づけた。

「別のデータを使って上書きしているのかもしれない。そうなると、残存データは完全に消滅します」

月縞はファイルを終了して顔を上げた。よし、夏川に追い込みをかける。岩楯はそう言い、無線で連絡を入れるためにレガシィへ向かった。車の脇に捕虫網が放り出されているのが見えたが、岩楯はかまわずドアを開けて無線を掴んだ。が、網の中で動いているものが視界をかすめて動きを止めた。よく見れば、小さな黒い虫が何匹も入っている。岩楯は、無線を放ってその場にしゃがみ込んだ。一センチもない虫は黒味がかった緑色で、複眼はレンガ色をした小さなハエだった。岩楯の全身が粟立ち、赤堀が語っていた言葉を一瞬のうちに思い出した。オビキンバエだ。こいつは、死臭を感じ取って十分以内にやってくる……。

「赤堀！」

岩楯は声を張り上げ、駐在所の脇へ駆け込んだ。ミニパトが消えている。ちょっと待て！　どういうことだ！　いや、自分は今まで何を見て何をやっていたんだ！

携帯電話を引っ摑んで、南葛西署の番号を押した。署長につないでもらい、勾留中の松江浩樹を電話口に連れてくるよう、根気よく説得した。じりじりと待つこと数分、岩楯の耳に、聞き覚えのある可愛げのない声が届けられた。

「誰だよあんた」

「松江、おまえ担当の保護観察官だが、いっしょにくる『おっさん』にもしょっちゅう説教されてるとか言ったな？　それは誰だ」

「忘れた」

せせら笑いが耳に届き、金髪のモヒカン頭を揺らしている姿が容易に想像できた。岩楯は怒りを喉元で押しとどめ、冷ややかで低い声色をつくった。

「おまえは保釈申請してるらしいじゃないか」

「だからなんだよ」

「これ以上ふざけた態度を取るなら、そんなもんはなしだと思え」

「はあ？　誰の権限だよ！」

「俺の権限だ。どうせあっという間に却下されるだろうが、どんな手使っても外には出さんからな。こっちは本気だ。どうすんのか今すぐ決めろ」

浩樹は罵声を上げ続け、電話越しで留置担当の警官に諫《いさ》められている。しまいには怒鳴りつけられ、不遜な口調で喋りはじめた。

「ちくしょう、ここは暴力デカばっかだな。最悪の場所だ。説教オヤジは駅前交番にいた下っ端制服警官だよ」

岩楯の心臓はぎゅっと縮み上がった。

「……それは誰だ」

「竹田とかいうおっさんだ」

ずっと違和感を覚えていたではないか。岩楯は電話がきしむほど強く握り締め、自分の無能ぶりをあげつらねていった。枯杉村が関係していると判明してからも、殺人者たちが、葛西まで遺体を捨てに行った足取りがまったく摑めなかった。高速を使わず、主要な幹線道も避けていたからだろう。倉庫周辺にある防犯ビデオの場所も熟知し、細心の注意を怠っていない。まずそこから足がつくことを、嫌というほど知っているからだ。

村内のあらゆる道や場所を、誰よりも知っておく必要のある人間は誰だ？　岩楯に対し、常に警戒心をにじませていた者は？　役所の防犯ビデオを削除できたのは、何も夏川や職員だけではない。それよりも自由に出入りでき、端末を操作しても誰も目に留めない人間がいただろう……警官だ。おめでたいことに、自分は主犯に情報をくれてやっていたも同然だった。

岩楯は駐在所に駆け込んで、汗だくになりながら、そこらじゅうをひっかきまわした。月縞が、どうしたんですか、と驚いた顔をして近づいてくる。

なぜこんなことになった。いったい、何が竹田と関係があった？　引き出しの中のものを机上にぶちまけると、無記名の封筒が滑り出してきた。

「どういうことだ。竹田は南葛西署勤務だった。なんだってこの村にいる……」

「なんですって？　ちょっと待ってください。巡査部長は今どこに？」

「消えた。たぶん、赤堀も一緒だ。ミニパトの位置情報をすぐに挙げてくれ。それに、本部へ応援要請」

「どういうことですか！」と月縞ががりがりと頭を掻きむしり、ねずみ色の机にどすんと手をついた。「巡査部長は、県警に入り直せるような年齢じゃないでしょう！」

「とにかく、本部へ連絡を入れろ！　ミニパトのトランクに、今もなんかの死骸が入ってるんだ！　オビキンバエが飛びまわってたんだよ！　赤堀はそいつに気づいたんだ！」

岩楯が怒鳴り声を張り上げると、月縞の顔がさっと蒼ざめた。

「死体につくオビキンバエ……まさか、トランクには藪木と瑞希が……」と語尾をかき消し、捜査車両へ飛び込んでいる。どうしていいかわからずに立ち尽くしていた若い警官が、おそるおそる口を開いた。

「あの、竹田巡査部長は、特別出向制度でこの村に残ったと聞きました」

「特別出向制度？」

「はい。三年前に、この地域は大型台風の直撃で、ひどい被害を受けたんです。そのときに、警視庁から特別出向として、大勢の捜査員が被災地対策に当たってくれました。竹田巡査部長も出向員として、青波町に入っていたんですよ。そこで、枯杉村の駐在員のなり手がないことを知って、出向延長で残ったと聞いています。期限つきですが」

そういうわけか。岩栖は、封筒の中身を机の上にバラまいた。女の写真だった。下膨れ気味の丸顔で、癖のある長い髪をかき上げている。はっきりとした二重の目を見ていると、あることに気づいて胸がどきりと跳ねた。どことなく竹田に似てはいないか……。

頭の中に淀んでいた靄が、ようやく吹き飛ばされた。移植に絡む、重要な立ち位置がもうひとつだけあるではないか。心臓。そう、摘出されたドナー側の立場だ。

岩栖はレガシィに駆け込んで、後部座席から資料の束を取り上げた。乱暴に書類をめくり、震える指で、ずっと日付けをたどっていく。瑞希の移植手術がおこなわれた、二〇〇七年の三月でぴたりと止めた。

《喘息の重積発作のため、低酸素状態になる。救急搬送中に危篤。一週間後、搬送先の病院で脳死判定を受け、家族の同意ののちに臓器摘出》

摘出された臓器ごとにレシピエントの名前が書かれ、「心臓」の横には日浦瑞希とあった。ドナーの名前は竹田彩音《あやね》、二十六歳。

「くそ！　娘か！」

岩楯は信じられない思いで声を荒らげ、ボンネットに拳を叩きつけた。なんということだ！　資料をぐしゃりと握り潰したとき、月縞が大声を張り上げた。

「ミニパトの位置情報が挙がってきました！　高鷺《たかさぎ》にある自宅付近にいるそうです！　捜査員が急行中！」

二人の刑事を乗せた車は、荒々しく急発進した。

4

赤堀は命じられるままにステアリングを切り、細い私道へミニパトを進ませた。助手席に座る竹田は銃口をこちらに向けて、余計なことを一切喋ろうとはしない。もっとも、赤堀が諭しにかかるありきたりな言葉など、はなから耳に入れる気もないらしい。奥まった家屋の前で車を降りると、急き立てられながら歩かされた。逃げ出す機会を窺っているけれど、竹田には隙が見つけられない。ある種の覚悟が、柔和だった顔を硬く引き締めている。

それに、パトカーのトランクには何が入っているのか。考えるだけで胃がせり上がってくる。オビキンバエの量から見ても、時間が経っていない生き物の死体なのは明らかだ。赤堀は、自分の見立てがはずれている可能性を、さっきから必死になって探している。しかし、たどりつく結論はどの道を通っても同じだった。あの二人が入っているのだろうと……。

古い平屋建ての裏にある納屋へ突き飛ばされ、赤堀はつんのめった。すぐに錆びたシャッターが下ろされて、白熱球が灯される。窓のない納屋の中はじめじめとカビ臭く、薄汚れた家具や古道具などが乱雑に押し込まれている。反射的に逃げ道を探して周りに目を走らせ、壁際に積まれている薪の山で視線を止めた。中ほどの木が腐り、キクイムシや甲虫なんかがもぞもぞと動いているのが見える。赤堀の胸が早鐘のように高鳴った。強力な助っ人がここにいる。同時に、奥に四人の人間が立ち尽くしているのに気づいてぎょっとした。

「遅かったじゃないですか、まったく。気を揉みましたよ」

猫背の痩せた男が、クマの浮いた蒼い顔を向けてくる。舌打ちを繰り返し、その女はなんだと赤堀を指差した。竹田は、銃を握り直しながら口を開いた。

「彼女は細かいことに気づきすぎる。少しでも時間稼ぎをするためには、こうする以外になかったんだ」

「時間なんて一分も稼げてないから。岩楯刑事を甘くみないほうがいいよ」

赤堀の言葉に、甲高い男の声がかぶせられた。

「おい、まさか人質ってことなのか？」

竹田と赤堀を素早く目で往復した男はわなわなと唇を震わせ、もう我慢の限界だ、と絞り出して額に貼りついた髪を振り乱した。

「いったい、何がどうなってるんだ！　村に越してくれば安全だと言ったのはあんただぞ。それが、今じゃどうだ！　そこらじゅうに警官がいて、村から出ることもできない。そのうえ人質だって？　警察の内情は、あんたがいちばんわかってたはずじゃないか！」

「……そうだな」

「それに、笛野殺しは、別の連中がかぶることになるとあんたは言った！　だから、苦労して葛西くんだりまで運んだんだぞ！　子どもらの更生がどうとかいう、あんたの無茶な願いを僕たちは飲んだんだ！」

「この場所も笛野の身元も移植のことも、足がつくわけがなかった。途中までは計画通りに進んでいたんだ。ここにいる昆虫学者が、虫の欠片を見つけたことで、全部が狂いはじめたんだよ」

竹田は制帽を脱いで顔をこすり、疲労に満ちた目を赤堀に向けた。とたんに痩せた男は口をつぐみ、何かに気づいてぶるっと身震いをした。

「いや待て、ちょっと待ってくれよ。つまりは、何もかも全部が発覚したのか？」

「ああ。直《じき》に、ここにも警察がくる」

「なんだって？　じゃあ、こんなとこで悠長に喋ってないで、早く場所を変えるべきだろう！」

「もう遅い。今から出ても、緊急配備に引っかかって捕まるだろう」

男は足を踏み鳴らして憤慨し、やみくもに大声を張り上げた。その隙間を縫うように、四人の後ろのほうからくつくつという、こもった笑い声が聞こえてきた。

「ざまあ」

男は動きを止めて、唇を歪めながらくるりと振り返る。そして、大きなゴミ箱を思い切り蹴り飛ばした。

「うるさいんだよ！　口を利くなって言っただろ！　このクズが！」

たがが外れてしまったらしい男は、もう見境がなかった。灯油の入ったポリタンクを蹴り、雑然と置かれているバケツや鉢や、ガラクタのたぐいを遮二無二蹴飛ばした。見れば、隅っこでうずくまっているのは、顔を痣だらけにした藪木だった。体中をロープで雁字《がんじ》搦《がら》めにされている。その後ろでは、瑞希がやめてと呻いていた。

腕を摑もうとする竹田を振り払って猛然と駆け込み、赤堀は猫背男を思い切り突き飛ばした。もんどりうって突っ伏した男は、立てかけてある熊手や箒をなぎ倒している。赤堀は、藪木の脇に膝をついた。

「藪木青年！　無事だったんだね！　本当によかった！　しっかりしてよ！」

藪木はしばらく咳き込み、唾を吐き出してから腫れ上がった顔をのろのろと上げた。

「や、やあ、虫の先生。妙なとこで会うもんだな」

「まったくだよ！　あなたも大丈夫？」

後ろ手で縛られている瑞希は異常に蒼ざめ、唇の色もない。外傷はなさそうだが、泣き濡れてひどく具合が悪そうだった。赤堀は、藪木の頭や顔をまさぐり、怪我の状態を確かめた。後頭部がこぶで盛り上がり、血で髪がごわごわに固まっている。

「竹田巡査部長、今すぐ救急車を呼びなさい。もう逃げられない。あなたもそれがよくわかってるんだから」

振り向きざまにぴしゃりと言ったとき、後ろから髪の毛を鷲摑《わしづか》みにされた。猫背の痩せた男が、鼻血を流しながら赤堀の前に立ちはだかっている。

「なんなんだよ、おまえは……」

男は髪を摑んだまま、赤堀をぐらぐらと揺すった。

「どいつもこいつも、邪魔ばかりしやがって！」

赤堀は肩口を押されて尻餅をついた。迫ってくる男と揉み合いになっていると、藪木が足を引っかけて、男は再びガラクタに激突した。

「鈍いやつ」

藪木は血のにじんだ唇でにやりと笑う。赤堀もおおいに同調したかったが、それどころではなかった。男がさらなる怒りに燃えて向かってきたからだ。このままではなぶり殺しにされる。赤堀が地面に転がった箒を握りしめたのを見て、「もうやめておけ」と竹田が静かな声を出した。負の感情を押し固めたような声だった。そして、小太りで優しげに見える女が、猫背男の腕を引いた。

「諏訪さん、もういいって。もうじゅうぶん」

これが諏訪か。赤堀は、頭の中にある資料と素早く照らし合わせた。

「何がじゅうぶんだ。郁代さん、あんたは罪を逃れようと思ってるんだろ？　今思えば、殺しにも拉致にも後ろ向きだったからな。結局は手を出さなかったし、旦那はボケて判断能力はない。最後は殺意を否認して、情状酌量に持ち込む算段でもしてるのか？」

「少し落ち着いてよ。わたしは笛野光子が死んでよかったと思ってるわ。殺意も否定なんてしない。でも、藪木くんとこの人は、なんの関係もないの。こんなふうに痛めつけることが、わたしたちがすべきことだったの？　これじゃあ、頭のおかしい人殺しと同じじゃない」

いきなり諏訪が耳障りな声で笑い、手を叩きながら郁代の後ろへ目を向けた。

「聞いたか、基子。人殺しにも種類があるらしいぞ。じゃあ、僕たちはいい人殺しだな。世の中のゴミを始末してやったんだ。ドナー待ちの連中に、それはそれは感謝されるだろう。最高の掃除屋だ！」

身をよじって無理に笑い続ける諏訪に反して、妻の基子は口を結んで表情を動かさない。小型犬を抱きしめ、最初から瑞希だけをじっと見据えていた。ぞっとするほどすさまじい憎悪の念だ。郁代は苦しげに唇を嚙み、その夫であろう博之は、壁に向かって何かをぶつぶつと呟いている。息が詰まる空間だった。憎しみと悲しみ、それに行き場のない殺意や焦燥が、どろどろになって発酵している。

諏訪がけたたましい笑いを引き揚げたとき、パトカーのサイレンが耳に届けられた。相当な数なのは、山々にぶつかって反響するこだまからもわかる。基子の腕の中では、ポメラニアンがサイレンに共鳴して遠吠えをはじめた。

「だから言っただろう。夜のうちに殺っておけば、こんなことにはならなかったんだ」

「日浦の始末が先だった。東京の連中に確保されれば、自分たちは手が出せなくなる」

竹田が即答すると、諏訪は落ち着きなく目を動かして「それもそうだな……」と急に引き下がった。頭に血がのぼるあまり、何かを深く考える意欲を失っている。それがやけに寂しげで、娘を亡くした親のやるせなさを一瞬だけ呼び戻していた。近づいてくるサイレンの音と、犬の遠吠えが鼓膜をひっきりなしに震わせる。その合間に、ハエの羽音が感じられて赤堀の心を重くした。パトカーに積まれているのが誰なのか、ようやくわかったからだ。

「日浦氏の遺体は、今もパトカーのトランクに入ってる」と赤堀は、銃を向けてくる竹田と目を合わせた。「移植の権利を買ったことは許されない。でも、復讐して何が変わる？　世間に事実を知らしめることこそ、あなたたちの役割りだったはずでしょう」

赤堀は全員を見やったが、郁代は伏せた目を決して上げはしなかった。諏訪は反射的に食ってかかろうとしたけれど、適当な言葉を見つけられないようだった。

「竹田巡査部長。あなたはなんでこんな殺人にかかわるの？」

赤堀は、彼の中にある感情の糸を、どうにかして手繰《たぐ》ろうとした。どんよりと濁った目は、はっきりと表には見えない苦しみであふれている。無言のまま訴えかけても一切無視し、自分の世界から出てこようとはしなかった。サイレンがすぐ近くで鳴り止んで、次々にドアが開く音がした。言うべき言葉を必死に探しているとき、背後から低い声が聞こえた。

「瑞希の中で動いてる心臓は、いったい誰のものなんだよ」

振り返れば、藪木が蒼く腫れ上がった目で竹田を見つめていた。

「あんたらの娘は、移植を受けられずに死んだ。本来なら、順位的にどっちかに収まってたはずの心臓が、瑞希の中にあるってことなんだよな」

藪木は諏訪と郁代を眺め、再び竹田に目を戻した。

「じゃあいったい、あんたは何に絡んでいるのか。移植を受ける側じゃなかったとすれば、あとは持ち主がわからない心臓だけだ。出どころはあんたの身内だろ。娘か？」

竹田の表情がわずかに強張った。

「なるほどな。娘が死んでドナーになった悲しみを、なんの罪もない瑞希にぶつけるとは、あんたもどうしようもないおまわりだ」

「違うの。藪木くん、違うのよ。そういうことじゃないの」

郁代が気遣わしげに口を挟んだが、藪木はやめなかった。

「で、どうしたいんだ？　心臓をえぐり出して、娘との想い出に浸りたいのか？　それとも、関係者は皆殺しにしろっていう、夢のお告げでもあったのか？」

竹田の顔はみるみる紅潮し、肉付きのいい体が小刻みに震えた。表には、大勢の捜査員が詰めているのがわかる。がりがりという摩擦音が聞こえたかと思うと、ハウリングに続いて金属的な声が響きわたった。

「竹田、諏訪、真舟。建物の周りは包囲した。もう逃げられない。人質を解放して出てきなさい。これ以上、罪を重ねるな」

外の状況はまったく見えないが、ありったけの警官が周りを取り囲んでいるのはわかる。とそのとき、遠吠えを続けていたポメラニアンが基子の腕の中から飛び出して、風で震えるシャッターへ突進した。

「千恵美！」

今まで微塵も表情を変えなかった基子が叫びを上げ、犬を追って走り出す。桃色のブラウスを着せられたポメラニアンを抱きしめると、くるりと振り返って瑞希を睨みつけた。ぜいぜいと喉を鳴らし、醜く歪んだ口許から涎を滴らせている。もう、この女は普通ではなかった。

「……千恵美は死んだ。苦しんで苦しんで、苦しんで、苦しみ抜いて死んだ」

基子はどすんと地べたに膝をつき、暴れて鳴いている犬を瑞希の眼前に突きつけた。瑞希は恐怖で声も出せず、拘束されたまま藪木に寄り添った。

「うなるほど金をもってるんだ。おまえはアメリカでもどこへでも行って、心臓を買ってくればよかった。こんな狭い日本で、数少ない心臓を奪いやがって。それだけじゃない。生きてる人間を殺してまで奪いやがって」

「い、生きてる人間?」

瑞希は、かすれた声を出した。まさか、竹田の娘は移植のために殺された? 赤堀は、巡査部長と基子を見て、郁代や諏訪へも視線を移した。みな、激しい憎悪の炎を燃やしている。本当に、一移植コーディネーターが、そんな大それたことを企てたのか? とても信じられなかったが、赤堀ははっとして、錆びたシャッターのほうへ目を向けた。笛野だけではない。車のトランクに入れられた共犯がいるではないか。心臓のためなら、なんでもしたであろう男が。

赤堀の舌打ちは、藪木と同時だった。すべてを悟った瑞希はぶるぶると震え、危ないほど呼吸が乱れている。赤堀は、しつこく犬を押しつけている基子を押しやり、瑞希の背中をさすった。後ろ手で縛られている縄が緩んでいる。

「大丈夫だから、ゆっくりと呼吸して。落ち着いて、心配ないよ」

そのまま縄を解こうとすると、竹田の銃口が微かに動いたのがわかった。彼の考えひとつで、自分の命は簡単に消える。赤堀の背中にどっと冷や汗が流れたが、瑞希のロープだけはむりやり外した。巡査部長は何も言わず、彼女をじっと見下ろしているだけだ。外では説得を試みる声が響き、そこに雨音も混じりはじめていた。

「た、竹田さん。本当なの？　わたしの中にある心臓は、あなたの娘さんのものなの？」

瑞希が聞こえないほど小声で問うと、長い長い沈黙が訪れた。竹田は表情こそ動かさなかったけれど、全身を激しく緊張させている。瑞希は再び口を開こうとしたが、巡査部長は視線で彼女を黙らせた。

「娘はひどい喘息持ちで、日に三度の薬が手放せなかった。おまえの父親と同じ、北青山図書館で司書をしていたよ。おまえの父親をとても尊敬していた。それに、いつも病気を気遣って、無理のないシフトを組んでくれるんだと言っていたよ」

トタン屋根を打つ雨音が、一気に激しくなった。竹田は瑞希から目を離さず、抑揚なく続けた。

「今になって思えば、それは娘への気遣いじゃない。単なる『心臓』への気配りだ。おまえに移植されるまでは、健康な臓器でいてもらう必要があるからな。笛野は、金で移植の順位を繰り上げてやると日浦にもちかけた。だが、それじゃ遅いと思ったんだろう。なんせ、心臓移植には脳死のドナーが必要で、日本では年に十件の移植があるかないかだ。仮にドナーが出ても、場所によっては、おまえにまわる率はかなり低くなる」

「そんな……。だってわたしは、オーストラリアでの渡航移植が決まっていたのに」

竹田はゆっくりと首を横に振った。

「おまえは、心臓病発症時から動かすのも危険な容態だった。渡航移植はどの道無理だったんだよ。心臓移植は、面倒なマッチングテストの必要がない。血液型が一致して体重がほとんど同じなら、なんの問題もなくことは運ぶ。それならば、金が欲しい笛野と共謀して、条件の合う人間を用意したほうが早いと思わないか？」

瑞希は赤堀の腕にしがみついてきた。

「薬のすり替えで、娘は重い発作を起こした。病院へ運ばれる間、おまえの父親はずっと手を握って励ましていたそうだよ。がんばれ、もう少しだ、諦めるな。娘というより、心臓に語りかけていた。それ以外は、やつにとって不要なゴミだ」

「で、結局あんたは何がしたいんだ？」

黙って耳を傾けていた藪木だったが、唐突に口を挟んだ。

「瑞希を殺せば、あんたの娘も死ぬ」

「……うるさい。おまえに何がわかる。俺は娘の意思だったから、承諾書にサインしたんだ。まだ温かくて心臓も動いている娘に、判定医は平然と『ご臨終』と告げたよ。一斉に臓器を抜かれて戻ってきたときには、驚くほど冷たくなっていた。俺が、死刑執行のボタンを押したようなもんだ！」

竹田が語気を荒らげると、騒々しかった外が一瞬だけしんとした。雨粒がトタンを叩く音だけが響き、いつの間にかポメラニアンも鳴くのをやめていた。息苦しくなるほど、竹田の心情が理解できる。なす術もなく娘を亡くした、諏訪や郁代の無念さもわかる。簡単に幕引きができないほど、事態には加速度がついてしまっていた。

赤堀は、郁代や諏訪に、もう終わりにしようという意味合いの目を向けた。けれども、彼らも今になっては、どこへ向かえばいいのかわからないようだった。どうすればこれを止められる？　赤堀は必死に考えた。同情や共感には意味がないだろうし、説得する言葉も見つけられない。当事者だけしか、心に訴えることができないのはわかっていた。ならば自分の役目は、警察が踏み込むまでの時間稼ぎしかない。

赤堀はごくりと喉を鳴らし、一語一語をはっきりと口に出した。

「竹田さん、瑞希を憎むのは間違ってる。責任を負うべきなのは、笛野光子と日浦昭《しょう》造《ぞう》。この二人を殺したことが、そもそもの間違いなんだよ。あなたも警官なら、わたしの言ってる意味が誰よりわかると思うけど」

「罪というのは、生きて償わなけりゃ意味がない。悪党が死んだからと言って、何かが変わるわけじゃない。他人の問題なら、俺もそう言っただろう。犯罪被害者の気持ちが、こんなことで身に染みてわかるとは皮肉なもんだな」

「よく考えて、自分のために。今は自分のことだけを考えてよ。お願いだから」

「竹田さん……」と郁代も苦しげに吐き出した。

横殴りの雨がシャッターをたわませる。その音にまぎれて、納屋の壁に何かがこすれるような気配がした。捜査員が距離を詰めにかかっている。赤堀にはわかった。が、警察の動きが染みついている男にとって、そんなことははなから承知していることだった。

無表情のまますっと銃を上げた竹田を、赤堀はただ目で追うしかできなかった。引き金に指がかかっているのが見え、今まで感じたことのない恐怖で体が激しく波打った。しかし藪木は縛られたまま瑞希の前に身を乗り出し、赤堀にも体当たりして自分の後ろへ追いやった。

「瑞希の中にいるのは、あんたの娘だってことを忘れんなよ」

「いいから撃って！　あんたの娘は、奴隷みたいに働かされてるんだよ！　死んでもずっと働かされてるんだ！　もう解放してやりなよ！　父親の手で解放しなよ！」

犬を抱えた基子が、怨嗟の声を張り上げる。さらに、竹田の腕にしがみついた。

「あんたは本当に意気地がない！　笛野を殺すときも日浦のときも、本気でやってないじゃないか！　娘がどれほど恨んで悔しがってるか、あんたはまだわかんないのか！　あんたはそれでも父親なのか！」

「娘が父親を恨んでるはずないでしょう！　アホじゃないの！　娘はもうやめろって言ってんの！」

赤堀が基子の太い腕を摑むと、女は「うるさい！」と怒鳴って頬を思い切り張り飛ばしてきた。あまりの痛さに涙がにじむ。外では捜査員の怒声が上がり、シャッターをこじ開けようとバールが下から突っ込まれている。正気を失っている基子をなんとか止めようとしたが、女は赤堀を突き飛ばし、そのまま荒々しく竹田に組みついた。

「貸せ！」

竹田から銃をもぎ取ったのを見て、赤堀は間髪入れずに基子に飛びついた。その瞬間、空気を震わす破裂音がつんざいた。発射された弾は赤堀のこめかみをかすめ、壁に立てかけてあった何枚かのガラスを粉々にした。赤堀は顔を覆って身を屈め、積み上げられている薪の中へ倒れ込んだ。がらがらと音を立てて薪が崩れ、頭や顔をしたたか打って意識が飛びそうになる。が、納屋に入ったときから目をつけていた虫たちが、腐った木の隙間から這い出して顔の上にどさりと落ちてきた。村ではツチノコ呼ばわりされている、黄色と茶色が縞模様になった巨大ヤスデの群れだった。

「赤堀！」

その声にはっとした。いつの間にかシャッターが壊され、岩楯が先頭切って突入している。竹田に摑みかかっているのが隙間から見え、同時に、基子が岩楯に銃口を向けているのも目に入った。

赤堀はありったけの叫び声を上げた。しかし、基子の金切り声と捜査員の怒号のせいで、岩楯の耳には届いていない。必死にもがいても、重くのしかかる薪の山から出ることができなかった。

赤堀は、顔の上を這うオオヤスデを鷲摑みし、基子へ思い切り投げつけた。巨大な虫は顔や首に絡みつき、ぎゃっと悲鳴を上げた基子は払い落とそうと銃を取り落とす。その瞬間、もうもうと舞う土埃の中から飛び出してきた月縞が、基子の腕を摑んで地面に組み伏せた。

黒ずくめの男たちが次々と納屋になだれ込み、呆然としている竹田や諏訪を拘束している。安堵のため息を洩らした赤堀の耳に、また別の怒鳴り声が入ってきた。

「消火器を持ってこい！　消防を呼べ！」

消火器？　まさか、薪に火が着いている？　あちこちで納屋から出ろとの指示が飛んでいたが、赤堀は未だ身動きが取れないでいた。

まずい。なんとか身をよじって手を伸ばしたとき、誰かに力強く引っぱられた。燻る薪を蹴散らしていたのは岩楯だった。なり振りかまわず、煤で真っ黒になっている刑事を見て、赤堀は無性に泣きたくなった。岩楯は赤堀の体を支えて、どしゃぶりの外へ走り出た。

「し、死ぬかと思った」

咳をしながらたどたどしく言うと、岩楯は脱力したように笑った。

「虫使いのあんたには、まだ死んでもらっちゃ困る」

「ありがとう、岩楯刑事……ありがとう」

なぜか、それしか言葉が出てこなかった。頭の中ががらっぽだ。前髪から雨粒を滴らせている岩楯は、何も言わずに赤堀の手を強く握ってくる。その温かさに胸が激しく揺さぶられたのと、シャツの袖口からヤスデが這い出したのは同時だった。水道のホースほどの太さがあるオオヤスデが、赤堀の腕を伝って岩楯の手首にがっちりと絡みついている。件の刑事は、大騒ぎして腕を振りまわした。

「くそ！　なんなんだよ、これは！　うっ！　服の中へ入っちまう！」

「多足亜門、カメルーンオオヤスデ」

「そんなこと聞いてない！　早く取ってくれって！　早く！　つうか、あんたはこいつをどこで飼ってんだよ！」

地団駄を踏む岩楯の腕から、ヤスデを引き剝した赤堀は、ぶんぶんと振りまわして遠くの草むらへ放った。泥だらけでやってきた月縞が、ちょうどその場面を目撃して、なんですかあの気色の悪い生き物は、と言って着地地点を凝視した。

「あの子は岩楯刑事の守護天使だよ。クモじゃなくてよかったじゃん」

岩楯は惚けたような顔で考えてから、「そりゃよかった」と生真面目に頷いた。

捜査員が忙しく動きまわっている中、毛布をかけられた瑞希がふらりと立ち上がり、拘束されている竹田の前に屈み込んだ。輝きの乏しい目をじっと合わせている。

「竹田さん、わたしは死んだほうがいいですか？」

そのひと言には、静寂を呼び戻す力があった。引き潮のように、周りのざわめきが消えていく。

「父は、わたしのことだけを思って生きていた。すべてを捨てて、なんとかわたしを生かそうとした。人として最低だけど、憎むことができない。わたしは、父と一緒に消えるべきですか？」

竹田は白くなるほど唇を噛み締め、地面に突っ伏して声を上げた。今まで溜めてきたものを吐き出すような慟哭《どうこく》が、雨に混じって辺りに降り注いだ。

エピローグ

事務机の上には、うんざりするほど書類が積み上げられていた。いったいどこから、これほどの報告書が湧いて出たのだろうか。昨日よりも確実に増えている。岩楯は目頭を指で押し、肩をまわしてぼきぼきと音を立てた。こんなものを目の前にして、やる気を奮い立たせろというのが無理な話だ。相棒を叱り飛ばして、ちょっとした憂さ晴らしでもしようか。半ば本気でそう考えているとき、書類の山とパソコンの隙間から、件の月縞が顔を覗かせた。

「殺された笛野は、日浦に一億で移植順位の繰り上げをもちかけたみたいですね」

岩楯は重複している書類を見つけて丸め、ゴミ箱があると思われるほうへ放った。

「発覚しているだけで、移植順位を操作したのは十一件。値段の相場は、ひとりだいたい二千万というところです。日浦だけが桁違いに高額ですよ」

「そりゃあ、言い値を払えるだけの資産家なんだから、いくらでも足許を見られるだろう。しかも、海外渡航移植には一億五千万以上かかることを考えれば、日浦だって安い買い物だと思ったはずだ」

「ひどい話です。それにしても、首謀者二人が殺害されて終わりというのは、すっきりしません。法廷に引きずり出して、罪の重さを突きつけてやりたかったですよ」

岩楯は頷きながら、竹田の自宅から押収された手紙のコピーを手に取った。二十通以上はあるだろうか。便箋にはどれも季節の花の絵があしらわれ、手本のような美しいペン字が並んでいる。心臓移植を受けた瑞希が、移植コミュニティを通じて竹田に送った感謝の手紙だった。彼女はドナー側の家族の気持ちを推し量り、移植ができて嬉しいというような、直接的な心情を書いてはいなかった。けれども、絶望に染まっていた日々が再び色を取り戻したことや、何かを感じられるという幸せ、受け取った命への感謝があふれんばかりにしたためられていた。読んでいると、岩楯まで切なくなったり、ほのぼのした気持ちになったりした。これが当事者なら、どれほど胸に迫っただろう。およそ一年、竹田と瑞希の間では、名前も知らないまま手紙のやり取りは穏やかに続けられていた。

「ドナー家族とレシピエントの手紙のやり取りは、匿名性が確保されているとはいえ、いろんな感情が渦巻くことになるな」

岩楯は、手紙に目を落としながら言った。

「彼女の手紙には、感動すら覚えました。ここまでの喜びの気持ちは、死を間近で体験した者にしか表現できないでしょうね」

「瑞希は単純に感謝の気持ちを伝えたかった。でも竹田巡査部長のほうは、だんだんと瑞希に死んだ娘を投影するようになっている。皮肉な話だが、ことの発端はこの手紙だ。初めは手紙のやり取りだけで喪失感を埋めていたが、そのうちそれでは足らなくなった」

「娘の心臓をもつ人間にひと目会いたい思いが募って、抑えられなくなった、というところでしょうか」と月縞は書類の隙間で表情を曇らせた。

「初めから、大それたことを考えたわけではなかったはずだ。名乗り出なくても、どこの誰かがわかればいいぐらいに思っていた。ここからは、職が役に立っただろうな。開示請求が偽物でも、竹田は警官だ。移植コミュが疑う理由もない。娘の心臓が誰に移植されたのか、簡単に突き止めたわけだ」

「でもそれは、娘が慕っていた上司の娘だった。偶然と考えるには、あまりにも無理があります」

そこから竹田は、一年間を費やして笛野の不正を突き止め、娘は殺されたのだと悟ったのだろう。金に狂った女を脅して吐かせることは、簡単だったはずだ。過去の移植順位操作も追及して、そのために死んだレシピエントの二家族を仲間に引き入れた。いや、自分と重ねてそうせざるを得なかったのだろうか。同じ時期に娘を失った親、しかも自分の娘の心臓を巡っての死だ。真実を伝える義務感を抱いたとしても不思議ではない。

「笛野が頭に受けた三つの殴打痕。当然、主犯の竹田が致命傷を与えたのかと思ってたが、そうじゃなかった。諏訪基子がそれだったとは驚いたよ。ミニパトのトランクから見つかった、日浦を刺したのも基子だ。悲しみと憎悪で、完全に壊れてる」

「ある意味、痛ましいですね。というより、笛野を除いた全員が、我が子を愛するあまり殺人を企てたというのがやりきれません。加害者も、被害者も」

月縞は神妙な顔のまま、首を横に振った。

「でも、被疑者たちは、なぜ殺害した笛野を冷蔵したんでしょうか。聴取でも、このあたりは曖昧なままですし」

「なぜならば」と岩楯は、書類に判子を捺しながら答えた。「青波警察署管内の、交通安全週間とぶつかったからだよ。飲酒検問だの交通整理をそこらじゅうでやってるさなかに、死体を積んだ車で遠出しようとは思わんだろう。もちろん、この時期を外す計画を立てていただろうが、監禁した笛野の衰弱がひどかった。どうしても、自分の手でとどめを刺したかったわけだ」

「なるほど……。どうも、竹田巡査部長の肩をもつ気持ちが湧いてしょうがないんですよ。やったことは残虐非道ですが、葛西の倉庫にさえ遺棄しなければ、足がつくことはなかっただろうと」

「まあ、おまえさんが予測したことが正しかったよ」

岩楯はちらりと目を上げ、月縞の端整な顔を見やった。

「長く勤めていた南葛西署管内で、新堂が悪事を働いていることに、薄々勘づいて目をつけてたらしいからな。子どもの更生に力を入れていた竹田は、不良少年どもからいろんな情報を引いていた。金髪モヒカンの浩樹にも会ってるし、じわじわと悪事の裏を固めていったんだろう」

けれども娘が死に、それどころではなくなった。笛野と日浦を殺す計画を立てながらも、自分の職務を完全に捨てることもできなかったというところだろうか。

「で、小悪党どもに、笛野の死体を押しつけて破滅させてやろう……てな具合にねじれていったのかもな。言い逃れできない状況をつくったわけだし」

「歪んだ正義ですね」

「竹田は今でも、笛野と日浦を殺したことを後悔していない。たぶんだが、日浦邸の先代の年寄りも手にかけてるような気がするよ。沼に落ちた事故死で処理されてるが、二人を村に呼び戻すには当主が不要だ」

「立件は難しそうですね。それに今回、いちばんの不運だと嘆いているのは、枯杉村役場の夏川だと思いますよ」

岩楯は含み笑いを洩らした。

「そこらじゅうのパソコンを診てやると言っては、スパイウェアを仕込んでたとはなあ。人の秘密を覗き見して興奮するたぐいの変態だ。しょっぴけて何よりだな」

「それにしても、竹田巡査部長は、日浦瑞希も殺す計画に入れていたんでしょうか」

月縞が瑞希を語るとき、どこか切ない表情になる。ひと目惚れ以前に、彼女の置かれた境遇と、自分が出逢った運命に複雑な思いを馳せているようだった。

「竹田に殺れるわけがない。瑞希に娘を重ねていたはずだからな」

「ですよね」

「ついでに藪木は、なかなか芯のあるやつだとわかっただろ？」

「そうですかね」

「やつは村に残るそうだよ。ばあさんをひとり放っておけないっつってな。村の政策もあながち間違いじゃなかったってことだ。瑞希の件にしても、藪木がいろんな矢面《やおもて》に立ってるわけだし」

　事件の渦中にいる彼女を、動じることなく飄々《ひょうひょう》と守っているのは藪木だった。結局、今回の一件で、いちばんの罪悪を背負わされたのは瑞希だろう。けれども、前を向く決意ができたらしい。

「で、おまえさんとしては、瑞希嬢を安心してまかせられそうかい？」

「ああいうだらけた男は、基本的に好きにはなれません。要するに嫌いですが」

　そう言い切ってはいたが、月縞はどこか晴れやかだ。

「おまえらは似た者同士だよ」

「心外です」

「そうか？　案外、誰よりわかり合える関係になれるんじゃないかと思うぞ」

「お断りします」

　月縞はぶっきらぼうに答えたが、角が取れてずいぶん丸くなっている。

　文句を垂れている相棒を見て岩楯ははっと笑い、報告書と向き合った。こっちは笑いごとではない。今は自分のことだけでも手いっぱいだというのに、赤堀の書類提出が絶望的に遅いせいで、岩楯が上から滔々《とうとう》と説教される羽目になっていた。しかもわざとかと思うほど誤字脱字が多く、意味不明だと突っ返されることもしょっちゅうだった。自分の名前を「垢彫」と変換し、そのまま平然と出してくる強者だ。とんだとばっちりだが、忘れないうちに釘を刺しておかなければなるまい。パソコンのメールを起ち上げて、赤堀のアドレスを入力した。そのとき、主任、と呼ばれて顔を上げた。

「自分は、小笠原への駐在希望を取りやめることにしました」

「ほう、八丈島にでも変えたのか？」

「いえ。本庁の一課を目指そうと思います」

目の前にいるのは、しょっちゅう「だるいな」とふてくされていた若造ではなかった。いつの間にか、素直なやる気をみなぎらせている。

岩楯は、メールを打ち込みながらにやりと笑った。

○主な参考文献

「死体につく虫が犯人を告げる」マディソン・リー・ゴフ　著、垂水雄二　訳（草思社）
「虫屋のよろこび」ジーン・アダムズ　編、小西正泰　監訳（平凡社）
「飛ぶ昆虫、飛ばない昆虫の謎」藤崎憲治、田中誠二　編著（東海大学出版会）
「アリの生態ふしぎの見聞録」久保田政雄　著（技術評論社）
「昆虫——驚異の微小脳」水波誠　著（中公新書）
「虫たちの生き残り戦略」安富和男　著（中公新書）
「虫の目で人の世を見る」池田清彦　著（平凡社新書）
「湿地に生きるハッチョウトンボ」水上みさき　写真・文、海野和男　監修（偕成社）
「解剖実習マニュアル」長戸康和　著（日本医事新報社）
「人の殺され方—さまざまな死とその結果」ホミサイド・ラボ　著（データハウス）
「現場の捜査実務」捜査実務研究会　編著（立花書房）
「図解雑学　科学捜査」長谷川聖治　著、日本法科学鑑定センター　監修（ナツメ社）

「いのちの選択」小松美彦、市野川容孝、田中智彦　編（岩波ブックレット）
「移植コーディネーター」添田英津子　著（コスモトゥーワン）
「いのちに寄り添って」朝居朋子　著（毎日新聞社）
「吉田式　球体関節人形制作技法書」吉田良　著（ホビージャパン）

解説

日下三蔵

本書『シンクロニシティ　法医昆虫学捜査官』は、二〇一三年四月に書下し作品として講談社から刊行された長篇である。川瀬七緒にとっては三冊目の著書であり、赤《あか》堀《ほり》准教授と岩楯《いわだて》警部補が探偵役を務めるシリーズの第二弾に当たる。刊行前の予告では書名は『再起動』となっていたが、最終的には「共時性」「同時発生」を意味する「シンクロニシティ」がタイトルに冠された。

現在までに刊行されている著者の作品は、以下のとおり。

1　よろずのことに気をつけよ　11年8月　講談社　↓　講談社文庫
2　147ヘルツの警鐘　12年7月　講談社　↓　講談社文庫

3　シンクロニシティ　　13年4月　講談社　↓　講談社文庫　※本書
4　桃ノ木坂互助会　　14年2月　徳間書店
5　水底《みなぞこ》の棘《とげ》　　14年7月　講談社

このうち、2、3、5が〈法医昆虫学捜査官〉シリーズである。前作『147ヘルツの警鐘』(講談社文庫版で『法医昆虫学捜査官』と改題)をお読みでない方は、「法医昆虫学」をご存じないだろうから、本書の初刊本の帯に著者自身が寄せた解説をご紹介しておこう。

死体に湧く虫の成長と生態系の組まれ方から、死後経過や犯罪環境までも割り出していくという希有な学問。それが法医昆虫学である。たとえば、ある屍肉食種のハエは、生き物が死亡してから必ず十分以内に到着する習性をもっている。そして即座に産卵がおこなわれるのだが、孵化から羽化にいたるまでの日数は、実に正確で狂いがないものだ。

欧米では、この分野が犯罪捜査になくてはならないものにまで成長した。しかし日本では、未だ「目先の変わったおかしなもの」の域を出てはいない。(川瀬七緒)

前作は焼死体の腹部から大量のウジ虫が発見されるというショッキングなシーンから始まっていた。岩楯警部補は昆虫研究の専門家・赤堀涼子《りょうこ》の協力を得て、事件の真相に迫っていく。本書の第一章で月縞《つきしま》巡査が「去年、日本で初めて法医昆虫学を起用した、板橋の放火殺人事件の報告書を読みました」といっているのが、その事件のことである。

赤堀はウジ虫の成長速度に個体差があることに疑問を抱き、「なぜそうした現象が生じたのか？」を徹底的に推理することによって意外な真実へとたどり着いた。〈法医昆虫学捜査官〉シリーズは、サイエンス・ミステリ、警察小説に分類されることが多いが、赤堀のキャラクターは昔ながらの天才的名探偵に他ならない。変わり者の天才が専門知識と深い洞察力を駆使して真相を暴きだす——シャーロック・ホームズ以来の伝統的な本格ミステリの面白さが核にあるから、推理小説としてのレベルが高いのである。

作者の工夫はそれだけではない。赤堀とコンビを組む岩楯警部補は、本格ミステリであればワトソン役ということになり、名探偵の奇矯な行動を読者に伝える役回りになるはずだが、彼は決して凡人ではない。むしろ経験豊かな切れ者の刑事であり、彼は赤堀を捜査の面でサポートしながら、自らも推理して犯人を追い詰めていく。本書に登場する月縞巡査や、前作と『水底の棘』に登場した鰐川《わにかわ》刑事も、プロフェッショナルとして活躍する場面があり、犯罪捜査を描いた警察小説としても一級品だ。

つまり、この〈法医昆虫学捜査官〉シリーズは、二人の探偵役をコンビとして組ませることで、警察小説であり、かつ本格ミステリでもあるという稀有な連作になっているのである。


本書も前作と同様、トランクルームのコンテナの中で腐乱死体が発見されるという凄惨な事件で幕を開ける。月縞巡査は大量のハエが渦巻く事件現場で死体と共にコンテナの中に留まり、現場保存に努めたことから岩楯警部補に指名されて捜査に加わることになる。

ハエの種類とウジの状態から検死による死亡推定時刻が間違っていることを見破ったのを手始めに、今回も赤堀は専門知識を駆使して次々と意外な事実を突き止めていく。腐乱死体が遺棄されていた現場に残されていた特殊なトンボの死体から、実際の犯行現場を絞り込んでいくあたりまでが前半の山場といっていいだろう。

岩楯たちの捜査と並行して、福島の寒村に移住した人形作家の藪木《やぶき》と村の住人たちとの接触が語られていくが、もちろん二つの流れは後半でひとつになって、驚愕の真相が明らかになるのである。

本書には原型となった作品がある。デビューの前年、第五十六回江戸川乱歩賞で最終候補に残った『ヘヴン・ノウズ』である。選評を見ると「法医昆虫学」「湿地帯」「田舎への都会人の移住」「球体関節人形」「臓器移植」といったキーワードが確認できる。ただし、著者にうかがったところでは落選作を改稿したものではなく、個別の要素を取り入れてはいるが、まったく想を新たに執筆したとのこと。

確かに選評で指摘された弱点は、本書では完全に払拭されている。「法医昆虫学の成果が、直接、事件解決に役立ったとも思えない」「犯人側の描写は希薄というより、あざといほど隠しすぎる。善人らしき人々が突然変異するのは相当無理なように思えた」(内田康夫)、「ただ、『ヘヴン・ノウズ』については、警察の捜査があまりにいい加減だという他の選考委員の意見に、納得せざるを得なかった」(今野敏)などである。

東野圭吾委員も「法医昆虫学に関する薀蓄が作品に不要」と指摘しているが、本書においては法医昆虫学こそが謎解きの主役である。また、警察の捜査の描写についても、本書の岩楯警部補のパートを見れば、文句のつけようがないレベルに到達していることは明らかだろう。同じ素材を用いた料理であっても、アマチュア時代の投稿作品とプロになってから発表した本書で、これだけの懸隔があるということは、その間の作者の精進が並々ならぬものであることを示している。

もうひとつ注目しておきたいのは、「犯人を隠しすぎて不自然」という内田康夫委員の指摘である。第五十七回江戸川乱歩賞を受賞したデビュー作『よろずのことに気をつけよ』でも、続く『法医昆虫学捜査官』でも、作者はことさらに犯人を隠そうとしていない。いずれの作品も被害者の過去をたどっていく過程で次々と意外な事実が判明し、犯人は最後に立ち現れてくるという構成になっている。「犯人当て」という本格ミステリの定型に頼らなくても、サスペンスと意外性のある作品は書けるということを、川瀬七緒は証明してみせた。

しかし、本書では、被害者の過去を丁寧にたどっていくことが真相につながる、というこれまでのスタイルを踏襲しつつ、相当に意外な犯人が用意されているのだ。それでいて、犯人を隠すために無理に善人に描くといった不自然さもなく、『ヘヴン・ノウズ』について内田委員が指摘した弱点は完全に克服されている。これには驚かされた。

被害者は複数の犯人から「処刑」といっていいほど残忍な殺され方をしていた。それほどの恨みを受けるほどの行いとは何か、という謎は、デビュー作『よろずのことに気をつけよ』と同じ構造であり、本書でも犯人たちに同情せざるを得ないほど悪質な犯罪行為が明らかになる。エンターテインメントとしては後味が悪くなりすぎる恐れのあるところを救っているのは、枯杉《こすぎ》村の善意に満ちた何人かの登場人物たちである。

とりわけ藪木に離れを貸している老婆・三桝《みます》タエのキャラクターがいい。作者は小説を書く際、端役にいたるまで年譜が書けるくらい詳細な設定をしているというから、描写に厚みが出て生きた登場人物になるのであろう。

終盤、瑞希《みずき》たちが犯人グループと接触してからの展開は緊迫感にあふれており、矢継ぎ早にすべての真相が明らかになっていくクライマックスへの盛り上がりは素晴らしい。本書で初めて〈法医昆虫学捜査官〉シリーズに触れたという方も、さかのぼって前作を読みたくなることは間違いない。

一年に一作ないし二作という刊行ペースは、昨今のエンターテインメント業界ではもどかしくもあるが、その分、作品の質の高さが保証されていると思えば待つ甲斐《かい》もある。次回作が〈法医昆虫学捜査官〉シリーズなのか、単発作品なのか、あるいは『よろずのことに気をつけよ』の探偵役だった文化人類学者の仲澤が再登場するのかは分からないが、いずれにしても読者の期待が裏切られることはないだろう。

●本書は二〇一三年七月に、小社より刊行されました。
文庫化にあたり、一部を加筆・修正しました。

|著者|川瀬七緒　1970年、福島県生まれ。文化服装学院服装科・デザイン専攻科卒。服飾デザイン会社に就職し、子供服デザイナーに。デザインのかたわら2007年から小説の創作活動に入り、'10年第56回江戸川乱歩賞の最終候補に選ばれる。'11年、同賞二度目の応募作『よろずのことに気をつけよ』（講談社文庫）で第57回江戸川乱歩賞に輝いた。受賞後第一作として著した『147ヘルツの警鐘　法医昆虫学捜査官』（文庫化にあたり『法医昆虫学捜査官』に改題）はシリーズ化されており、これまでに第２弾の本書、第３弾の『水底《みなそこ》の棘《とげ》　法医昆虫学捜査官』がある。第４弾の『メビウスの守護者　法医昆虫学捜査官』（講談社）は2015年10月19日刊行予定。

シンクロニシティ　法《ほう》医《い》昆虫《こんちゅう》学《がく》捜《そう》査《さ》官《かん》

川《かわ》瀬《せ》七《なな》緒《お》

講談社文庫

定価はカバーに
表示してあります

2015年８月12日第１刷発行

発行者――鈴木　哲
発行所――株式会社　講談社
東京都文京区音羽2-12-21　〒112-8001
電話　出版（03）5395-3510
　　　販売（03）5395-5817
　　　業務（03）5395-3615
Printed in Japan

デザイン―菊地信義
本文データ制作―講談社デジタル製作部
印刷―――凸版印刷株式会社
製本―――加藤製本株式会社

ISBN978-4-06-293138-0

講談社文庫刊行の辞

二十一世紀の到来を目睫に望みながら、われわれはいま、人類史上かつて例を見ない巨大な転換期をむかえようとしている。

世界も、日本も、激動の予兆に対する期待とおののきを内に蔵して、未知の時代に歩み入ろうとしている。このときにあたり、創業の人野間清治の「ナショナル・エデュケイター」への志を現代に甦らせようと意図して、われわれはここに古今の文芸作品はいうまでもなく、ひろく人文・社会・自然の諸科学から東西の名著を網羅する、新しい綜合文庫の発刊を決意した。

激動の転換期はまた断絶の時代である。われわれは戦後二十五年間の出版文化のありかたへの深い反省をこめて、この断絶の時代にあえて人間的な持続を求めようとする。いたずらに浮薄な商業主義のあだ花を追い求めることなく、長期にわたって良書に生命をあたえようとつとめるところにしか、今後の出版文化の真の繁栄はあり得ないと信じるからである。

同時にわれわれはこの綜合文庫の刊行を通じて、人文・社会・自然の諸科学が、結局人間の学にほかならないことを立証しようと願っている。かつて知識とは、「汝自身を知る」ことにつきていた。現代社会の瑣末な情報の氾濫のなかから、力強い知識の源泉を掘り起し、技術文明のただなかに、生きた人間の姿を復活させること。それこそわれわれの切なる希求である。

われわれは権威に盲従せず、俗流に媚びることなく、渾然一体となって日本の「草の根」をかたちづくる若く新しい世代の人々に、心をこめてこの新しい綜合文庫をおくり届けたい。それは知識の泉であるとともに感受性のふるさとであり、もっとも有機的に組織され、社会に開かれた万人のための大学をめざしている。大方の支援と協力を衷心より切望してやまない。

一九七一年七月

野間省一

講談社文庫 最新刊

船瀬俊介
〈万病が治る！ 20歳若返る！〉
かんたん「1日1食」!!
万病が治り、若返る――豊富な実例とともに、その驚異のメカニズムと実践法を紹介する。

乃南アサ
新装版
鍵
いつの間にか鞄の隙間に挟まれていた鍵は誰のもの？ 家族の機微を描いたミステリー。

**うえやまとち 漫画
東海林さだお 編**
東海林さだお選
「クッキングパパ」のこれが食べたい！
読んで、作って、食べる！ 厳選した楽しさ三倍増のグルメ漫画を、ど〜んとお届けします!!

**佐藤さとる
絵／村上勉**
わんぱく天国
人が乗れる一銭飛行機を作る!? 戦前、全力で遊ぶ子供の姿から戦争を語る自伝的名作。

戸川昌子
新装版
猟人日記
「女性の敵」を罠にはめたのは誰？ アリバイを証明してくれるはずの〝獲物たち〟が消える！

篠田真由美
黒《か》影《げ》の館
〈建築探偵桜井京介の事件簿〉
傷心の旅に出た神代宗《かみしろそう》に降りかかった殺人容疑。「館」をめぐる忌まわしき事件とは!?

大友信彦
釜石の夢
〈被災地でワールドカップを〉
ラグビーW杯の開催地に被災地の釜石が決定。夢へ動いたラガーマンと市民たち。〈書下ろし〉

**コーティ・ザン
三角和代 訳**
禁止リスト (上)(下)
少女4人の監禁拷問事件から10年。犯人再逮捕のため、セアラは親友の遺体を探す旅に出る。

ヤンソン(絵)

ムーミン谷 春のノート
ムーミンたちと一緒の春。季節の備忘録や自分で作る歳時記、日記、スタンプ帳にも！

ムーミン谷 夏のノート
ムーミンたちと一緒の夏。季節の備忘録や自分で作る歳時記、日記、スタンプ帳にも！

ムーミン谷 秋のノート
ムーミンたちと一緒の秋。季節の備忘録や自分で作る歳時記、日記、スタンプ帳にも！

ムーミン谷 冬のノート
ムーミンたちと一緒の冬。季節の備忘録や自分で作る歳時記、日記、スタンプ帳にも！

中村光夫
谷崎潤一郎論
解説＝千葉俊二
文化勲章を受章して揺るぎない地位に君臨していた大御所を一刀両断し、武田泰淳をして「乱れが無さすぎるほどよく整理された論文」と言わしめた、挑発的長編。
978-4-06-290280-9　なＨ７

野田宇太郎
新東京文学散歩　漱石・一葉・荷風など
解説＝大村彦次郎
『新東京文学散歩　上野から麻布まで』の後篇。主に、東京拾遺として前作で辿ったところの補完的役割も。東京と文学を愛する人々へ、この本を持って文学散歩に出よう。
978-4-06-290281-6　のＧ２

正宗白鳥　坪内祐三・選
白鳥評論
解説＝坪内祐三
辛辣な文化欄記者として、のちには評論家として、独自のシニシズムに貫かれた視点で批評活動を展開した正宗白鳥の膨大な評論群から、文学論と作家論の秀作を厳選。
978-4-06-290270-0　まＣ６

日本文藝家協会編
現代小説クロニクル2000〜2004
解説＝川村湊
新世紀を迎えた文学の相貌——。現代小説四〇年の歩みを追うシリーズ第六弾。保坂和志、堀江敏幸、星野智幸、河野多惠子、綿矢りさ、町田康、佐藤洋二郎、金原ひとみ。
978-4-06-290282-3　にＣ６

講談社文庫　目録

加藤　元　キネマの華《ヒロイン》
片島麦子　中指の魔法
亀井　宏　ドキュメント 太平洋戦争全史(上)(下)
亀井　宏　ミッドウェー戦記(上)(下)
亀井　宏　ガダルカナル戦記(一)(二)
金澤信幸　バラ肉のバラって何?〈誰かに教えたくてたまらなくなる"あの言葉"の本当の意味〉
金澤信幸　サランラップのサランって何?〈誰かに話したくてしょうがなくなる"あの名前"の意外な由来〉
梶よう子　迷　子　石
川瀬七緒　よろずのことに気をつけよ
川瀬七緒　法医昆虫学捜査官
かわぐちかいじ 藤井哲夫 原作　僕はビートルズ 1
かわぐちかいじ 藤井哲夫 原作　僕はビートルズ 2
かわぐちかいじ 藤井哲夫 原作　僕はビートルズ 3
かわぐちかいじ 藤井哲夫 原作　僕はビートルズ 4
かわぐちかいじ 藤井哲夫 原作　僕はビートルズ 5
かわぐちかいじ 藤井哲夫 原作　僕はビートルズ 6
風野真知雄　隠密 味見方同心(一)〈くじらの姿焼き騒動〉
風野真知雄　隠密 味見方同心(二)〈干し卵不思議味〉
風野真知雄　隠密 味見方同心(三)〈幸せの小福餅〉

岸本英夫　死を見つめる心〈ガンとたたかった十年間〉
北方謙三　君に訣別の時を
北方謙三　われらが時の輝き
北方謙三　夜の終り
北方謙三　帰　路
北方謙三　錆びた浮標《ブイ》
北方謙三　汚名の広場
北方謙三　夜の眼
北方謙三　逆光の女
北方謙三　行きどまり
北方謙三　真夏の葬列
北方謙三　試みの地平線〈伝説復活編〉
北方謙三　煤　煙
北方謙三　そして彼が死んだ
北方謙三　旅のいろ
北方謙三　新装版 活　路(上)(下)
北方謙三　夜が傷つけた
北方謙三　新装版 余　燼(上)(下)
北方謙三　抱　影

菊地秀行　魔界医師メフィスト〈黄泉姫《よみひめ》〉
菊地秀行　魔界医師メフィスト〈影斬士《えいざんし》〉
菊地秀行　魔界医師メフィスト〈怪屋敷〉
菊地秀行　吸血鬼ドラキュラ
北原亞以子　深川澪通り木戸番小屋
北原亞以子　深川澪通り燈ともし頃
北原亞以子　新　地　橋〈深川澪通り木戸番小屋〉
北原亞以子　夜の明けるまで〈深川澪通り木戸番小屋〉
北原亞以子　澪　つ　く　し〈深川澪通り木戸番小屋〉
北原亞以子　降りしきる
北原亞以子　風よ聞け〈雲の巻〉
北原亞以子　贋作《うそばっかり》天保六花撰《えどのはなし》
北原亞以子　花　冷　え
北原亞以子　歳三からの伝言
北原亞以子　お茶をのみながら
北原亞以子　その夜の雪
北原亞以子　江戸風狂伝
岸本葉子　三十過ぎたら楽しくなった!
岸本葉子　女の底力、捨てたもんじゃない

講談社文庫　目録

講談社文庫　目録

今野　敏　ST　化合　エピソード0〈警視庁科学特捜班〉
今野　敏　ギガース〈宇宙海兵隊〉
今野　敏　ギガース2〈宇宙海兵隊〉
今野　敏　ギガース3〈宇宙海兵隊〉
今野　敏　ギガース4〈宇宙海兵隊〉
今野　敏　ギガース5〈宇宙海兵隊〉
今野　敏　ギガース6〈宇宙海兵隊〉
今野　敏　特殊防諜班　連続誘拐
今野　敏　特殊防諜班　組織報復
今野　敏　特殊防諜班　標的反撃
今野　敏　特殊防諜班　凶星降臨
今野　敏　特殊防諜班　諜報潜入
今野　敏　特殊防諜班　聖域炎上
今野　敏　特殊防諜班　最終特命
今野　敏　茶室殺人伝説
今野　敏　奏者水滸伝《そうしゃすいこでん》　阿羅漢集結《あらかんしゅうけつ》
今野　敏　奏者水滸伝　小さな逃亡者
今野　敏　奏者水滸伝　古丹《こたん》、山へ行く
今野　敏　奏者水滸伝　白の暗殺教団
今野　敏　奏者水滸伝　四人、海を渡る
今野　敏　奏者水滸伝　追跡者の標的
今野　敏　奏者水滸伝　北の最終決戦
今野　敏　フェイク〈疑惑〉
今野　敏　同　期
今野　敏　警視庁FC
小杉健治　灰の男
小杉健治　隅田川浮世桜《すみだがわうきよのさくら》
小杉健治　母子草《ははこぐさ》〈どぶ板文吾義侠伝〉
小杉健治　つぐない〈どぶ板文吾義侠伝〉
小杉健治　闇鳥《やみどり》〈どぶ板文吾義侠伝〉
小杉健治　境界殺人〈新装版〉
後藤正治　奪われぬもの
後藤正治　牙〈江夏豊とその時代〉
後藤正治　奇蹟の画家
小嵐九八郎　蜂起には至らず〈新左翼死人列伝〉
小嵐九八郎　真幸《まさき》くあらば
幸田　文　崩　れ
幸田　文　台所のおと
幸田　文　季節のかたみ
幸田　文　月の塵
小池真理子　記憶の隠れ家
小池真理子　美神《ミューズ》
小池真理子　冬の伽藍
小池真理子　映画は恋の教科書《テキスト》
小池真理子　恋愛映画館
小池真理子　ノスタルジア
小池真理子　夏の吐息
小池真理子　秘密〈小池真理子対談集〉
幸田真音　小説ヘッジファンド
幸田真音　マネー・ハッキング
幸田真音　日本国債(上)(下)〈改訂最新版〉
幸田真音　eの悲劇〈IT革命の光と影〉
幸田真音　凜冽《りんれつ》の宙《そら》
幸田真音　コイン・トス
幸田真音　あなたの余命教えます
小森健太朗　ネヌウェンラーの密室
五味太郎　大人問題

2015年6月15日現在